答同代人

（香港）董启章 著

作家出版社

序：答同代人

同代人：

　　首先让我来假设这样的一个"你"，生活在"共同的时代"里的一个"你"，作为我的说话对象。所谓"共同的时代"是个非常宽松的说法，大概就是二十世纪末到二十一世纪初这几个十年之间。"我"和"你"甚至并不属于同一个年龄层，谁先谁后，谁长谁幼，也不是重点。我假设彼此不会因为年龄差别而出现"代沟"。重点是大家共同于这个不长不短的时空内存在于世界上。但这样说来，"同代"的界线便会因为太宽松而变得毫无意义。再者，所谓共同存在于"世界"上，忽略了地域和社会文化差异，似乎也过于空泛，以至于不具备理解的作用。而我之所以要为这本书写这篇序言，就是因为知觉到作者和读者在时间和空间上的差异甚至是鸿沟，而必须为理解或沟通搭建一条可行的桥梁。这样的桥梁一旦建成并且被踏上，大家就有了成为广义的"同代人"和"同世界者"的基础。反之，读和写双方也只是枉然。

　　为了建立这个基础，我先对集子内的篇章的写作背景作点交代。本随笔集内的文章皆收录于我早前在台湾出版的文集《在世界中写作，为世界而写》，出版社因应内地读者的兴趣选取了部分的内容，也对某些篇章或文句作了删减或调整。当中时间最早的是第一部分"同代人"中的短文，从一九九七年三月至十二月，刊于香港《明报》世纪版每周专栏"七日心情"。看似是后续的第二部分"致同代人"其实已经事隔八年，从二〇〇五年五月至二〇〇六年十一月，于台湾《自由时报》副刊隔周刊登。第三部分"学习年代"是在写作长篇小说《学习年代》期间的片段反思，从二〇〇九年五月至二〇一〇年三月，分六期刊登于香港文学杂志《字花》。第四部分"论写作"中，最早的一篇《私语写作》写于二〇〇〇年，由当中的"私心"到近年谈论文学馆的文章的"公理"，与其说是"今日之我打倒昨日之我"，不如说是自我内部的两个面向的交战。较近期的几篇，即从"天工"（自然）到"开物"（人为）论小说与世界建构，以及关于萨拉马戈和卡夫卡《饥饿艺术家》的文章，则可见出我目前对文学的看法。"自序"的部分较为零散，因为我较少为自己的小说写序言，能结集起来的就只有寥寥数篇。至于最后的"对谈"，除了是指狭义的对谈形式，也指我所相信的文学的对话特质。整个文集，也适宜以一种对话录来理解。

　　不难看出，相隔十多年，无论在观点和行文方面，前后的文章之间也有大大小小的差异，但也同时有贯彻和延续的地方。正如任何随笔集一样，就算作者如何着力于建构系统性的思想，到最终还是会因为一时一地的写作情景而出现参差和矛盾。我宁愿把这些参差和矛盾视为自我内部以及自我跟世界的对话。这些对话有时激烈，有时温和，有时针锋相对，有时细语商量，除了为了辨明世间事物的真理，就写作的自我来说，也包含达致真诚的盼望。然而真诚谈何容易？在《天工开物·栩栩如真》的序言里，我假"独裁者"之名这样说：

　　　　也许说到真诚并不恰当。要说真诚，我们能判断谁不是真诚的吗？我们既能真诚地互相关怀，但也能真诚地互相攻击。也许我们要求的其实是完整性——integrity——而当中也包含了正直和诚实。可是真正的完整性是多么的困难，甚至近乎无可企及。我们都难免于自我分裂、自相矛盾。在布满碎形裂片的汪洋中，我们浮游泅泳，寻找自我的，或同时是彼此的喻象——figure。在喻象当中，我们找到了至少是暂时性的，想象性的统一体。据我理解，这本书所标志的就是对这统一体的追求，和对其不可得的焦虑和失落。

也许，完整性并不是指观点的前后一致，不是指没有参差和矛盾的单调的主旋律，而是指纵使在参差和矛盾之中，也存在一种对位的、自由的、开放的多声轮唱和对唱。"共同"并不是指去除杂音，众口一词，"差异"也不是指喧嚣无序，自说自话。同和异，在任何情景中也应该是互相依存，互为表里的。这才是真正的表里一致的意思。而对于一个艺术创作者，如何面对生活与艺术（或世界与自我）的必然撕裂（或差异），建立一个不但包容差异，甚至是由差异所构成的统一体，是一个重大的课题。为此，我反复思考俄国文学理论家巴赫金的一段话：

> 艺术家和个人幼稚地、通常是机械地结合于一身；个人为了逃离"日常生活的困扰"而遁入艺术创作的领域，暂托于"灵感、甜美的声音和祈祷"的另一个世界。结果如何呢？艺术变得过于自信，愚蠢地自信，以及夸夸其谈，因为它无须对生活承担责任。相反，生活当然无从攀附这样的艺术。"那太高深哪！"生活说，"那是艺术啊！我们过的却只是卑微庸碌的生活。"

> 当个人置身于艺术，他就不在生活中，反之亦然。两者之间并没有统一性，在统一的个人身上也没有内部的互相渗透。

> 那么，是什么保证个人身上诸般因素的内在联系呢？只有责任的统一性。我必须以自身的生命回应我从艺术中所体验和

理解的，好让我所体验和理解的所有东西不致于在我的人生中毫无作为。可是，责任必然包含罪过，或对谴责的承担。艺术和生活不单必须互相负责，还应该互相承担罪谴。诗人必须记着，生活的鄙俗平庸，是他的诗之罪过；日常生活之人则必须知道，艺术的徒劳无功，是由于他不愿意对生活认真和有所要求。

　　艺术与生活不是同一回事，但应在我身上统一起来，于统一的责任中。

　　这里的所谓"责任"，在英语中译为"responsibility"或"answerability"，也即同时包含"回应／回答"（response/answer）和"责任"的意思。也可以说，作出回应或回答，就是负上责任的方式。向他人作出回应／回答（to respond, to answer to the others），就是在差异中建立共同的方法。见诸个人身上的是统一的责任，见诸群体身上的则是共同的责任。

　　回到开头的说法，"同代人"中的"同时代"和"同世界"，也许并不真的那么空泛，那么的缺乏意义。就此中的"同"字来说，中国传统里的所谓"大同"理想，就是孔子在《礼记·礼运》中所说的"天下为公"。当中的"公"字是相对于"私心"和"自利"而言，强调人的无私付出，"不独亲其亲，不独子其子"，"使老有所终，壮有所用，幼有所长，矜寡孤独废疾者皆有所养"。社会秩序井然（"男有分，女有归"），资源不会被废弃或侵占，个人的才能也会用于为世人服务。于是谋乱不兴，盗贼不作，天下太平。"天下为公"的思想固然高尚无比，但性质近似一个道德超然的福利社会，而且寄望于贤人圣君或者政治领袖（"选贤与能"）由上而下的促成。这样的理想，从来没有在历史上实现过，而"大同"的观念，在通俗的应用中慢慢变成了"和谐"、"安乐"、"富足"、"无忧"、"稳定"、"无争"的同义词，强调的是整体的一致性。"大同世界"就是一个所有的差异都消除掉的世界。需求满足，欲望消解，人人安于现状，互不争斗，甚至不必再追求理想。

我所说的"同"却有点不同。"同代人"的"同"，意指"共同"、"在一起"，也即是英语里的"common"的其中一义。这也跟西方传统中的"public"和"republic"的观念有关。"Republic"（共和国），源起自古罗马的政治制度，字源为"res publica"，意指"公共的、共同的事物"。罗马思想家及政治家西塞罗（Cicero）曾经著书论说的"republica"，在英语中很多时译作"commonwealth"，其实就是政治上的共同体，字面上也可以理解为"共同的拥有物"、"共同的财富"，或更有意味的"共同的福祉"。如果只简单地理解为"共和国"，也即是一种政治制度，意义便太狭窄了。当然，以今天的标准来说，无论是republic还是commonwealth，在罗马时期都并不是具广泛开放性和参与性的体制，但个中的公共精神在后世却得到政治哲学思想家汉娜·阿伦特（Hannah Arendt）的发挥，成为富有现代意义的参照模式。在这新的"大同"理念（公共空间）之下，假设的是众数、多元、异质、个体、对等、对话、参与、分担等，而非一致、同质、合模、无差别。common并不等于the same。common是一种sharing。在我们所置身的"共同的世界"（common world）之中，我们"同在"（being together），并且通过互相"回应／回答"，一起分享和分担（share with each other）责任。这才是真正的"同"（同时、同在）的精神。"同代人"也即是"同在者"。

亲爱的同代人，我以自身和你的差异，成为你的同在者。

董启章

二〇一一年一月五日

目　录

一、同代人

二、致同代人

五、自序

一、同代人

文类与秩序

人给自然界的事物分类，也给人为事物分类。前者如生物学中动植物种类的严格区分，后者则如书写形式的概括界定。我们一般把各种范畴的分类学视为不辩自明的事实，或是仔细研究的客观成果，却往往甚少考虑"分类"这一行为或需求本身的问题。我们极少追问：我们为什么要分类？或是：我们为什么要这样分类？

自然事物的分类事实上并不一定是所谓客观和绝对的，而是牵涉到种种人为的，也即是文化的价值取向，但我们暂且把注意力集中在文类这种文化产物的分类上面。我们要尝试了解的是：什么是文类？文类的区分是如何产生的？文类的区分又是如何维持的？文类的区分又可以发生怎样的转移和变化？

首先，文类跟题材没有关系。"食"可以同时是《×太食谱》和《红楼梦》的题材，"性"也可以是黄色小说、文学巨著、医学报告、报刊心理测验，或者家计会节育指南的题材，而上述各项几乎是属于完全不同的文类。那么，我们可不可以说，文类并不是一种内容（题材），而是一种形式？

从文学的角度考察，文类有文学和非文学之分。在文学的范畴内，又有各种包括诗、小说、散文、词、曲、戏剧等文体，每一种文体又可再细分，例如古典诗、新诗，历史小说、神怪小说、写实小说、科幻小说、言情小说等。分类的欲求几乎无孔不入，而人就是靠着分类来建构世界的秩序。意义和权力因秩序而确立。

文类的区分及其内在意涵并不是客观和绝对的，这一点可以从不同文类间的更替说明。英国学者泰利·伊高顿（Terry Eagleton）在《文学理论入门》（Introduction to Literary Theory）中指出，"英国文学"事实上是工业革命和宗教权威低落之后的产物，其兴起主要是为了取代宗教性文类，维系新兴社会阶层的道德稳固性。文类的演变史说明了，文类并非客观事物中立的、纯粹描述性的分类，而是主动地以排斥和收纳的方式塑造事物的区分，并借此建立和维护某些政治、社会、文化秩序的论述体系。

文类与书写形式

不同的文类是不是纯粹的不同的书写形式？是不是分行、押韵，或有某种节奏的就是诗？有人物、故事和场景的就是小说？分"材料"和"做法"，并辅以彩色照片的就是食谱？这些相对特定的、可以或粗略或明确地区分的书写形式背后各自有什么假设？换句话说，形式本身究竟带有什么信息？

或者我应该更进一步地说明，所谓文类的形式不单是上述提及的可以表面地区分的特点，例如排版上的差别，更重要的是此种文类所运用的语言特性（如论述、抒情、记叙等）和修辞方法（如直陈、白描、比喻、象征等）。而这种广义的形式很明显是带有深远的含义。梁文道在《说书人》评论合集里的一篇文章《舌头是人发明的器官》中，分析了与食有关的文类如何建基于一套文化假设，即中国人重味道而西方人重氛围，并进而拆解这假设，说明所谓味觉并不是天然的，而是必然经过文化的调配。食的文类就是这种调配的实践。梁文道的文章令我们注意到，文类并不是不同的工具或容器。它本身就在说话，就代表了一种或多种信息，它所说的整体的话甚至比个别文本的话还要强而有力，因为它的话是透明的、潜移默化而且根深蒂固的。

正如历史和小说的分别。两种文类也动用了相似的元素，但一般人对历史和小说的区分其实很简单：历史是真的，小说是假的；历史是纪实的，小说是虚构的。这一基本的假设当然还得由一套特定的书写形式来加以实践和强化。就历史而言，就是一套以"事实"为骨架，以论证和评价为血肉，并辅以惯用的术语和修辞的书写形式。它的整体信息是：这就是事实，以及对此事实最合理的评价。两者的结合就是：真相。它之所以必须严格地跟虚构的小说区分开来，是为了维护它的真实性和合理性。但是，真实性和合理性只是维护历史这种文类，以及操控和掌管这种文类的权力的借口。也可以说，历史就是一种以纪实的手段行使虚构权的文类。

"文类小说"的可能性

在这里我尝试提出一个小说的新定义——以虚构为手段和目的的书写形式。这当然并不真的完全的新，但相对于传统的以人物、故事等要素去界定何谓小说的方法，这也可以说是抛弃了一些不必要的包袱。我并不是说虚构是小说独有的，我要说的刚刚相反，虚构是所有文类共有的质性，只是，没有一种文类比小说更无所顾忌地披露自身的虚构性。小说这种文类微妙地玩弄着真假的观念，企图以最取信于人的方式赤裸裸地进行虚构。它在效果上越逼真，它的假便越吊诡。

回到历史书写的问题上，我们可以设想小说如何撞击历史这个文类的稳固性，从而揭开其中隐藏的权力暗示。传统意义底下的历史小说，即采用历史为题材的小说，本质上已经是对历史的拆解。那么真实的历史事件，居然可以渗入这么多的虚构成分，以至于真假不分，这令我们质疑文字叙述的可信性。我们读到张大春的《将军碑》，一个关于历史本身而不单是采用历史题材的历史小说，明白到历史和记忆是可以随时修改的，二者均非原初的真实，而是后来的再造。

基于小说的虚构特质，我想提出"文类小说"的构想。小说本身已经是一种文类，有其文类的内在逻辑和假设，但小说还可以通过模拟和介入其他文类，来暴露它们的运作机制。事实上，文类小说并不是一件新的发明，小说老早便挪用了日记和书信这些非文学文类，只是这些文类跟小说太接近，习惯下来，大家也就忘了小说跨文类的可行和可为。但晚近小说却开始更全面地把矛头转向非小说文类，张大春首先在《大说谎家》中尝试了新闻小说的体裁，以小说质问新闻的可信性，又在《少年大头春的生活周记》中，披露了周记这种文类如何扮演着调教和控制学生思想的角色，并讽刺地展示了周记背后的权力体制的荒谬和失败。这令我想到，当小说在漫长岁月的竞写中把自身的内在能量消耗殆尽，要保持小说的活力，开拓新的可能性，小说可以把目光转向更广义的"小说"，即种种有着虚构的底蕴而打着非虚构或反虚构的旗号的文类，撞破和改写它们的文化逻辑。

人类的家畜化

书写作为人类特有的行为，人本的角度自然是无可避免的，但这并不代表我们可以对这种角度的权力和局限毫无自觉性，因为左右着人类如何"掌管"这个世界的意识形态，就是通过书写或语言论述而衍化和确立的。权力的层递关系固然发生于种族、阶级、性别之间，在人类和动物间，这种强弱主从关系更加毫无掩饰地呈露它的暴力，因为意义和由此而塑成的正义永远在人类这种书写／论述物种的一方。也可以说，所谓"文明"正是一种由书写／论述建立起来的意义世界，而"原始"就是一个在书写／论述以外的非意义世界。

在人类于地球上对其他物种的"殖民史"中，"文明"一直在排拒和消灭"原始"，并美其名为"进步"，但"文明"亦同时通过其书写／论述去制造"原始"、界定"原始"，从而达到对"原始"的想象控制。动物书写就是这种想象控制的手段。在动物书写中，"原始"一方面是处于"文明"的敌对面，是人类力求"征服"洪水猛兽；但另一方面"原始"又被收编为人类作为一个优秀物种的必要本能，是人类"回归自然"和与天地合一的神秘呼唤。"原始"本身已为"文明"所排拒，代之而来的是"原始"的论述化、观念化，成为"文明"意义运作不能缺少的配件。

观察"文明"和"原始"两组貌似对立实则配套的观念运作，会带来很多启发。《猫咪博物学》一书有意无意地亦触及这些微妙的边界点。例如猫，本身已经是一种十分具有"文明"与"原始"间的边缘性的动物。一方面，猫科动物带有比狗更难驯和难解的原始动物性，所以亦比狗更难成为所谓"人类的朋友";另一方面,猫却又无可置疑地是一种几乎完全生活在"文明"世界中的"宠物"或"家畜"。前者毫不妥协地维持了猫与人的异,后者却又仿佛容许了猫与人的同。所以,对猫在人类世界中的行为和人与猫的关系的观察,很能够勾画出人兽的意义存在边限。

从养猫的观察,加藤由子提到"人的家畜化",即是人在把猫这种野性的动物畜养和训练成守秩序的、听话的"小人"的时候,这套秩序所暗含的人类社会价值观,亦同时会反照出人如何把自身的行为规范化。而猫所展现出的种种为人类所厌弃的行为,例如慵懒嗜睡,亦不过是人类自身的勤奋工作道德所强加于猫身上的价值判断。所以"文明"的进步事实上也是一个人类自我家畜化的过程。

樊善标有一篇叫做《网上追猫》的文章(收于新近出版的《香港后青年散文集合》),探问的是家中的一只猫为何会暴毙的问题,结论是:猫是给人按时喂食的秩序、给《养猫大全》的规则闷死的。在文学中书写动物,最终当然还是关于人,关于人如何畜养自己、闷死自己。

人类中心的动物书写

有人可能会以为,现在流行的电子宠物把人和动物的关系都疏离化了,人对待动物就等于对待一个程式化(无论如何变化多端)的电子机器。但我们也许没有察觉到,人类其实一直以来都是在用对待电子宠物的态度来对待真正的活猫活狗。我们不是一直在把可爱的小动物视为照顾、养育、训练的对象,细心察看和监管其健康状况,喂其食物、陪其玩耍、教其听话，意图把它畜养成一个"小人"吗？我们有什么时候曾经把它们视为独立自主和对等的个体？

而关于动物的书写，在在显示出这种人类本位的角度，借文字论述把动物塑造成一个符合人类世界价值的形象。所谓动物书写粗略可分为四类：首先，是寓言性的动物书写，即以动物世界隐喻人类世界，从而带出与人类世界的政治、道德、人格等有关的教训。古至《伊索寓言》，近至奥威尔的《动物农场》，也属此类。寓言性动物书写很明显一点也不关心和关乎动物，它不过是借"动物"这组意符来论述完全只关于"人类"的问题。第二类，是科学性或知识性的动物书写。这类看似客观事实的研究和描述，目的除了是对动物生理、生态及行为的了解，也是人类中心的广义生物探索的一部分。第三类是常常在媒体上出现的"动物故事"，即表面上从动物的角度出发，呈现出动物可爱的一面的故事。这包括什么子猫物语、子熊物语，什么猪哼、斑点狗之类。这类仿似关怀、爱护动物，代入动物主观经验的故事，事实上完全是人类一厢情愿的投射，把动物的动物性去除，以"人化"的姿态满足人类感情喜怒哀乐的需要，因此亦是虚伪和自欺欺人的。

最近读到的加藤由子的《猫咪博物学》应该属于第四类。这类书写虽然亦建基于对动物趣味知识的陈述，但却自觉地突出人的角色，承认人对动物了解的局限，并坦白道出人往往把动物"拟人化"的倾向。既然人是书写／认知主体，人本的角度及其局限和偏狭，自然是无可回避的事实。问题并不是如何超越人本的角度，真正代入动物的眼光，体察其本身的感受，因为这是绝不可能的，声称有这可能的人也是不诚实的。我们人类可能做的反而是尝试了解或至少是自觉于人兽的界限，并在这界限内谋求认识和关怀的可能。

当我们了解到"可爱"的啤啤熊只要轻轻一巴掌便可以把我们的脑

袋报销，"凶残"的食人鲨鱼其实不过在吃一块符合它胃口的肉食，我们便会明白人类如何把自身的非必然的道德标准和价值观强加在非人类的动物世界上，搞出种种美丽或不美丽的误会，或荒唐的"惩凶猎鲨行动"。反过来说，论灭杀其他物种和同类的数量和凶残度，人类之"恶行"，无物种能望其项背。

残障文学·文学化的残障

台湾文学奖常胜军张启疆新近出版了作品结集《导盲者》，特别强调其中《导盲者》、《失声者》、《失聪者》等几篇与残障者有关的获奖散文。这种在主题上的有意谋划令人思考"残障文学"作为一种类型的可能性，并且立刻想到一九九四年诺贝尔文学奖得主日本作家大江健三郎环绕智障儿这一中心形象写出来的一系列作品。

读过苏珊·桑塔（Susan Sontag）的《疾病的隐喻》（Illness as Metaphor），对关于疾病或残障的书写自会多一层戒备的心态。如果疾病的隐喻性往往为病患者带来种种不必要的道德和心理包袱，例如十八十九世纪的肺痨、二十世纪的癌症和晚近的艾滋病，均附带着毫无必然性的人格暗示，那残障的隐喻亦极可能会造成种种对残障者的不公。著名失明作者程文辉女士便在其自传《失明给我的挑战》（后随改编电影改称《伴我同行》）中指出，上半世纪华人社会把盲人叫做盲公或盲妹，是带有鄙视成分的，"盲"除了是身体上的缺憾，亦被视为一种人格缺失。

我在这里指的"残障文学"，并不是针对由残障者（如程文辉女士）自我述说的书写，也不单单是指"与残障有关的题材"的文学，而是指残障的"文学化"。当残障这一现实被"文学的手段"转化为"文学作品"，它便往往不能再符合桑塔的理念，被视为或被"还原"为一种"纯物质"的身体机能缺憾，而无可避免地与各种"意义"扯上关系。

《导盲者》在残障的"文学化"方面有很明显的示范作用。残障的"文学化"包含下列几项特质：首先，无论作者设定的角度是第三身的对残障者的外在观察，或是第一身的对残障者的内在心理模拟，他作为一个健全者的身份往往会把他尝试对残障者作出的关注反过来变成对自身自我反照式的探索。所以《导盲者》其实并不是关于失明人士的生理之"盲"，而是关于所谓健全人的心理之"盲"，并进而犹如论者所言，反映出现代人的精神缺憾和迷失。伴随着健全者借残障者进行自我反思而来的，是残障者的典型"文学化"形象的塑造。在"残障文学"中，残障者往往会因其缺憾而更见完满，如盲者因其目盲而洞察人生之磨难，失声者因其哑默而更超脱于人世之喧哗，失聪者因其耳聋而更敏感于生命之呼唤。换句话说，"残障文学"是把残障者塑造为智者、哲人、洞悉天机者、看透人生者的一厢情愿的文学，其底蕴中的对残障人的关注往往被健全书写者的自我中心反思所掩盖或取代。于是，"残障文学"亦常常难掩自身的残障，也就是"文学"这个机制的内部局限——以隐喻把实质的经验导引向"另外"的意义。如是"导"盲，我们读者看到的不是漆黑，而是文学有时过于耀眼的光芒。

"得奖文学"的测试作用

在地铁站看到第二届天地长篇小说创作奖的征稿广告,心里猜想,不知整天在车站熙来攘往的普罗乘客会以为这是怎么回事。早前市政局搞文学节,在地铁车厢登广告,有朋友便目睹有年轻普罗乘客赠以夹杂"妈妈"声的评语。香港本来就缺乏文学阅读文化,更遑论文学奖或文学竞写文化。

新近出版的台湾作家张启疆的《导盲者》,标榜的就是彼岸那种已然成熟(如非烂熟)的文学比赛文化。《导盲者》可说是一本得奖文学结集,内里收录了张氏近年所获的各大报小说和散文奖大作多篇,堪称获奖文学的示范作。有志于在台湾文学奖中博一席位的,此书具有甚高参考价值。事实上,除张启疆外,台湾还有不少"专业参赛家"或文学奖常客,就像去年猝逝的林耀德,和听闻连学生文学奖也不放过的严歌苓。

大家热烈投入文学竞赛中,本是一个地方的文学活跃性的指标,但文学奖机制的确立,也常常会引来担心或猜疑。无可否认,任何文学奖的评审机制都会存在局限,搞不好固然无助于推动文学创作,搞得好也可能不过是在巩固和维护某些文学价值观。而且,所谓得奖作品总体上并不是没有模式可寻,也不是超然于文学风尚的,更甚的可以说是形成了一个"得奖文学"的类型,有其题材取向、文字风格等内在规律可依循。

但我并不是想在这里顺道鞭挞几下"得奖文学"的功利和僵化,我自己也曾经参加过"得奖文学"的典范制作,受过"为得奖而写作"的批评。我反而想反省一下所谓"得奖文学"的形成因素和构成特质，进而了解某特定文学机制的价值取态。而我相信，"得奖文学"并不单单是服从某些既定的取态而写出来的迎合性产物，它们对于此等取态的形成和转移必定也在产生着主动的作用。于是我想到声称除了最保守的一个文学奖之外，几乎全台湾大大小小的文学奖都拿过的林耀德。他的参赛态度似乎不是争名逐利、迎合评审口味之类浅薄的指控所能轻易钉死的。如果他所言属实，他那以积极参赛来试探和挑战各种文学奖的宽容度和价值界限的动机便饶有意义。参加文学奖不再是单向的企求获赏，而是一种读写、评作、赠获双方互动的过程。在这过程中，文学观念和价值在不断进行有迹可寻、有据可依、有理可辩的推演。

可惜，香港还未有这种有建设性的文学竞写文化，就连文学圈里面，也只常常"骂"声载道（比普罗的"妈妈"声还刺耳）。我们什么时候才愿意以手代口，拿起笔来，真的在创作上较一较劲？

传媒观察与观察"传媒"

有一类文字，可以勉强称之为传媒观察。这类文字寄生于传媒，而且是由传媒话题或现象派生的产物。名为"观察"，自然是将之与比较严肃和正统的"研究"区分开来，但"观察"中亦往往带有"分析"的成分，或是一己见解的抒发。"观察"这一包容甚广而又无伤大雅的观念，甚至可以灵活用于各种或具体或抽象的对象上面，例如政治观察、城市观察、社会观察、生态观察、爱情观察之类。

从事观察的人，可以泛称为"观察家"（observer）。但这当然只是一个笼统的称号，在具体的情况下，观察家一职通常开放给专栏作家、才子才女、名嘴、通俗化学术专家、文化人、拉扯者诸如此类。当中以才学和文笔见称者，更往往能旁征博引、联想比附，观人所未观，发人所未发。于是，观察家有能力把一个原本"干卿底事"、与几百万人的祸福荣辱毫无关系的红伶家族纠纷提升到智力比拼、谋略对策、伦理道德，甚至乎治国平天下的政治修为此等富有启发性的层次，让被厌弃为垃圾的话题起死回生，并驳斥厌弃者的肤浅。

我们读到观察家精辟的言论，惊叹于观察家过人的才智，但我们亦很容易因为精彩绝伦的言辞而忽略了言辞底下的论述基础。究竟观察家首先如何认清他观察的对象？他凭什么确信他在评论事实，并揭示事实的意义？他又如何能轻易地撤除对中介媒体的认知和批评而畅论事件的得失、人物的臧否？

媒体的中介性——关键也许就在这里。"观察者"本来就带有保持"距离"的含义，而传媒本身就常常自我理解为"现实"的"观察者"。且莫说这"现实"客观存在与否，经过传媒"观察"的"现实"起码便是一种已经经过某种立场的过滤、剪辑、渲染、重塑的"现实"。所以，所谓"传媒观察"事实上就是"观察的观察"，或"观察传媒如何观察"。但我们读到的传媒观察却往往忽略了这一点。观察家往往不太谨慎地把传媒大量"生产"出来的片面信息当作"完整的事实本身"来评论，并在这很难站得住脚的基础上建立起自身左右逢源、振振有辞的妙语连珠。观察家只是在阅读传媒的内容，而错失了传媒的运作。换言之，他与传媒的关系属于寄生性和派生性，而不能保持批判性的"观察距离"，所以他扮演的事实上也只能是合谋的角色。

观察家有能力在无论多无聊多有问题的话题上读出意义，这是其才智之所在，但意义却因为合谋的角色而无法跳出传媒的既有角度和价值。在呈露机智之余，观察者于是亦无法圆足其独立思考的意欲，成为了建制的大力服从者。To observe，观察，与服从。从主体到客体，是传媒观察的陷阱。

词典是谁的工具？

我们常常都以为，工具书是客观的、资料性的、实用性的、不带有任何立场和见解的，就像锥子、铅笔、刀、叉、汤匙一样，只是一件工具，全视乎我们如何使用。但我们忘记了，是工具的形态、设计和可挪用性首先决定了我们能做／造什么。我们拿着锥子不能写字、铅笔不可捡食物、刀叉不可做木工，但这些工具理论上也可以用在相同的事情上，例如杀人。在某一层意义下，并不是我们使用工具，而是工具使用我们；工具并不仅仅是我们达到目的的手段，它首先就设定了我们可以达到怎样的目的。

词典是个很好的例子。词典的工具性令它成为一种近乎透明的文类。它隐藏了自身的界定性、支配性功能，而以一种静态的、被动的、服务性的姿势含蓄而谦卑地蛰缩于我们的书架上。它甚至取消了姿势这回事，完全不动声息、毫无表情。它虽然蕴含丰富的知识，但它不像任何学科的巨著一样夸张自己的价值。可是，它比任何一本巨著更有力地主宰着人对世界的认知，因为它掌握着两种重要的政治和文化利器——规范和解释。

规范是事物之可能和不可能、应该和不应该、存在和不存在的分界线，而解释则是如何可能、如何应该和如何存在的具体行使。词典负责界定什么应该被纳入一个语言系统中，什么应该被排拒，所以词典在作为工具之同时，也包含了一种政治和文化上的立场。根据这些立场，词典从语言的最基础单元规划了一个社会中所有文本的可能的、被容许的读法。

韩少功的文类小说《马桥词典》正正揭示了词典这种工具书的塑造性，又令人注意到词典所维护的正统观，以及它在主导和边沿语系、在普通话与方言之间如何建立尊卑、上下、清浊等非本质性的关系。韩通过为马桥人编写他们的地方语言词典，处处对正统汉语予以冷嘲、怀疑和颠覆，比如汉文化至高无上的"龙"字在马桥话中却指男性生殖器，是鄙俗的用语；"醒"字反指"愚蠢"；"白话"分别指鬼话和白说的废话。《马桥词典》事实上是一部反词典，因为它不像一般词典一样以工具性掩饰自身的支配性，而是把自身纠结其中的语言权力运作披露出来，让读者对词语的界定和运用中的政治含义保持警觉，并自警觉中批判地形成自己对词语的理解和立场，创作自己的个人词典，亦即词典的反规范化。

重掌解释权，这是《马桥词典》的启示。特别是在我们这个充斥着"香港大辞典"、"回归丛书"等所谓"认识"香港的"工具书"的时代。原来，"工欲善其事，必先利其器"可以作这样的理解——是工具决定功能和目的。器之利钝，造就事之善恶。

工具·技术·意识

从小看书，工具性的占了不小部分。我是个颇不受教的人，什么东西要上课程、听老师指导，总是学不成。于是往往是自己去找书看，想学打球、游泳、绘画、摄影，都是看这些方面的技术书，有时真的学会，有时看得津津有味，结果却半途而废，只是纸上谈兵。还记得小时候的一本"珍藏"，叫做《即学即玩的魔术》，也算是技术书，早前收拾东西时翻出来，觉得更好看，很好笑，那些拙劣的"魔术"多半是骗读者的，实行出来一定骗不了观众。

我们习惯上总会为着某些实用的意图去看某些"工具书"或者专门教授"技术"、"技巧"的书本。前者包括字典、街道指南、图鉴等，后者则包括×太食谱、网球入门、如何改善人际关系之类，两者虽然有一点点不同，但它们的共通之处在于其纯实用性的假设，即是当中只关乎"如何"做一件事，而不牵涉"为何"的价值判断。事实上，这类"纯工具"或"纯技术"的书本是很富阅读趣味的，闲来翻翻什么《香港树木汇编》，或什么地方的旅游指南，为的也不一定是求知，而是感受着每一个实用文类的既定模式的奇妙安排。这种"非实用"的实用书阅读心态，在小时候更为明显。小学四年级时最沉迷的读物至今还记得的只有两种，一种是世界地图，另外就是一本附有丰富的分类图解的汉英词典。当然，看地图并不是为了做地理科功课，而是满足自己对未知世界的幻想；读词典也不是为了学生字，而是让充满想象力的心神流连于那些主题性图画中全都是帽子的店铺、有着各式各样车子的停车场、几乎同时进行着所有运动形式的体育馆……而更奇妙的是这几十个生活范畴都被安放在同一个城市的地图上，令人有一种把全世界的事物一览无遗的幻觉。现在回想才知道，工具或技术书于我，一早就是非实用的想象性东西。

大学毕业后曾经教过一阵子中学英文科，那时候课程中刚刚加入什么称为"实用技巧"的东西，要学生写公文、报告之类，即是学做秘书。我第一次强烈感觉到，实用文原来不是纯技术的、不涉价值的操作，而是隐藏着强烈的权力暗示的。学做秘书，即是学习如何不用批判地独立思考，而只须有效地完成上司指派给你的任务。这样设计的语文科，简直就是在进行着一种思想规训的工作，我一面教，一面有深深的罪恶感。我开始明白，其实貌似客观、纯操作指导的工具和技术文体，也必然是某些立场和意识的体现；"工具"、"纯技术"是不存在的。

刚刚读到郭恩慈所编著的《发现设计·期盼设计》，喜见在设计这门我们习以为是一种技术训练（理工）的学科中，有人在努力推动那么多的文化反省。郭恩慈有力地指出了设计并不单是一种外形美感的考虑，以及技巧操作的搬演，而必然是一种文化意识的表现。设计并不是一种手段或工具，由设计师设计出来的工具或用品更加只是工具或用品，所以反思设计的文化底蕴，也就是重新认识所谓"工具性"的文化暗示的开始。

历史（香港）多种历史／histories

一九九七年，有些人说要在七月一日"见证"历史，有些人又慨叹香港人对自己的历史认识得太少，历史和考古学者则努力把香港历史上溯到五千甚至是六千年前。但从来没有人问：什么是"香港历史"？以至更根本的：什么是"历史"？

在我们这个历史观念贫乏但又时刻把"历史"挂在嘴边的时代，凯斯·詹京斯（Keith Jenkins）的《历史的再思考》（Re-thinking History）为我们提供了十分具有启发性的参考。从最粗浅的层次讲，我们得抛弃"历史就是过去的真相"这种通俗观念，明白到"历史"并不等于"过去"，而不过是"关于过去的论述"，而因其为"论述"，自必具有立场。所以历史论述永远也不可能是客观的。在关于香港的过去的历史论述中，立场性更加是显而易见。譬如说，关于"开港功臣"英国驻华商务总监查理义律，在中国人撰写的历史中是一个狡诈和贪得无厌的帝国主义走狗，但在弗兰克·韦尔什（Frank Welsh）的《香港史》（A History of Hong Kong）里面却是一个有节制和远见，并力图阻止战争和减少流血的理性型人物。

我并不打算、也不可能在这里说明谁对谁错，我想指出的反而是，历史必然地为某种权力立场服务。但最终客观真相的不可得并未把我们带到绝望和虚无的境地，历史的建构性以及各种"真相"的互相竞争和冲撞反而可以开拓出一种新的历史观。詹京斯把这种历史观称为后现代历史观，即多种历史（histories）的并行竞逐。"历史"不再是唯我独尊的单一版本，而是多种权力和意识形态的角力场。

香港其实并不缺乏历史，相反，香港潜藏着太多种多样的历史。而这多种历史不单指英国人和中国人立场的历史，也不单指政治史、经济史、社会史、文学史这些传统的区分，而是指由不同的权力或非权力重心发展出来的历史。例如那个由小渔村发展为工商业大都会的官方版本俗滥大历史，代表的是港英政府自一八四一年开埠以来以维多利亚港以及两岸市区为重心的历史。追溯新界"原居民"、五大族或其他主要人种的论述，则属于一条以中国汉民族为重心的线索。前者和后者并不重叠，但前者的渔村想象其实又是借力于后者。（严格来说，以城市为重心的"香港"从来也不曾是一个渔村，而是英国人"无中生有"地在港岛北岸"发明"出来的一个彻头彻尾的商业城。）后者又配合着近年考古学的论述，把以新界汉民族为重心的"香港历史"推延至新石器时代，使"香港历史"顺理成章地进入"中华历史"的系统。香港内部的地域性已经造成了多种历史的对立，再加上纷杂多元但互有尊卑强弱的群族立场差异，"香港历史"其实还大有通过争议而达至自我反思的空间。

延续性史观的偏差

我们好谈传统的延续、文化的承传，尤其是在当下这个历史时空。我们却很少问，在一脉相承的历史大叙述之外，有没有分歧或突变的可能。为什么我们的历史论述总是回拒甚至害怕非延续性，而急需把一切纳入一个简单的顺延因果系统中，为什么历史不能在偶发的因素底下产生无从预计的转向？

幸好，由王赓武教授所编的《香港史新编》歪打正着地的为我们展示了延续性史观的内在矛盾。由多位作者合写香港史，各人"认头"写自己专长的范畴，当中难免因缺乏协调而导致"史实"上严重的重复。但这个令《香港史新编》读来冗赘（但每一范畴又显得太单薄）的缺憾，却为读者提供了十分具"启发性"的参照。不同的作者在相同的史料／史实上读出截然不同的结论，当中涉及的不单是一个"意见不同"

的问题，而更加是一个历史本体的自我否问。如果相同的历史"事实"可以得出完全相反的论述，"历史"究竟是什么？历史的"真相"又是否存在？

最严重的矛盾出在延续性史观之上。编者王赓武似乎想暧昧地营造出一个延续与非延续的平衡点，于是他在序中谈到这部由"香港人"自己写出的香港史的时候，强调它是建基于一种"源自中国价值观的、独特的香港意识"。书中的一些专研前殖民或殖民初期历史的作者，也在演练着这种无往而不利的双刃修辞，但潜藏的倾向始终是"源自中国"的延续性思维。在首章《香港考古成果及其启示》中，区家发的立论基点便是完全建筑在"香港六千年来都是中华文化一部分"这个考古学构想之上。从考古资料的解读，作者得出了"香港早在石器时代已是一个颇为兴旺的渔村渔港"的结论，甚至禁不住作出富有修辞效果的赞叹：香港"自古以来都是一处非常吸引人的地方。每一个历史时期都不断有内地的人士前来开发这块富饶美丽的土地，成为移民拓殖者的天堂。可以认为，香港的繁荣富庶是千百年来的外来拓殖者逐步建立的"。或如：香港数千年来种族和睦相处的"优良的历史传统，正是今天香港取得伟大成就的重要因素之一，也是香港可爱之处"。读到这种言辞，难免令人疑惑，这是一种怎样的治史方法。

问题主要还不在诵歌，而是那种对"香港"一词的粗疏挪用。没错，考古学可以"证实"在一八四一年后才称为"香港"（及后扩展至九龙及新界）的这个地域在过去曾经如何富庶和浸沐在文化之中，但这种传统和后来开展的一段以"香港"为意符的历史有什么，甚至是有没有直接承传关系，则是大有可疑的。当中的问题不仅关乎作者的史识或意识形态，而更加关乎史学的本体论：历史发展必然是延续性的吗？还是史学本身一直囿限于一种延续性的认知典范？

香港史的断裂性

《香港史新编》一书中的多位合写者，普遍地认同符合于当前政治形势的延续性史观。这种立场可以用霍启昌在第二章《十九世纪中叶以前的香港》中开首的文字总结："不少人有个错觉，都认为在英国人管治之前的香港，只是一渺无人烟的荒岛，并无什么古迹文物，自然更谈不上有社会的存在。本章的主旨在于首先简略说明，香港地区各处不仅在石器时代以来即有文化的存在，而且一直是中国人繁衍生息的地方。"可是，在英国人割占香港之前，"香港地区"已存有文化是一回事，而历史学者把这视为后来殖民地上衍生出来的香港文化的直接源头，却又是另一回事。我把后者称为延续性史观，并认为这种延续性其实是想象的、后设的。

在这种普遍的延续性气候底下，另一位作者冼玉仪的"香港岛中心论"便显得格外富于批判精神和洞察力。冼既承认"香港地区"在一八四一年前已有悠久文化的事实，但更准确地说，这其实只是限于后来称为新界的地区。至于"香港岛"，"可以说是新安县的'边陲之地'，在经济、社会、文化各方面都较内地为落后"。冼又说："新城市在港岛北岸建立，向东西两面伸展，远离原来的村落……市区的发展并不是以原有的农村为核心而扩建出来的。"这里十分清楚地说明了，我们谈论的一八四一年以后的香港史，事实上很大程度是香港城市史，而这个以英国殖民政治和商贸经济为骨干的香港城市史，跟一八四一年前的新界乡村文明基本上是没有直接承传关系的。任何把新界乡村文化以及此前的经考古学"发现"的既有文化，说成是后来香港文化根基的做法，都只能是一种言辞上的鱼目混珠，而没有足以令人信服的理据。而历史，纵使并不是真实本身而只是关于过去的论述，也得讲求建构上的理据。

冼玉仪对于"香港史"和现在我们所生活其中的"香港"实体有很简洁而准确的描述："从人口、经济活动和城市发展来说，1841年后的香港可以说是从外面移植过来的社会，而不是从原有的渔农社会衍生出来的。"香港，我们现在所理解的香港，是一个"无中生有"的地方。香港的历史是断裂的，在一八四一年突然从中国历史分歧出来的，缺乏直接可溯性。这并不是说香港史跟中国近代史没有关系，也不是说香港文化能完全脱离中华文化成为一个纯粹的原创独立个体，而是说，香港地区还有待于历史论述中跟中国建构更曲折复杂的关系，而不是让大延续史观中的单向递属关系抹去其主体面貌。我们必须批判地辨识往大叙述寻根的虚幻，转而在历史的断层上书写我们的过去。

冲突与共融

读王赓武教授所编的《香港史新编》，要读到字里行间去才有意思。尤其是不同篇章的不同作者对同一事件或课题的看法，总的来说虽然普遍地符合主流论述的标准讲法，但间中也可以读出颇为微妙的差异。香港史是延续的还是断裂的，是其中一个例子。这属于一个时间跨度上的问题。另一个从共时的空间切入的例子，是香港地域民族的关系模式，究竟是倾向融合还是冲突。

第一章《香港考古成果及其启示》的作者区家发，除了强调香港地区数千年历史的延续性，也努力形塑一种共融的观念。他提到，早在秦朝时期戍边开发岭南，设置郡县，"大批中土人士带来了中原的文化和生产技术，加速了岭南地区经济文化的发展"，"又使境内深居溪洞的各部越人逐渐转变为郡县的编民，与南下定居的中土人士通婚融合，为创造绚丽多姿的岭南文明奠定了基础"。当然，秦始皇开边设郡是可考的史实，问题是随后对此史实一厢情愿的设想。秦向外扩张，根本就是帝国侵略，把弱小民族消灭，吞并到自己的管辖下。时间的距离、强权的得胜和功利主义式的价值观（只要带来经济发展就是合理的行为），令我们常常愿意对历史的残酷和不公视而不见，并且以美丽的言辞替强权粉饰。以此共融观为指导，作者引申到以下的结论："综观上述，香港数千年来，人口不断流动，居民来自五湖四海、难免因姓氏、地域、语言、宗教信仰和风俗习惯的不同而产生某些矛盾和碰撞，但基本上还能和睦相处，各司其业。"值得留意的是，所谓的"和睦相处"究竟是基于什么因素。是真正的群族间的平等互让并存，或是互相制衡，还是由于强势群族对弱势群族的高压所造成的一个缺乏表面冲突的"和睦"假象？

对于这种共融观，另一位作者冼玉仪似乎抱持怀疑的态度。在谈到一八九八年新界居民联合抵抗英军进驻新界，她认为大族村民之所以发起武力抵抗，是由于"他们害怕失去既得利益，包括在'税阀制度'下征收地税的权利"。于是，"凭着他们多年来村与村、乡与乡械斗和组织乡勇、乡约所积累下来的经验，在大族子弟领导下抵抗英兵"。这几句说话对新界住民群族间一向所处的关系，作出了可圈可点的描述。事实上，在香港地域的群族流动和替代过程中，历史必定充满着"矛盾和碰撞"，问题只是我们是否选择视而不见，不去研究、面对和反省它。

答 同 代 人

早前孔诰烽关于蜑族在香港地域遭受歧视、压迫，甚至是被宋朝汉人屠杀的历史研究，就是要令我们警醒，在粉饰得美轮美奂的共融历史背后，埋藏着许多不义和不公。这并不是如一些回应所说的反文明、反进步、鼓吹分裂、挑起矛盾。我反而认为，认识、尊重和坚持差异，才是文明之所以为文明的内蕴。若不，任何富足发达的大国或大群族，都只有资格被称为强权。而且，综观世界历史，无论在东西方，人类皆假"文明"之名，做出了历史中最黑暗、最残暴、最恶劣的事情，无数的弱小群族因而灭绝或被迫同化，而我们还在高唱胜利者的颂歌。"文明"，实在是个危险的字眼，不可轻言。

香港神话的双向论述

在不同的主流政治意见之间，存在着一个普遍地被认可并且常常被大力推销的香港神话。这个神话的有趣之处在于它是由两条反向和互相矛盾的线索所组成的：其中一条的走势是顺应香港作为一个都会的社会建设和发展，描绘的是香港如何从落后的所谓"渔港"演进成今日繁荣富庶的面貌；另一条则逆时回溯过去的一些值得怀念的生活点滴，沉湎于温馨感人的记忆，并慨叹美好时光的逝去不返。前者演出的是工商业论述的"进步"滥调，后者代表的则是我们这个现代商业文化中循环不息的"怀旧"潮流。

"进步"是往前看的，强调今胜于昔，明天会更好；"怀旧"则是向后回顾的，强调今非昔比，好日子不久留。这两套看似互相冲突的观念，事实上却又是配合得那么天衣无缝，令人明了它们其实是都市神话的一体两面，是强势政治论述的双刃宝剑。它的好处是可以随时因应特定的需要运用或正或反的修辞，作出随立场转移而调节的是非判断。新近商务出版的香港图片集"战后香港轨迹"之《社会掠影》和《民生苦乐》，便是这种论述双重性和双向性的最佳示范。

有评论认为这两本照片集有抽空历史之嫌，对期间很多政治事件只是轻轻带过，或是绝口不提，这固然是有力的批评，但最令我感兴趣的，是编撰者们挥舞"进步／怀旧"双刃剑的姿势。一方面，书中处处强调香港往昔生活的艰苦和生活环境的恶劣，木屋区简直"不是人住的地方"，而轮候公屋上楼是木屋居民"梦寐以求"的事情。在每一帧呈现民生苦况的照片旁边，都有一段文字说明这些问题在今天已经得到改善，并辅以九十年代的照片作出对照。于是，现在人人安居乐业、社会安定繁荣，电气化火车更干净舒适，连毫无品味的新山顶广场也得到"富丽堂皇"的称赞。另一方面，在同一个艰难时代底下，一些日常生活习惯又可以变成值得怀念的事情：大排档是平民生活特色，在别处被投以怜悯的眼光的穷苦孩子忽然又被形容为在"快乐、健康中成长"，上茶楼歌坛、看公仔书、在街头玩耍嬉戏，全都变成了集体记忆中美好的片段，非今日之卡拉OK、天王天后、电子游戏所能媲美。

这种双向论述的效果昭然若揭。它既极力呈现今日之善、昨日之恶，以加强今天机制的合理性，又贬抑今天来高扬昨天，以安抚记忆中往昔的不满情绪、软化对往昔问题真正因由的探究。由此达到的结论是：过去我很苦，但苦得很快乐；今天我生活富足，当然更加没有理由不快乐。如此的香港照片集，看后令人安慰——原来我应该很满足了。这就是两本书的历史学者编撰人的眼光。

答同代人

为镜头加上嘴巴

我们常常会以照片为历史的证据，在各大出版社近年制作的通俗香港历史读物中，照片是不可或缺的部分。有些出版物更是以照片为主导，意图让影像说话，叙述香港的历史变迁。问题是：影像真的能说话吗？它说的又是真话吗？

关于摄影影像如何说话或传达信息，粗略可以理出两个面向，一是摄影的纪录性功能，另一则是摄影的艺术性功能。前者跟后者在理念上是互相排斥的。在新闻报道、历史著述，或普通至日常生活留影中，我们都毫不怀疑照片是一些实在地发生过的事情的有力证据。但在视觉艺术的范畴中，二十世纪初期的现代主义摄影家们开始不满意让摄影沦为纪录事实的工具。他们致力把摄影引向它的视觉形式而非被摄物件或事件的内容上去。摄影并不被动地纪录什么，而是主动地捕捉光阴、创作空间的微妙结构。摄影于是日渐成为一种有别于绘画的艺术形式。现在，加上对客观纪录的质疑和影像的支配性和建构性思考，摄影的真实性和客观性越来越站不住脚。

纪录性摄影和艺术性摄影基本上假设了两套截然不同的摄影语言。前者追求的是以最清晰的方法呈现事件的时、地、人等各种要素，达至纪录的资讯性作用。后者却无须顾及外在于照片的"客观"自存的事实，而只反顾自身在构图、色彩、灰调、反差、光影、时机等方面的形式掌握。当然，影像的社会信息和形式美并不是互不相容的，但基本上纪录性和艺术性有倾向上的差异。后者的通俗化版本是业余摄影发烧友奉为圭臬的"沙龙"照，即常见的维港日落帆影之类。

"战后香港轨迹"之《社会掠影》和《民生苦乐》两本照片集，正正凸显出摄影的纪录性和艺术性之间的拉扯和失调。二书所收录的是钟文略自五十至七十年代所拍摄的香港生活百态，但书中最尴尬和不协调的是影像和说明性文字之间的格格不入。钟文略的照片虽然拍下了香港不同区域、不同阶层、不同年代的市民生活面貌，但我认为他的主要拍摄效果并不是纪录性的；亦即是说，这些照片非常侧重于构图、光影等艺术技巧上的考虑，而不旨在纪录客观的社会状态。文字的部分很明显是意图把抽离的、形式主义的影像重新嵌入实有所指的历史论述中，于是便常常出现这样的情况：一帧只有人物剪影的照片，原本呈现的是影像的形式美感，文字却牵强地把它解说为渡轮上的平民生活片段纪录。文字的历史论述语言，把原本意义不特定的影像拉向纪录性的功能。这令我们意识到，照片往往是既多义又哑默的，往往是文字令影像说话，甚至是代影像说话。文字的历史纪录式叙述反过来夺取了钟文略的照片的主导位置，把歧义的影像简化和统一为一个充满陈腔滥调的香港进步神话，这不单是对摄影者的艺术取向的漠视，也是主流论述对摄影这个媒介的粗暴挪用。

香港制造

　　也斯在《香港文化》一书中，非常关注由谁来说香港故事的问题，相信这亦是对文化身份日渐自觉的香港人所共同关注的问题。尤其是在这个临近回归，各路人马争相报道、述说、解释、研究香港的时刻，各种关于香港的说法，纷纷以新闻、专著、电影、小说等形式出现，多方位地呈现或再现"真正的香港"。

把范围收窄到文化界，在外人和自己人、外来和本土之间划清界限，似乎是建立自我身份的诉求的自然举动。早一点的有对马建漠视香港文化言论的反感，近一点的有对潘星磊捶打女皇像的不表认同。在这些事情上，自称香港本土人的我们采取的往往是防卫式的姿态，并且毫不思索地向一种仿似不辩自明的本土身份靠倚。我们往往怪责人家不了解甚或是不尊重我们的文化，"我们"把"他们"界定为外来者，不算是"香港作家"或"香港艺术家"。通过这种反向的否定他人，我们肯定自己的存在。当我反复用"我们"这个字眼，我已经假设了"香港人"是一个大体上完整和同一的集体，没有多元的内在分歧和差异。但问题是，这种同质的单一身份存在吗？

我并不是想反过来合理化一些大中原心态或异质论述对香港文化的指三道四，我只是想把目光回转，审视自我身份认同中存在的种种陷阱和危机。关于"谁是香港作家？"这个问题，在不同的场合都有不同的界定标准。香港各类文学奖的方法最简单，只要你有香港身份证便可以。至于文学选集，则往往由时间和地域两个笼统的指标来考量，例如台湾作家施叔青在香港住了十多年，也可以算是香港作家。另外南来和移民作家，也会因其在一段时间内于香港这个地域里"居住"过而获得或保留"香港作家"的身份，于是连张爱玲也常常被收录在关于香港文学的论述中。在另一些情况底下，我们可能又会以题材来界定什么是"代表香港"的作品；又有人提出一套以写作形式为依据的看法，例如也斯认为香港艺术的特点是抗拒宏大叙述架构的片段式抒情。

我不否定上述任何一种界定标准，但我并不认为任何一种标准能正确地界画出香港作家的真正本质。事实上，各种标准本身都是一个塑造和制作过程，从本身的立场建构带有不同目的的香港作家形象。我们并不因为生于香港而先天地是香港作家，我们是在自我和他人的塑造过程中"成为"香港作家。而不同背景和取向的人并不集体地"成为"同质的香港作家，所谓"香港作家"应该是一个不特定、多义、多作用和互相冲突的意符。与其争论"谁是香港作家"，我们不如问：一个作者如何"成为""香港作家"？以及：一个作者成为了"怎样"的"香港作家"？

制造香港

如果"香港作家"、"香港艺术家"，甚至是"香港人"的身份并不是本质性的、与生俱来的；如果我们明白到"香港历史"，甚至是"历史"本身事实上是建构出来的、基于某种立场的关于过去的论述；这些"解构性"的质疑若不把我们带引到虚无的"怎样都行"的模棱两可，或是不断重复的永恒质疑，还能够启发什么更有意义、更有"建构性"的行动？

从事文化研究的人往往就在这条边界上面裹足不前。当我们把这个那个说"香港的故事"的立场批判和否定后，我们究竟又能够说出怎样的故事？我们应做的是不是要清除从外面飘来的种子孕生的杂草，拨开零乱交错的枝叶，找出根正苗红的香港故事？当我们把注意力集中在由谁来说、谁有资格说，事实上我们是在争夺"香港制造"的原装正货的标签，而争夺标签很容易又回到本质主义的老路上去，落入自我正统化、自我合理化的窠臼。一种倒行逆施的"大香港主义"，与所谓的"大中原主义"其实同出一辙。拆解了既有的历史大论述，为的并不是代之以另一套历史大论述。

"寻根"这个观念十分值得玩味。有人曾经讥嘲，在香港浅薄的历史中，从来就未曾有过整全的文化，更谈不上往哪里"寻根"（六七十年代？）。的确，在香港"寻根"是近乎没有结果的，在大幅由填海而来的混凝土地上根本寸草不生。但我却以为，免除了"寻根"的需要反而是一项优势。"寻根"的观念暗示了文化身份是既有的、现成的、与生俱来的、早就埋藏在那里的，我们唯一可以做的只是把它"寻找"出来，除此之外，我们没能改变什么。在"寻根"的论述底下，每一个个体都是被动的，只能承袭"根"所留传下来的素质，也因而是被制造出来的产物。可是，正如历史是现在对过去的重写，"寻根"事实上也是对"根"的欲望和想象的投射。"寻根"不过是在特定的时间和地域范畴中，植下自己将要"寻回"的生命和文化"本源"。

所以，与其以"寻根"为掩护，我们不如反过来争取确立自己的主体性，把自己由追本溯源的"产物"转移为身份内涵的"生产者"。所谓"香港文化身份"并不是一个已然固定的"既有物"，而是一个供各种力量交互竞逐的"场域"。在这个场域内，我们既被制造、被模塑，但也同时是主动地参与着制造和模塑的过程。在参与之中，我们有可能体现自己的主体性。在香港写作，或更具体一点——香港文学——在当前的意义，并不是性情人格的陶冶，而是在文字媒介中确立主体，摆脱"香港制造"的自我标榜，进行"制造香港"的实践。我们有怎样的文化，有赖于我们怎样去写作自己。

心灵是由什么材料做成的？（上）

翻开报章读书版新书书目栏，赫然发现在传统的文学、政治、社会、财经、哲学等类别之外，有一个叫做"心灵"的书种。近年"心灵"类书的兴起和确立，相信与《心灵鸡汤》（ChickenSoup for the Soul）系列的风行畅销不无关系。当然，如果"以抒情的笔触书写感人励志的故事或文章、让读者从中得到精神的提升"为"心灵"类书的笼统指标的话，"心灵"书很明显由来已久。早至《爱的教育》，或《读者文摘》一直以来的激励人心的小品，以至于台湾张晓风一类的抒情散文，都可以说是以丰富心灵生活为写作要旨作品。但如果我们把以《心灵鸡汤》为中心的"心灵论述"视作独特历史时空孕育出来的新一波文化浪潮，那我们便必须思考"心灵"如何成为一个独立的类别，以及这个类别事实上是由什么构成的。

我们都知道，"心灵"（soul）这个概念在西方一直都是哲学和宗教论述的主要构成。人是"心灵"（或"灵魂"）与"肉体"的结合，但"肉体"是物质的、现世的、短暂的、可朽坏的，也因此是堕落的、邪恶的，是罪恶的根源。人若要进入天国，便非得抗拒"肉身"的诱惑、抛弃物质的牵念，以"心灵"为依归，借着对神的信靠和投入神的大爱中而得享永生。所以，"心灵"才是人真实而永恒的本质。然而，自资本主义工业文明兴起，宗教文化受到科学理性思维冲击，"心灵"的观念亦日渐为"心理"这个半科学的新兴学术概念所取代。与倾向神秘经验的"心灵"相比，"心理"强调的是人的内在活动和性格构成的客观可解释性。以往作为"心灵"牧者的祭司和作为"心灵"洁净和纠正机制的告解和祈祷等，亦让位于精神分析家或心理学家（二者取向不同，但扮演的指导性角色不无共通之处）和各种各样或严肃或通俗的精神分析疗程、心理学研究、心理测验等。

有趣的是，这种以理性主义为底蕴的"心理"论述，到了二十世纪末却呈露疲态，而"心灵"则大有回归之势。近年"心灵"论述的复兴，其实并没有强烈的内在一致性，而是由多个相关而不相同的思潮所构成，其中主要包括针对资本主义物质文明破坏性的绿色运动，以及在后现代混杂世界中自求多福的新纪元热潮。前者所强调的心灵与自然的契合颇有宗教性的余韵，后者侧重的灵幻超自然体验则富有民间迷信的色彩。但"心理"并未因此而被摒除，它反而借助于《心灵鸡汤》这种感性论述摇身一变，成为新兴"心灵"类书的中坚分子。

心灵是由什么材料做成的？（下）

带领"心灵"类书长期占据畅销书榜冠军的《心灵鸡汤》，事实上也发挥着确立"心灵"类书的作用。它甚至在一定程度上改写了"心灵"的定义。至少，在大众的普遍理解中，"心灵"就是《心灵鸡汤》所营造出来的那一回事——正面、积极、进取、和谐的人生态度。它不牵涉任何神秘主义，也对人和自然的关系没有兴趣；它只关心人际关系，亦即人作为社会群体一分子所扮演的角色。我们甚至可以说，以《心灵鸡汤》为代表的"心灵论述"，实源于现代资本主义社会大众心理学中的自我改良意识和成功哲学。"心理"在"心灵"的乔装下重新找到市场。

我们可以尝试细看"心灵鸡汤"的材料。它们并不仅仅是书中所列明的"内容",如"爱情"、"亲情"、"师生之情"、"生与死"等表面的主题构成。我认为更重要的"材料"其实是烹调的"手法"。首先,《心灵鸡汤》十分强调它的"故事"形式。"故事"的主导性甚至把它从"小说"和"文学"区分开来。写作手法,亦即文学手段,在《心灵鸡汤》中属于颇为次要的考虑,作者扮演的只是收集者、整理者、重达者的角色,而故事的"内容"和"意义"自会超乎"形式"的过滤和阻隔,以它"原本"的面貌辗转流传。

去除了"文学修饰"的故事,反而因其粗糙而"保有"了一种特殊而质朴的真确性,并进而加强了它们的感染力。强调故事的感性体会,让《心灵鸡汤》成功地脱除了大众心理学的功利气味;刻意营造的不分析、不言诠、不干预的"纯编辑"格局亦强化了"客观"的效果。这些也有助于解除读者的心理武装,全情投入各种"发生于各地而又同时发生于身边"的情感经验。另外,故事／经验一方面以大量而密集的方式给读者／消费者方便就手地取用／消耗,另一方面又以"精华"的姿态强调其稀有和珍贵。到了最终,心灵培养和情感教育指向的是一种实用性,一如作者们所主张,读者以故事建立他们的心灵资料／资产库,准备随时挪用、提取以应付／支付生活所需。大众心理学于焉完成它的变身。

在"心灵鸡精"的调配下,读者遂难以啖味出"鸡汤"里面的"心理"原材料。在种种美好而动人的现代童话故事底下,蕴含的其实是建立自我价值、发挥个人潜能、改善人际关系、提高工作效率等等迈向"成功"人生的既有价值观;而这些价值观亦是资本主义社会调控个人角色的手段,其最终效果是整体社会生产力的提高,以及既有权力关系和社会机制的巩固。所谓"心灵鸡汤",于是也可以理解为"集体意识烹调术"。

答同代人

EQ的伪心理修辞学

EQ其实不是一种心理学，它甚至不是一种管理学，而是一种服务于后资本主义社会的修辞学。它的发明者必须把它伪装成心理学，戴上科学和客观的面具，因为EQ除了是一个命名法（nomenclature）上的"创新"，其余一切毫无新意。它甚至不是取法于学术的心理学，而不过是通俗的大众心理学和众所周知的老生常谈的再包装。难为它的发明者还煞有介事地建议两夫妻吵架的时候暂停一会儿量一量自己的心跳，或者生病的时候保持良好的心情有助于复元。更难为更多的或同行或外行的作者，或善意无知或趋炎附势地写出一本又一本更次等的EQ小孩、EQ男人、EQ女人，或EQ什么。

事实上，整套越来越浮泛起来的EQ论述并没有半点创见，但它的作者的（唯一）聪明之处在于他有意或无意间找对了一个扼要而且似是而非的命名，以及随此命名而派生的一套修辞法。简而言之，这套修辞法可分三方面讲。第一，它利用了一种原本自相矛盾的双向论述，一方面宣称传统的IQ观念只偏重智能，而EQ则照顾到更重要的情绪因素，把情绪推崇为人类文明至高无上的原动力⋯⋯可是，另一方面它又把情绪形容为一种必须加以"控制"的、随时不受约束和具破坏性的危险力量。在对"正面"情绪的尊重和肯定，以及对"负面"情绪的排斥和否定之间，EQ论述无时无刻不在玩着偷换观念的游戏。它由始至终也没有给予情绪它自己的空间。

第二，EQ套用的，与其说是心理学语言，不如说是管理学语言。它的主导观念并不是"认识"，或"接受"，或"抒放"情绪，而是"管理"它。情绪"管理"的终极目的,美其名曰更丰富的人生或更亲密的人际关系——这些事实上都不过是含糊其辞——实际却是具体的事件或关系的效益提升。换句话说,它是一套功利的修辞学;它教导你如何在有限的人生中通过EQ思维摄取最多的收获。人类社会的资本主义工业文明已经进入了崭新的境界——它已经由工具理性的时代过渡到工具感性的时代。我们在理性低迷的反智气氛中欢天喜地地发现:原来情绪是"有用"的。

第三,"管理"的修辞把EQ哲学和资本主义社会成功哲学同时置放于因果和隐喻两个层面的关系上。因果的关系是最赤裸的。社会上的成功人士皆是"高EQ"(一个语理不通的名词,意即"长于管理情绪")的佼佼者,家长们最好为子女作好这方面的培训,好让他们成为李嘉诚、黎智英等(通常是男性)的接班人。把成功人士引用为高EQ的例子以说明EQ的实效,本身便是先有结论的反向论证,而背后更堪怀疑的所谓"成功"价值观,其实不过是资本的占有成绩吧!于是,就算在隐喻的层面,好好地提高自己的情绪质素根本就等于成为一个合格的资本主义社会竞争者。

令人不寒而栗的是,我们可以利用EQ修辞去塑造成功者(而成功者不因EQ而"成功"),也可以利用它去塑造失败者、无用者、异常者、次等者。EQ不具独立的内涵,而只是管理机制用以自我合理化的一套拙劣不堪的翻新符号系统。

"文化现场"在哪里?

余秋雨先生的"文化苦旅"观,说得简单一点,就是"读万卷书不如行万里路"的老生常谈。余先生多次强调,他的"文化苦旅"并不是旅游文学,因为苦旅的目的并不是观光,下笔也不旨在描写风景和行程,而是借旅行的经验进行文化探索和思考。此说诚然甚是,但单单就对"地方是什么"的观念来说,"文化苦旅"和"××旅游真乐趣"的分别其实并没有我们想象中那么大。

无论是余先生的《文化苦旅》和《山居笔记》或市面上的任何一本旅行文学和旅游指南,都共同地相信着"地方"特质的客观存在。所以旅游论述中的巴黎永远是浪漫的,而"文化苦旅"中东北的宁古塔则"透着点儿苍凉和浩茫"(《流放者的土地》)。当然,余先生的"地方"特质是建基于对它的历史文化认识的,但这种观点仍然假想着,只要你对某个"地方"的历史文化认识有了一定的基础,你便会在实际的旅行中更接近它的真实。或说,真实就像一件件古物和遗迹,埋藏在时间的泥土下,等待着我们去挖掘。

所以余先生套用了考古学的语言,强调所谓"现场考察"。"现场"就是余先生的"地方"观,意味着一个无阻隔、无窒碍的、直接和纯粹的"亲身"接触"现实"的空间。历史在"现场"留下了痕迹,而后人只要通过到达"现场",便能够重新体会前人的感受,见证历史的发生。问题是,余先生进行的"考察"并不算是严格意义下的考察,除了在极少数的情况下(例如到承德的清朝避暑山庄阅读前朝皇帝的碑文,见《一个王朝的背影》),所谓"考察"其实不过是到"现场"走一走、站一站、看一看，尝试"体会"和"代入"前人的"感受"。

这种"代入"或"重构"前人经验的说法，只能够在一种非常局限的修辞语境底下才能成立。从一个批判性的角度看，考察的意义并不客观存在于考察的对象（地方／历史资料）之中，而在于考察者预先配备或后来补加的认知角度。换句话说，并不存在纯粹的考察，一切考察都是"从某个／些立场出发"的考察。如果我们读了余秋雨，并带着"苦旅"的心情来到他所"考察"过的"文化现场"，我们事实上并没有触及"地方""原来"的真实，而不过是从余秋雨式的苦旅立场重新塑造了一个我们以为可知可感的"文化现场"。"现场"并不是一个实质的地方，"现场"存在于考察者、旅行者的预设眼光中。

带着浪漫期望的观光客自会"看出"巴黎的浪漫，带着酸涩文化感怀的苦旅者亦必"证实"文化的酸涩。求仁得仁，皆大欢喜。余先生在书写的修辞旅程中，为我们制造了一幕又一幕的文化风景；而我们，无论作为观光者或苦旅者，也必然带着"现场"上路。

谎言的真理

芥川龙之介的短篇《竹薮中》已经成为了几乎可以永远衍生、改写下去的基型。最著名的自然是黑泽明的电影《罗生门》。这部电影的声名甚至远远超过了芥川的原著，而"罗生门"更加成为了各执一词、真假莫辨的处境的代名词。当然，"罗生门"其实是芥川另一个短篇的名称，而电影《罗生门》是以小说《竹薮中》为基型，再把场景搬移到"罗生门"这个地方，以及结合小说《罗生门》的"乱世中人性暴露"

这一主题。

《竹薮中》或《罗生门》的故事很简单，一个武士偕同妻子经过竹林的时候，遇上一名强盗，结果妻子遭强暴，武士则身亡。究竟事情是怎样发生的，武士又是如何死去的，当事人妻子、强盗、武士的亡魂，以及目击证人等各有不同的说法。最近日本导演三枝健起重拍这个故事，片名为MisIY（中译《迷离花劫》），风格之美更胜前作，但却加了一个"真相揭露"作结尾——武士是妻子杀的，但她却指证说是强盗杀的，于是她同时把两个男人毁掉，两个她也可能是存有爱欲的男人。

有人可能会以为黑泽明的版本较悬疑、开放，没有肯定的答案，而三枝健起的则唯美，但却把"没有真相"的精粹放弃了。我却认为，要说结局的开放性和对"真相"的彻底打破，只有芥川的小说版。至于两个日本电影版本，事实上都提供了答案。黑泽明的"罗生门"模式只是一个人云亦云的神话。樵夫为了自保，在审讯中声称什么也没看见，后来在私下言谈中却透露对自己不利的目击过程。我们只要想想黑泽明对这段透露的特异处理（即先前各段证供皆配乐而这段私下言谈没有），以及片中"每个人皆从自己的利益出发"的主题，便会知道这段吐露并非为私利而捏造的假话，而是高度可信的。《罗生门》绝对是有结论的，而这个结论是黑泽明对人性的道德批判的结论。《迷离花劫》并不比《罗生门》封闭，只是结论导向的情欲主题跟道德关怀有所不同而已。

通俗"罗生门"说法，往往只是强调事实真相的不可得和事情的扑朔迷离，但"罗生门"模式的真正意义，不是悬疑或虚无。它不单不是浅薄地说"没有真相"，反而是说"有很多可能的真相"，而这些"可能的真相"之所以"真"，是在于它们确确实实地是由某种立场营造出来的，透露了立场之间十分真实的权力关系。我并不介意《罗生门》或

《迷离花劫》提供了答案，因为答案只不过是显现了导演的立场，并且说明了，谁拥有最终的说话权，谁的立场就是答案。但这只是就"事实"的层面而言，即是"原来事情是这样的"的层面，至于更深层的心理、意识、爱欲、权力等冲击和争夺，作者未必永远是胜利者。每一个角色、每一段叙述，都自有本身无可压抑、磨灭和替代的真理。这是一种关于说故事的真理。

同其异

近一两年，书市上涌现了大量以同性恋为题材的书籍，当中大部分是由同性恋者（亦有人称为同志）亲自执笔发声，足可称为同性恋书写。在观念比大书店开放的二楼书店，已有同性恋书写的专柜，属此类别的新书亦往往摆放在当眼的地方。在一年前开办的《新报》Magpaper版，一直有固定的同志专栏，最近更开设了全版的Fellows，是全港仅有的规模如此庞大和姿态如此名正言顺的同志书写园地。

这些发展当然并不是没有遇到阻力的。恐同和顽固反对同性恋的力量自不用说，最令我关注的是另一类为数不少的"开明"异性恋人士。这类人之中各自当然亦存在差异，从声称"不反对"同性恋到"同情"同性恋者都有，但总括来说，可以把他们的态度归纳为：每个人都有自己的性取向选择自由，但个人自由最好不要提升到公共的层面，所以同性恋这类少数人的取向最好还是私下进行，而不要过于招摇。言下之意即是，同性恋始终不是正统／正常，人家容许／容忍你私下干便是万幸，不用再诸多怨言了。

有一种看来更有诚意和说服力的说法是：同性恋者绝对应该拥有自身的权利，而在这个已经开始接纳同性恋的社会中，我们（异性恋者）应该把同性恋者视为跟我们没有分别的正常人，而不应把他们视为异常者。反过来说，同性恋者也不应该继续强调自己受压迫的苦况，把自己形容为异类，将自己从正常人的阵营划分开来，因为这样其实是变相的自我歧视。所以，根本就不应该有特别为同性恋者而设的书写类别、园地、书店、专柜，任何标榜差异的东西都把同性恋者被歧视、被排拒、被界分的身份加以延续。

上述的论调看似十分有理，也十分有包容性，因为它强调一种无差异的大同世界，当中没有男女、老幼、种族、文化、性向的区分。但这种论调其实也可以是十分危险和偏颇的。在同性恋的问题上，它先假定了由异性恋价值观组成的世界是正常的世界；同性恋者应该泯灭自身的差异来加入这个唯一的正常世界，而不应建立和突出自身不同的价值观。简化一点说，就是：大家都是人，而人的价值必然是共通的，存在差异就等于歧视。这种论点的盲点是：它并没有真正尊重同性恋的"不同"，而不过是通过"同化"同性恋来巩固既有的其实并不"正常"也不"公正"的社会机制。

强调"差异"并不代表制造歧视，更不代表鼓吹冲突和分裂，而是一种真正的互相尊重和了解的基础，也是一个促成自我反省和批判良机。

异其同

在"异"和"同"的观念差别运作中，同性恋处于一个非常微妙的位置。所谓的"恐同"，其实也是"恐异"，亦即是恐惧或抗拒同性恋的"异于常人"。于是同性恋者往往得背负"同"和"异"两个观念的负面意义。当然，正如任何由人组成的群族一样，概括的"同性恋者"群族中也存在着不同的态度和取向。有的认同"同"的说法，即无论同性恋异性恋都是人，真正的平等建基于无分彼此的相处；有的则认同"异"的说法，即两者的性向存在着不容忽视的差异，而这差异应该得到充分的认识和尊重。

其实"异"和"同"的准则在大至国族、小至家庭或友侪间都在发生作用。在大部分的情况下，"同"和"异"分别扮演着正和反的角色。"大同"、"同心同德"、"共同"、"同志"（古典义）等词汇标示的往往是美善的道德乃至政治诉求。而"怪异"、"异常"、"异见"等则多半用来形容有害于正常的大多数的不良分子。在最近普天同庆的回归大日子前后，不绝于耳的唱颂、劝吁和指令都强调"同"。在这个"同"声高歌的世纪大合唱中，虽然常常出现过于投入者的脱板走调——甄子丹"同"掉李小龙打洋人振兴中华、文楼宝鼎"同"掉封建象征压维园铭志回归、谭盾编钟"同"掉专制王侯敲国乐唱好未来、司仪艺人们争相"同"掉暴雨山泥厚脸皮强报佳音……这一切都不打紧——但却展现出"同"的论述的多样修辞变化。至于"异"的声音，纵然此起彼落，但也乏力如李柱铭立法局大楼阳台的缺乏色彩的老调重弹；大家都有点累，有点腻味了。梁文道跳水池扮保钓烈士，总算是有创意。

大梦想家约翰·列侬的无疆界想象再被香港电讯的广告挪用，唱的也是人类共通、世界大同的高调。在不同的层面，常常也可以听到"先做人，后做××"的论述句式。这里所强调的人类的共性，比回归气候底下的"同"祖"同"宗推得更基础、更根本、更概括。（不单"同"中国，更是"同"人类！）当中所假设的无差异共同本质，一方面当然产生亲和作用，但另一方面也罔顾了个体和个别群族的特异性，结果可能不是互相谅解、接受和共融，而是某方面对另一方面的单向同化、侵吞。

强调差异的标签当然难免有简化的危险，也容易沦为扣帽子这种权力斗争的惯伎，但我们还得知觉细致而具体的特异性，为的并不是制造歧视和不公，而是把"同"掉了一切的大话重新"异"化，维系一个多立场、多取向的空间。由是，女性主义、非异性恋思维，香港主体文化之必要。

"纪念"的价值

上个星期电视新闻报道了公共交通新储值车票八达通即将正式启用的消息，又说地铁提早限量发售首版八达通纪念车票，市民排长龙购买，皆因有纪念价值云云。

把我们的城市称为"纪念城"实不为过。我们几乎三天不到五天便有一两件要纪念一下的事情，而进行这些纪念的最具体（也许亦是唯一）方式就是排队付钱购入一些纪念性物品——车票、邮票、电话卡、金币、纸币、照片集……诸如此类。由于我们常常受着这种纪念性气氛的熏陶，致使我们很少有机会想想其实我们在纪念什么，或者所谓"纪念"本身是怎么一回事。要思考"纪念"，我们不妨从古典的意象开始。比如说，一枝发簪、一把纸扇，作为情人或知己间的纪念，往后可以睹物思人。这些古典的"纪念品"特点有三：一、它们都是和具体的经验和特定的人际关系有关；二、因为它们必得在特定的经验脉络底下才产生意义，所以它们也是独一无二的——我送给爱人的发簪只对我俩有意义，给别人拾去，也只是发簪一枝，纵使它多名贵，也不再有纪念价值；三、它们虽然受制于普遍固定的模式，但每一件纪念品却因其独一无二而可算是一个主体自创的发明。

以自己不甚可靠的记忆考量，小时候视为纪念品的东西与上述的古典意象亦大体吻合，其中最主要的是经验的元素，有纪念价值的东西往往是自己用过的东西——"九九九九号粉红色九巴十二号"车票、蒙面超人贴纸、从亲友信上撕下来的邮票。虽然这些东西在严格意义上并不是独一无二的，但它们却因为经过个别人的使用而嵌进了个人自创的意义框架。说穿了，当中有经验、有回忆。我不知道什么时候这种古典的纪念价值开始慢慢转变。当然，今天它依然是存在的——我们还会送书签给朋友、在聚会上拍照留念——但我们也不能否认它正在日渐为另一种更强更普遍的纪念价值所取替。

首日封可能是纪念价值脱离具体经验的发端，但更大规模和深入人心的观念转移，发生于地铁纪念票这类无中生有、巧立名目的东西的大量发行。纪念车票、纪念卡这些物品的特质是：一、它们与经验、与使用脱离关系（虽然这些票或卡有可用价值，但为了保留它的"原初无瑕"，搜集者多半藏而不用）；二、它们的纪念价值是直接地购买回来的；三、它们虽然限量，但也算是大量生产，所有拥有者所拥有的纪念价值是同一的，没有独特性的；四、它们完全是由别人预先设计的，没有主体自创性。这些后古典的纪念品只是空洞的符号，说到底它们并不纪念什么；它们只是以"纪念"为借口的一种交换价值系统的建立，也即是投机炒卖的社会机制的自我壮大。在这个机制底下，经验被彻底否定了。是以，在我们这个"纪念价值"膨胀的城市，有些跟经验有关的事情慢慢地不太为人所纪念，并不算是稀奇的现象。

设计的发现与期盼

现在回想，我差一点点便可能去学平面设计，成为了一个设计师，或者是建筑师。小时候对售卖楼宇宣传册子中的单位平面图十分着迷，看着那些几何图案式的间隔组合，那些九十度角附带拉开的弧度的门口，狭小的厕所间里面婴儿奶嘴状的坐厕，以及标示着家居空间秩序的"客厅"、"饭厅"、"主人房"、"睡房"等字样，幻想着自己住进一个又一个崭新的单位，在这种图画解读中消磨上老半天也不觉厌腻。后来，索性就拿起纸和笔自己动手设计，连桌椅家具一并画进去，还有大厦四周的环境。当时自行创作的理想家居平面图的指标是要有八百平方英尺面积，而且里面要有牧羊狗，也不知是为什么。我敢说，纸和笔是世界上最好玩的玩具，不过这个容后再谈。

当时大概是小学四五年级吧，脑海中还没有"设计"这个概念，只是有一种冲动，觉得在纸上涂鸦一下也就经验了那些家居世界。事实上我一直住在旺角一个三百平方英尺的小单位，一家五口，一直住到三十岁，即是今年，因为结婚才搬了出来。这些"设计"大作好像给父母欣赏过，不过他们没有因此而刻意把我栽培成设计师或者建筑师，后来又不反对我念文科，所以我就离为人家和自己设计一个美好家居的专业越来越远了。对楼宇平面图的遗忘，连带让我没能成为地产经纪，或楼宇炒家，至今亦未拥有房子，颇可说是一项遗憾。不过这种"差点便成为了什么什么"的假想，以及挖掘童年往事作书写材料的做法，也许不过是用以参照眼前事物的虚构性手段。而触发我这样地去构想自己的，是郭恩慈编著的《发现设计·期盼设计》。

郭恩慈指出了"设计"和"规划"的分别，前者是以人的使用和生活实践为中心的，后者则强调量化的计算和非人化的功能考虑。所以香港近年大力推行城市"规划"，却还没有进入"设计"的层次。政府的伟大都市计划，都是从人口的密集程度、大型公共交通网络的流量、土地运用的分配等技术化的角度出发，却甚少着力于研究如何让人生活于一个既有个人自创和自我实践的机会、又能与他人建立互动社群关系的空间。在数量化的提供多少个单位，和肤浅化的如何令居住环境"实用"或是"美观"这两者之间，因应人的自我发展来进行的"设计"似乎还是缺掉的一环。

郭恩慈希望"发现"的，也许就是这个空缺中的可能性，"期盼"的，就是一种以人、以具体的使用、以深入和全面（而非纯粹装饰性或功能性）的生活环境缔造为理念的设计实践。所以，她冒着被嘲讽为过时和说教的危险，主张设计师得负上文化和道德的责任。于是我想起那个涂鸦着八百英尺单位和牧羊狗的孩子，知道当中混杂着功利和天真的无知，但却无须为着未能实现这梦幻而遗憾，因为也许我可以成为一个文字的设计者和建筑师，发现着更多的期盼，期盼着更多的发现——人存活的空间。

答同代人

书是不是商品?

书是不是商品这个问题，也许要放在资本主义社会的语境中才算是一个问题。书是或不是商品，主要并非取决于书是以一种物质形态（印在纸上、装订成册）通过金钱交易而流布这一事实，因为这只是人类某特定阶段的历史底下的事实，而不是书的不变的必然本质。正如无数其他早已存在的事物一样，书是在资本主义及工业社会兴起，并建立了特定的大量生产模式和交易机制之后，才正式成为一种"商品"的。或更准确地说，成为一种"消费品"。

当然，在我们这个社会中，有些书本的制作目的和阅读功能本身就只是消费——即以金钱换取快速而短暂的消遣，有时候并附加品味或身份的符号价值。但我们并不能因此把所有书本以其物质买卖的存在形态而概括地界定为"消费品"，也不能相应地把所有读者以其付钱买书的行为而一律简化为消费者。让我们暂且把"书"这个媒介"还原"为意义生产和运作的场域，而不是某种内容，这样将有助于我们思考"书是不是商品？"这个问题，以及回到"图书馆作为购物商场"这个很地道的香港式资本主义的观念上去。

法国学者沙蒂耶（Roger Chartier）在《书的秩序》（The Order of Books）一书中，概括地指出了过往的书史研究，往往只注重作品或文本，把文字视作可以抽离任何物质形态而独立讨论的符号系统，忽略了书其实必须在特定的物质条件中生产并且解读才能产生意义。这个"唯物"的考察角度很有启发地让我们重新发现意识形态的物质基础，但我并不认为物质条件可以概括书的文化运作过程。事实上，正如沙蒂耶的分析指出，在十八十九世纪以后，书因为"作者"（author）观念的确立而带有强烈的"原创"、"独特"、"个人化"的非物质、精神价值，但它又同时因为各种关于书的出版和销售的机制的完善，而成为在物质层面上不折不扣的商品。这两个相反的质性的并存，说明了书作为抽象的语言符号系统和作为具体的买卖和流通物品之间难分难解的关系。

书的"价值"的两面性——精神和物质——一直都为资本主义社会的机制所运用着，例如市场供求的调控很多时左右着书的精神或意识形态的输出，把生产力导引向巩固既有机制的文本制作上去，并在适当的时候选择性地强调书的非物质"文化"意义，或是它的物质"市场"价值。但我们没有理由因此而感到沮丧，完全服从于资本主义唯物论底下意义受制于物质条件或意义以市场价值衡量的说法。问题是我们能不能开拓一个虽然不能完全脱离物质条件，但又有相对的自主思考和批判空间的文化层，去影响和调节在"书"这个场域上语言系统和商业机制的拉扯。因此，最终的问题可能不是"书是不是商品？"，而是："我们可以把书变成什么？"

图书馆与文化空间

"完全图书馆"（the Total Library）一直是西方文化中关于知识的重要想象。在阿根廷作家博尔赫斯（J.L. Borges）的笔下，这个图书馆收藏了全世界任何语言所可能写出的全部书本。要实现这个想象的唯一可能性，就是图书馆等同宇宙本身。

在香港，这种想象不单是天方夜谭，更加会被认为是无聊透顶的。

我们的城市是一个想象力贫乏的城市，我们高举的只是一种低层次的资本主义。于是，有人主张以市场经济决定书的生灭，有人为书展的在商言商、毫无视野辩护，有人认为香港学应专注于经济研究而非文化研究……我们所赖以自豪的经济成就和商业思维逻辑，说穿了不过是一种接受了羞耻感免疫注射的劣质资本主义。而由"念理科、讲理性、凭良心"的梁主席带领下的二十位临时市政局议员们所赐给我们的新中央图书馆，将会为我们在这方面作见证。

如果书不单是商品，而是一个文化运作的场域，那图书馆理应是场域中之场域，或是维护这场域相对地独立运作的理想环境。在书市上、书店中难以摆脱商业掣肘的书本，在图书馆中却可以获得生存空间。事实上，无论现在市政局辖下的图书馆办得多令人失望，至少有一些有价值而早已在书市上消失的书籍，还有可能在公共图书馆凌乱不堪的书架上偶然让读者碰见。所以，图书馆实在是把书非商品化，而导向它的文本内涵价值判断的理想空间。当然，这里的前设是一种有文化认识和视野的图书馆管理。

在这种公营图书馆相对于书籍商业市场的优势底下，我们新中央图书馆设计的主导观念却竟然是"图书馆作为购物商场"和"书籍是商品"，怎能不叫人惊叹我们的政府和议员们对平庸的商业思维的贯彻始终？我认为，问题由始至终也不在图书馆的设计好不好看，甚或是能不能"代表"香港，成为我们可以无愧于世界建筑的文化"象征"。不。问题是它究竟"象征"什么，"代表"什么？如果设计背后的思维逻辑不变，图书馆只是如同众多本地无味的暴发户式的庞大建筑地标一样，一再重复那令人厌腻的商业城神话，无论它的外观是如何的骄人，其文化意义也不过跟现在的商场式设计同出一辙。

也许是时候让我们重新思考图书馆的意义，让我们放弃"完全图书馆"式想象中图书馆作为知识宝库，或是有价商品陈列室等种种或古典或现代的观念，而把它视为一个与商业机制相对又相关的公共空间，通过组成和取用当中的材料，成为一个文化拓造的场所。

当然，在这个会议桌上的尘埃落定而工地上的尘埃扬起的时候，这样的想象比博尔赫斯所写的更荒诞。

图书馆卖的是什么菜？

把中央图书馆设计成市政局辖下的街市（还未至于公厕），不单是一个品味的问题，当中必定有更深刻的内在因由。把街市装修得宏伟一点、富丽堂皇一点，就成了一个商场的模样。街市和商场，层次虽然不同，但说穿了，也就是金钱往来、商品交易的地方。

近日关于临时市政局与市政总署就中央图书馆新旧设计的争论，出现了两重误导性。第一重，把事件的焦点集中在程序和职权的问题上，以为把钟丽帼打成"奸"的，针对程序失当而维护原先通过的旧设计，便把事情完满解决了。这一层，眼见临时市政局座上的衮衮诸公及诸女的敷衍塞责，不少市民和文化界人士十分不满。第二重，民间有不少声音大力批判旧设计，认为是香港建筑的耻辱，高呼要通过新的方法重新挑选优秀的作品。我十分支持这个要求，但也忧虑这个要求未能挖到问题的核心，很容易把注意力导向单单"外形"美丑的片面价值上去。

图书馆的问题，远远超过设计"正唔正"、能不能够为香港文化打造美好形象的层次。为什么街市或高级一点的商场式设计教人不能接受？并不是因为不够后现代，或不够传统古雅，而是因为它的毫无文化触觉和视野的前设——把书本视作商品、把图书馆视作购物商场、把办图书馆视作提供商业服务。如果没有对这种观念作出彻底的反省，多崭新、多炫目、多美轮美奂的设计也不过会是大而无当、只足资自吹自擂的空洞文化标志，以及服务香港商业城神话的粗糙符号。

书乃商品的论调，在我们这个对书缺乏尊重和兴趣的城市是普遍的。每年一度的书展带头以最强劲和有效的手段集体清洗我们的脑袋中"书"这种东西所残余的文化意义，投入纯粹的物质摄取中。当中的信息最赤裸不过：卖书只是生意，买书只是消费。当然，"书只是精神食粮"这种文化洁癖其实是自欺欺人。没错，书的确是商品之一种，它必然有其物质存在形态和交换价值，市场的环境亦左右着书的浮沉生灭。但是，书之为书也因为它并不完全是一件器物，它里面盛载的意义远远超过商业机制的简化供求逻辑所能衡量。

图书馆设计的理念正好反映出一个社会对书的价值观，而如果我们不趁这次机会反省"书是什么？"的问题，我们将会再次沉入短视的消费者心态中，沾沾自喜地在装潢亮丽的文化地摊上挑来拣去，懵然不知地从衣饰华美的文化贩子手中接过掺水的蔬菜。

假"私"济"公"

在这个人们或自觉或不自觉地"回顾"历史、"正视"过去的时刻，除了各大出版社的香港史、全纪录、图片册等纷纷出炉外，也涌现了为数不少的"民间"声音，试图在主流论述以外提供另类角度。在这类个人成长书写中，较有反省意识的要算是"进一步"出版的《环头环尾私档案》。此书以地区为笼统界限（如湾仔、慈云山、荃湾等），由不同的作者述说自身在某地方的成长经验。由于自名为"私档案"，所以内里暗含对官方历史论述的针对性，并非一味故作抒情感性的怀旧。

"私档案"这个说法本身已经颇堪玩味。"档案"这种东西显然是"公共"的，属于官僚架构或权力机关实行管治和控制的手段。把"档案"跟"私"（私人、私密）的观念结合，是一种矛盾并存，或者反讽，也说明了所谓"公"和"私"事实上并不是截然分野、互相对立，而是纠缠不清的。"私档案"的意义，必先得建基于对"公私对立"和"私"之纯粹价值的自我拆解。正如书中《荃湾的童年》一文的作者马国明所说：记忆从来都是政治性的。他记忆中十分私密的童年经验，事实上就是由荃湾区所经历的工业化和经济发展上的贫富悬殊而组成。所以，单纯地相信撰写个人体验能脱离集体意识的宰制，并且比权力机制主导的论述更"真实"、更"有价值"，本身也是一种迷思。

另一方面，"私"事之成为"档案"，通过发表或出版"公开"予人参阅，也同时是把"私"的范畴"公共"化。经"公开"的书写，便是一种在公共空间内流通的信息，不再由个人所独自拥有。公开化的私人书写将会任由读者（包括其他个人和集体）挪用和解读，而永远不能回收为一己珍藏的宝贵而独特的经验。"私档案"的撰写本身就是十分公共化的行为，而此行为的意义在于，从"私"的立足点重新介入公共空间的运作。

而"私"之另一层自我拆解就建基于呈现个人记忆的虚构性。正如书中另一位作者汤祯兆所说，忆述经验不过是从某种现在的立场对过去作出选择性再造。这更进一步打破"私"比"公"更"真实"的神话，并且反过来成为"公共"历史论述的镜像：如果个人记忆充满塑造的成分，集体的历史大叙述又何尝不是某些立场的自我完满和巩固？

答 同 代 人

不过，上述的"私档案"自我颠覆也容易滑入虚无。如果没有所谓"私"的空间，撰写"私档案"又有什么意义？它又跟大历史有什么分别？我相信，"私"虽然不再是纯粹的、无瑕的、不受"公"所渗染和左右的，但一个人坐下来书写自己的过去，这行为本身就是一次十分个别的实践。而生活的实践，就是令统一的体系产生千差万别的姿态的方式。在个人书写中，我们必然地参与推演着公与私的界限和关系，并在这界限上企图修改公的规则、移动私的位置。

"生活"的谜思

我们常常会听见人语带激昂地说："我要体验生活！"当中有的是指要放下俗务，到通常是欧洲这类异地旅行或流浪一下，大有"生活在他方"的意味；有的则是指走出所谓的"温室"或"象牙塔"，投身到"社会现实"中去，仿佛有某些"生活"比另一些"生活"更"现实"。二者基本上是背道而驰的行为，前者幻想自己能摆脱成规，后者则幻想自己闯进建制，但皆自称"体验生活"，其实相同之处，是两者同属想象。

在最概括的层面，"体验生活"还是勉强说得过去的，它的意思是"去体验跟先前不同的另一种生活"。但把这话挂在口边的人通常不仅带有这个意思，因为他们的潜台词是先前的一种生活不算是"真正"的生活，所以才需要煞有介事地去进行"体验生活"的工作。在这些说法中，"生活"并不是指具体、个别而且独特的日常生活处境和经验，而是一套以"生活"为修辞集合点的价值取向，即某种形态的"生活"在本质上是比另一些形态的"生活"更有意义。这价值取向常常牵连到文学书写上去，成为评论作品的简化易用的准绳。这种简化易用的准绳并不单单为粗浅者用在粗浅的层次上，有时候亦会被追求深刻的人用在比较复杂的课题上，结果却是令这些复杂深刻的课题粗浅化。

从最通俗的层面讲起，就像此刻我正为之而书写的一类称为副刊专栏的版面，据说就是专门刊登一些写"生活"的东西。"脱离生活"、"故作高深"，就一定不是好专栏文字。这点屡有前辈级专栏作者对后进指指点点，言之甚详且腻，于此不赘。至于传统"文学"的范畴，亦多有"生活"之说，例如某伟大作家因饱受"生活现实"的洗礼而日趋沉郁精进，另一些则流连形式主义格律之美苍白之感情，缺乏"生活现实"的深刻体验云云。我辈中学时期念文学科的至尊天书——刘大杰《中国文学发展史》中，便充斥着这种"生活现实"观，也即是把作家的生活经验和文学成就挂钩，并把"生活"片面地理解为"政治和社会现实"。此种文学价值观祸延现当代文学，几乎成了一种流通大众的顺手拈来的文学评价习念。

一些比较新潮的读者和评论者，似乎也未能跳出"生活"的谜思。撇开那些颇成风尚的纯都市生活感性书写的年轻作者和读者群不论，就算是一些表面看来比较深思，并常常不忘谈论新思潮和理论的人士，在评价作品的时候依然习用"理念化"和"生活化"的二分法。这其实跟"生活现实"派的习念没有分别，大家都同样是就作品"内容"有没有写"生活"而立论，仿佛有一个"纯生活"的层面是可以和理念完全分割开来的，而理念则像一个个工具一样可以拿到"生活"中考察其效用的。这种思维模式出现在讲究新思潮的文字中，更令人感觉到"生活谜思"的牢不可破。

答同代人

"生活"在何方？

说香港文学特点是"生活化"，即以片段零碎的生活感性抒情抗拒宏伟霸道的大故事；说文学中的理念应该放回日常生活中予以考察；说女性书写的正路是回归生活中小眉小眼、煮饭洗衫的家居实践；这些都是有意思的说法，但也有其误失。有意思的是它们富有某种针对既有习见的立场性，提出了抗衡式的思考，误失的是它们亦容易因论者的疏忽和自身立足点的绝对化，而重新落入它们针对的思考模式。

回归"生活"似乎是近来颇为响亮的呼声。写历史，从"私人档案"的主观生活经验角度去写；谈理念，无论是后现代或女性主义，都得挖掘"日常生活"的可能性。迪雪图（de Certeau）一路的"日常生活实践"论（practice of every day life）似乎以各种或有关或无关的变奏在唱和着，但当中未必每一个"实践者"都能够开创出新的局面，有的更不过是套用新的语汇去装点旧的思想而已。黄淑娴在她讨论女性书写的新书中便提到理念化和生活化的问题，她认为我的一个关于女性处境的小说虽在理念上有所作为，但却缺乏"生活化"的验证，如果能把小说那抽离的情景放回"日常生活"中，把理念应用到"生活"上去，小说便不致于过分"理想化"。

我以为，这种从作品的"内容"（即故事的场景、人物的活动空间和行为等）去断定作品是属于"生活化"（另一个说法是"感性"、"有感情"）还是"理念化"的评论角度，其实是和上次谈到的"生活现实论"并无二致的。两者皆假设作品的"内容"和"形式"是可以分开评价的，而"内容"一项又可以分为"理念"和"生活"的，并且以后者为主导和依归。但事实上真的存在一个纯粹的、直接的、无过滤和窒碍的"生活现实"空间，让我们拿着理念去考察它、认识它、改变它，或是反之，让"生活现实"来考察理念的可行性和合理性吗？

我们"日常"理解中的所谓"生活"，只能是一种权宜或方便的说法。各种形式对于"生活"的说法，重点在于都是"说法"，纵使在取态上互有差异，也无改其共通的基础，即"生活说法"本身的立场的自然化和隐形化。它们谈到的"生活"其实并不是直接而具体的"生活本身"，而是一种由语言和观念构成的以"生活"为主题的论述。"女子家居生活书写"本身也是一种论述，有其立场和暗示，无时无刻不通过语言塑造一种"女子的生活形态"，除了在最粗浅的"内容"层面上，并不比一篇论文更"生活化"，或缺少"理念化"。书写就是一种带有理念假设的营造。真正的"生活实践"，并不发生在主题或"内容"方面，而是具体的写作和阅读行为本身。就算是写作最"理念化"的东西，也是在"生活现实"的空间内最具体的实践和介入，各种各样的"生活论述"在这种写读的行为中受到冲击和修改，并逐渐影响"生活"中大大小小的面向。在"理念"与"生活"、"虚"与"实"之间，存在着永恒的反复和摆荡，问题在于我们究竟选择繁复细致抑或简单易明但却难免粗疏随便的说法。现实告诉我们，后者反而往往更容易说服人。这现象是值得深思的。

成己达人

梁文道在一篇文章中说，写作于他，就是于"成己"和"达人"两个极端之间摆荡。这完全说出了我心底的想法。"人"和"己"，事实上也就是"公"和"私"的两个范畴。在我们的华语文化中，并不缺乏这种人一己、公一私观念的对立。我们的先圣，老早便把"独善其身"和"兼济天下"视为人生的两大可能性。至于所谓"修身"，也是相对于"公"的、"人"的领域中"齐家"、"治国"、"平天下"而言。当然，我在这里谈的已经是这些观念的集体化、通俗化用法，而非考究其"本义"。这种对照式的讲法，渐渐成了一种非此即彼，甚至是厚此薄彼的思维，在我们自称十分现代或后现代的文化之中，巩固着一些肤浅的对立观念。

我们可以从"为什么要写作？"这个老问题去考察这套二元对立的弊端。在现在非常年轻的初试啼声的一些作者中，颇流行一种姿态，就是摆明车马没有什么大道理大意义想探讨，只是想"照自己的感觉去写"、任意让感情和想象流泻。不难察觉，这种取态颇受近年的日本都市感性风所熏染，当中亦不乏有人自我理解为上承张爱玲的"传统"。令我颇为奇怪的是，甚至是一些比较"文学"的作者，也常常采取一种审慎的态度，只把写作当作一种个人兴趣来谈论，仿佛文学对社会整体的意义已经变成了不合时宜的奢谈。

在"为自己"的想法的另一面，是"为别人"，或"为社会"。如果"为自己"常常和"纯感情"挂钩，那"为别人"便常常与"纯理性"扯上关系，而对我们这个反智的文化而言，后者更容易受到责难，被认为是故作高深、罔顾读者。于是我亦常常听见有人说：你的小说太理念化了，或太理念先行了；或者，你的小说太"载道"了、太"说教"了；总之，就是太缺乏感情了。当然，亦不乏有人真的高举文学作为教化工具的旗帜，极端者如梁启超之论小说与群治，或共产主义下的样板文艺。但这种二元对立式的思维的危险，是常常让鲜明的极端把之间很大幅度的千差万别的取态简化、二分为两个内在同质的阵营。

我并不是否定写作的个人意义，事实上，就作者本身来说，无论他的目标是"成己"抑或"达人"，写作这行为本身必然包含着各种抒发情感，修心养性，自我认识、解放、肯定、治疗等等的个人心理作用。但这些作用却往往是与读者无直接关系的，读者阅读文本的过程和作者写作文本的过程不单不对等，甚至会是截然不同的。可是我又不同意像新批评或后结构主义一样完全无视作者个人写作行为的意义，因为写作虽然可以是一种一个人躲在房间中进行的私密行为，但会"躲起来写作某种类型的作品"本身便必然包含了文化的先设，而写作完成后发表作品，更加是一种进入公共领域的行动。所以，纵使是最私密的写作方法、最私密的内容、最私密的意图，也不能让写作保有那想象的纯粹性。就算写作不一定要"达人"，但也不能避免"到达"与"人"发生作用的空间。写作不可能单是"成己"，或者单是"达人"，而是在两者间来回摆荡。

独善与兼济

上次谈到，写作最终无可避免地"达人"，意即写作必然是一种超乎个人的、与人发生作用的行为，无论作者的意图或题材是多么的私密。就算作者自以为或声称写作不过是满足自己一时之快、表达纯个人的感情，或者并不关心作品的"社会意义"，只要作品在信息的管道上流通，作者便是在进行一种介入公共意识运作的活动。

一方面，在接收的一端，文本以书本或报刊刊载的方式流布的物质形态，以及读者的多种诠释立场和阅读习惯的规训，也在在说明了书写的必然非私密化、非个人化。另一方面，在制作的一端，单独而隐匿写作的模式，以及作者的个人化姿态或对私密题材的偏好，也不是作品绝对不受集体意识污染的保证。一个人纵使是作最私隐的日记式书写，甚至不让任何人读到，他之所以会"写日记"这行为本身、他对日记这体裁的种种预想、他所写的日记的思想和感情模式，以及其修辞习性的塑成，也是建基于一种集体的、带有历史发展和社会条件的文化实践模式。一个小男孩在日记中哀悼失落的初恋，并不单单是小男孩自己一个人的事情，而是整个文化对成长、恋爱和两性关系的意识的一种聚焦。日记体永远大于、先于写日记的人，同理，文类亦永远大于和先于作者。绝对而纯粹的"独善"是不存在的。

可是，反过来说，我们却不是要反过来高扬书写（特别是文学）的社会意义，贬抑作品的非社会化、非公共化取态。这套在传统中文文学批评中惯见的观念，同样犯了把书写区分为公和私的毛病，于是家国感怀和儿女私情、社会意义和苍白形式主义等等的二元对立模式，便成为了评价作品的方便标准。问题是我们如何在坚持书写者的文化和社会责任之同时，避免把文化和社会因素抽离为无上的标准。如果我们期望我们的文化能够超越庸俗思维的两端——即天真地以为能纯粹地书写个人感情和八股气十足地反复重唱史诗巨制、现实意义的滥调——那我们就得建立一种于"为自己"和"为他人"之间反复辩证和修订的角度。

其中一个可能的角度，是基于系统和实践的拉锯关系。如果文类规限作者，既有的语言和意识系统也同样预设了书写的条件，但在同一个系统底下，事实上每一次实践都是一个独一无二、不可重复的发生。在这些充满偶然和参差因素的发生中，产生了逃离系统、抗衡系统，甚至是修订系统的可能性。所以，作为一种文化实践，书写同时兼容集体制约和个体自创两个相对的力量，亦兼具"为他人"和"为自己"两种道德考虑。如果容许我再挪用一下那套著名的古典意念，我会说，写作是通过"独善"的自我建构来达至"兼济"，借着"兼济"的视野和道德责任来完成"独善"。不过，要以最简单的方式回答"为什么要写作？"这个问题，我觉得还是黄碧云答得最好：于人有益。当然，也得加上：于己有益。

文学的边界

在文学与非文学的区分问题上，一直有一个教人烦闷不已但又不能不持续下去的争论，那就是严肃文学与通俗文学对立的争论。这注定是一场没有结论的争论，而且会像阴魂一样在你感到最安稳平静的时候回来骚扰你一下，令你心寒，或厌倦。那我为什么还要在这里招魂呢？为什么我不保持缄默，对外面充耳不闻、安安乐乐地经营我的写作小世界呢？

我常常听到一种可能立意善良而且颇为动听的论调：消除严肃与通俗的分野，打破二元对立，只问作品的好坏。也可能有人会用"后现代"的态度，来鼓吹和庆祝一个打乱高下、搅和雅俗的混杂新时代文化的来临。但无论是基于什么出发点，这种"没有界限"、"没有区分"的愿望不是过分天真就是某些不太天真的意向的借口。我认为人类的文化还未走到，甚至是永远不会走到这个"没有差别"的境界。我们所见到的一些所谓"后现代"的混杂情况，只不过是文化中区分的机制在进行着比从前更复杂、更失措、更无序的运作罢了。但这并不代表秩序已经不合时宜，也不代表我们已经完全抛弃了秩序之恶，或丧失了秩序之善。在某些姑且可以称为"多元"、"小众"的社会中，虽然强势单一的中心压制势孤力弱的边沿的情况可能会随着媒体演变而瓦解，但区分还继续存在，画界还在不断进行中，分别只是由少数的"大国"变为多数的"小国"而已。

相对于主张"没有差别"，我反而认为应该积极地介入"差别"的界定动作中，无论是以评论还是创作，去重画既有的疆界。所谓文学与非文学的争论，事实上就是一种边界纠纷，而作为一个自称是从事文学创作的人，我未天真至于以为自己可以超然于这种边界纠纷之外，因为纵使是最不问世事的作者，其作品也会无可避免地被牵涉进文化的权力推移嬗递之中。强调"没有差别"，只不过是刻意回避并不单纯的现实，或者不去正视边界冲突所揭示的文化中有待思考和处理的问题。既然不存在那没有边界的"外面"，文学工作者便理应是一个在边界上的行走者，用笔走出文化的限度。

"严肃"与"通俗"的区分

其实所谓严肃文学与通俗文学的区分并不是固定和绝对的，区分本身可以是一个十分权宜而且富有特定企图的举动。我们可以以发表场地（文艺版还是副刊专栏）、语言（精致繁复还是粗浅口语化）、内容（深奥难明还是生活感性）、意图（自我自省还是迎合大众）、评价机制（学院殿堂还是市井世俗）等准则来界定两者的区别。显而易见的是，上述各种界定方法并不是完全互相对应的，发表在文艺版面上的并不一定没有迎合某种读者的考虑，语言繁复的也不一定有思想的深度，反之亦然。所以，"严肃"和"通俗"说到底并不是两种截然分野的内在价值，而是在实际写作活动中由上述几个范畴组织和重叠起来的混合产物。

然而，虽然并不存在纯粹的严肃文学和纯粹的通俗文学，但这不意味着实际的写作和阅读场域中并不存在严肃与通俗的区别。也许，如果有一天这个区别不再在文化中发生意义，它便会消失，并且为另外一套区别方法和价值取代，但在可预见的将来，二者之间还会在一定程度上可以区分，并继续作为文化调节和演变的一个环节。

我并不会假装我在上面作的是"客观"的分析，在这个问题上扮作采取一种中立的态度，因为每一种论述都必然有它本身的立场。而无须讳言，我是一直在支持甚至是在希望建立一种"非流行"的文学价值的。在这个过程中，我要面对的不单是来自"流行"的阻力和冲击，甚至在文学内部，我也不期望会有统一和完全值得支持和信服的立场。所以，如果"文学"对一些人来说是语言之华丽、精神之超拔、情操之伟大、心灵之美善、道德之高尚，我便得在既有的"文学"地域之上或之外重画自己的位置。

我无意用语言简化地直接说明和宣传我个人的文学取态和我对"文学"一词的界定。我想在这里反复重申的是，文学与非文学的区分并不是不辩自明的，而且是不应回避的。我们不应把这区分理解为个别的人之间的恩怨和争逐，而是更广义的一个文化对"文学"和"书写"的定义的调控。而作为从事写作的人，通过不同的书写形式，我们没有选择地需要介入这调控。既然独善其身本身已经是一种立场，我们何不把眼光稍稍投向远一些的地方，转移一下我们这个以粗浅自豪的文化的视野？

殿堂在他方

在严肃文学与通俗文学的争论中，常常听到一种关于"文学殿堂"的论调。这种论调往往也有着抑严肃扬通俗的目的，其内涵不外乎是以"文学殿堂"为书写权力的中心，而以通俗或流行文学为被贬抑和排斥的边沿。推而广之，"文学殿堂"中的作品统统是僵化的、故作高深的、与普通人生活脱节的高调大话题；而流行作品则是鲜活的、有生活感的、有人情味的真性情抒发。对"文学殿堂"攻击践踏，并亲近世俗市井的，便被赞赏为建制的反叛者。

我并不是想同样粗浅地把上述的论调倒转，为殿堂里面的所有作品辩护，并在践踏对立者之中得到幼稚的发泄。我想稍作厘清的是常常被随意挪用的"殿堂"观念。我们得首先承认文学以及任何书写形式在实践的过程中并不是超然的，而是牵涉进不同价值观之间的争夺和冲突，换句话说，写作就是社会中不同论述体系的一种交涉形式。"殿堂"这个观念，往往因应不同的需要而产生不同的针对性。有的用法是针对既有的文学规条，谋求文学创作的更新；另一种用法则是把所有笼统称为"文学"的书写划归为深宫之中压制人民的暴君，以达到肯定"大众"口味的效果。

　　我绝对不否认"文学殿堂"的存在，所谓"文学正统"的建立的确是文坛、学院、文学史等机制长久以来运作和维持自身的延续的手段。我绝对认同"殿堂化"是令文学作品失去活力和颠覆性的原因之一，亦认为"殿堂"是需要不断经受质疑、推倒和重建的过程。问题是当我们不仔细对待比"殿堂"更基础的权力分配状况，而随意以未经消化的术语来概括任何既存的文学作品，出来的结果便可能只是一种伪批判姿态和庸俗不堪的反叛做作。放在香港的情况中看，本土的所谓"殿堂文学"在整个书写环境中不但不是权力中心、不具有压制他人的力量，反而一直是处于边沿的位置，在主流的意识形态之外发出另类的声音，或提供批判性的角度。至于真正占据着大部分生存空间、掌握着文化流通管道的是哪一种声音，一个有着基本的诚实和分析能力的人不可能不知道答案。在那里有更宏伟、更华丽、更有待拆破的殿堂。而这种论调如果还是出自学院中人，处处带着现在流行的亲近大众、逢迎通俗品味的口吻，我们还能期待我们的下一代会养成批判性的心智吗？

文学千年

早前"世纪版"曾经刊登过一篇介绍意大利作家卡尔维诺的《未来千年备忘录》的文章，分两天连载，由黄灿然执笔。当时心中泛起了一种莫名的震动，为的是在今天，一本关于文学未来的书，一个以文学为终身职业的作家（包括卡尔维诺本人和文章作者、诗人黄灿然），还能占去报章副刊这么大的版面。《未来千年备忘录》一书原是卡尔维诺于一九八五年的一份讲稿，本来打算谈论文学的六种特质，但只写了五种，他便突然去世。他遗留给世人的，除了是这份文学论稿的深思与睿智，还有的是他对文学前景的乐观盼望。他所总结的文学特质，也是因应文学于世纪末迈向另一个千年而出发的。英文millennium一词，除了指一千年，也指人类未来之幸福时代，所以书的中译题为《给下一轮太平盛世的备忘录》。卡尔维诺用上了这个词，并不是轻率的，这显示出他对文学价值的坚强信念。

文学信念，这是多么不合时宜的东西。有人说香港没有文学；有人说香港有文学，不过自八十年代，香港文学已走下坡。过来人老前辈现身说法，不是慨叹新一代不如他们那一代，就是见证自己青年时代文学理想的幻灭。好一部分九十年代文学创作新人的底线定得特别低——创作只是兴趣，娱乐自己，不写下去绝无问题。连我们长期视为文学花园的台湾，也年年重唱文学危机的调子，什么文学出版社倒闭、读者人数下降、文学书刊销售不振，只能靠多办文学奖或哪怕是任何一丁点文坛微波来以"文学不死"的宣言互相壮胆。在比较"灵巧"的香港人看来，也许就是食古不化。

在普遍看淡"文学"的情景底下，香港"文学"这两年却出现了一个怪现象，那就是在创作和评论园地不断萎缩的同时，却涌现了大批书本形式的"文学"出版物。把这些堆满二楼书店柜面的新书称为"文学"出版物，主要是由于它们都是由艺术发展局文学艺术委员会资助出版的。在从前，一个二十出头的年轻人要无须自掏腰包出版自己的第一部作品，差不多是天方夜谭，现在，不少人已经实现了这个梦想。另外，基于大部分作者都采取业余兴趣的态度，生活糊口无须依靠写作，所以五六十年代"酒徒式"的卖文维生的艰苦文人生活亦已成绝响。但文学的生存条件是否单单是经济和物质方面的？是不是多拨一些资源，多创造一些文学硬件（文学活动、出版物），便可以确保文学得以存活并发扬光大？

我真的不敢太乐观。一个更关键的条件，是观念的问题。有一个大学文社搞文学周，主题为九十年代香港文学，精神可嘉，但列出来的推介作者令我吓了一大跳。我忽然惊觉，"文学"这个观念在大学生之中可以模糊和随便到这个地步，几乎是任何人拿起笔写的一点类似小说或散文的东西并且将之出版而且比较畅销便成为了"文学"。而这些还是办文社的大学生。这不能不令我想到，我们已经来到一个"文学"观念和价值面临崩溃的时代。这是千真万确的，我没行危言耸听。但我多么希望能相信卡尔维诺。

文学歧路说

我们已经来到一个"文学"观念和价值面临崩溃的时代，可能过于戏剧化，也过于简单化。让我尝试更细致和准确一点地形容当前的状况。我们传统地称为"文学"的书写模式和读写生态，现在正经受着两方面的冲击：一方面是大众对"文学"的遗忘或缺乏认识，把"文学"视为无用的东西，甚至完全不知"文学"为何物，另一方面是大众对"文学"的庸俗化理解和收编，其结果是大量充斥市场的类文学或伪文学产物渐渐打出了"文学"的旗号，成为了"文学"的代表作，而那些传统地号称为"文学"的作品，不是被供奉上"文学经典"的神台（亦即是一般人无须再费神阅读），便是被扫进了文化垃圾筒（即毫无存在价值）。换句话说，也就是"文学"作为一种艺术的失落，代之而起的是"文学"作为一种消遣、消费、潮流。

这里面必然牵涉到"什么才是文学"的大问题。"文学"的界线向来都是我们的社会中所谓"严肃"与"通俗"的争论所在。尝试去界定什么才是最原本的"文学"可能是没有意义的，因为"文学"从来就不是一个固定不变的观念，而文学范畴也往往随着不同时代的不同意识形态而作出包容或排拒的转变。我们现在以为已经成为定案的文学史，其实不过是今天的价值观底下塑造出来的文学传统。"文学"的概念必然是因时代而改变的，压根儿就没有永恒不变的"文学价值"。

这样说来，我们是不是正在经历着另一次的文学价值转移？也许是的。有些喜谈"后现代"打破上下雅俗之分的论者更会热切期待和拥抱这转移。但我对此却抱有怀疑，因为眼前香港的趋势并不是朝向一个更美好的"后现代"新世纪，而不过是"类后现代"的全民文字读写品味的低落和丧亡，也是在欢快耍乐和感性沉溺中整体民智的日趋堕落。而面对着这个无可拂逆的转变，我一方面理解到既有文学观念的不足依恃，另一方面却又不能轻率地认同所谓"后现代"的期盼，结果便只有两条可能的道路。其一，是继续坚持"文学"这观念的有效性，但却赋予它跟传统完全不同的内涵。如果社会上还普遍地把"文学"理解为文辞优美、意境高尚、思想伟大、感情丰富等等属于高级文化权力话语的文字操作，我们便得针对这些粗浅和僵化的预设，提出并实践一套更具自觉性、反省性和批判性的文学观，力求让文学脱离教科书式的意识强制，成为我们的文化自我拆解和更新的动力。这也许就是我一直希望能与同道者一起建立的文学观。我们并不捍卫什么文学，我们所需要的文学还未存在和成形，而我们要创造它。所以"什么才算是文学"便不再是问题，问题是我们要制造怎样的"文学"，以怎样的"文学"去回应另一些人所抱持的"文学"，以及回应整个社会对"文学"的态度。

还有的一条出路，就是索性抛弃"文学"这个已经日渐失效的观念，代之以完全不同的东西，例如：书写。

文学书写

所谓文学的消亡，并不单是指现在年轻一辈已经不看《红楼梦》，这只是极其表面的一项指标。它的更主要的征状，在于文学作为一种艺术的丧亡。"文学"这个词语甚至没有完全被摒弃，而是被挪用为种种迎合大众品味的消费性制作的招牌，例如流行文学或通俗文学。我一直认为，"通俗"这个范畴是一个社会的生机所在，问题是，现在称为"通俗文学"的好些东西事实上却是服务着商业机制去压抑和扼杀"通俗"的生机。把现在的流行作品比附为从前（现在却成为经典）的民间文化，是一种极其粗疏的说法，因为不同的时代有不同的价值典范。而把现在广为流通的一些东西称为"通俗"，其实也是对"通俗"的亵渎。

面对着文学价值的没落，要不我们就放弃旧的典范，重新建设一种针对这个时代的文学观，要不我们就干脆把"文学"这个观念取消掉好了。事实上后者的确已经在发生。在好些新一代的作者和评论者的文字中，"文学"这个词语已经渐渐淡出，取而代之的是更广义的"书写"。例如在女性主义研究中，大家也倾向谈"女性书写"而不谈"女性文学"了。这种取向当然是富有特定的立场性的。"文学"这观念带有太强烈的权力意味，"文学"的形成也是一系列的收纳和排斥的过程。"经典"和"殿堂"的建立必然依循某些意识形态路向，并压抑另外一些不相容的意识。这一点是一个当代文学工作者所必须承认的，再夸言文学的永恒价值和艺术纯粹性只是一种盲目和霸道。强调"书写"并不一定就把既有称为"文学"的东西弃而不读，只不过是读法很不相同而已。文学不过是书写之一种，它有其独特价值体系和表意形式，但却并不一定更高和更接近真理。很多一直被"文学"排拒在外，被认为是"没有价值"的文字，会以"书写"的名义重新被发掘、阅读、研究、运用。

"书写"的观念无疑是更开阔，更有助于让我们了解文学与其他书写文类的关系。小说、诗、散文、评论这些笼统的文类区分依然存在，但评价的标准却不再是"文学性"，而是作为一种书写形式，这些作品与当前的文化社会意识有什么关系。在书写观底下，评价的标准可能会分裂出多个不同角度和范畴，这可能是女性主义、历史主义、后殖民、后现代等等。再没有一套统一的、概括一切的文学价值。书写一方面会保存文学作为其中一个研究对象，但也同时促成了文学的终结。

我一直在思索，有没有可能结合二者而形成一种"文学书写"的观念，即是既坚持"文学"这个标签以及文学艺术的追求的必要，又同时自觉到文学乃一种由不同的意识形态构成的书写形式，并通过书写的实践与整体社会文化产生不能分割的关系。然而，在这个价值迅速更替的年代，无论是坚持"文学"还是"书写"，还是"文学书写"，结果都是被空洞的符号潮流淹没，只能沉于深海，或者随波逐流。

造作的艺术

不喜欢黄碧云的文字的人，常常会作出一项指责：造作。老实说，我也觉得黄碧云很造作。当然，这是一种很特定的意义下的造作。更重要的是，我认为，黄碧云的好处正在于她的造作。不造作，就不是黄碧云，就不好看了。好的造作本身就是艺术。

让我们首先来拆解一下一套老掉了牙的对立：造作VS自然；或曰：雕饰VS浑然天成。这套对立有很源远流长的历史，在古典文学和艺术中有数不尽的先例，一般都以后者为更高超。换一个讲法，即是搞形式主义和讲求情感或思想深度的流露的对立。其实不单中国文学，西方浪漫主义时期亦崇尚"自然"，而现代主义时期则趋向语言本身的内在自足。这当然不过是极为笼统的说法，而在日常语言运用的层次，所谓造作和自然也仿似是不辩自明的事情。

造作和自然的分野只有在最显浅的层面才能权宜地成立。我们的确常常在日常生活中的语言运用、衣着、行为等层面上对造作和自然的界定存在一定的共识。我们以造作或自然去评定的世界不是无序的，我们就是靠这类二元观念去赋予它秩序。但在权宜和作为日常行为指标的范畴以外，纯粹以自身本原的状态存在的"自然"其实是不存在的。这可以分两个层次讲：首先，我们对所谓的"大自然"（the Nature，即与人类文明相对的原始生物界的洪荒天地）的理解本身也只能是一种"理解"、一种文明对"自然"的想象和建构。浪漫主义的"自然"、环保意识的"自然"、道家的"自然"、无线电视北极南极沙漠高原探险特辑的"自然"等等，统统都是人制造出来的不同的关于"自然"的论述。其次，日常语言的形容词"自然"（natural，即与刻意或人工化相对的人或事情的从容坦诚或流露状态），也必然是一种价值观。更准确一点，它是建构某些价值观的修辞学，可以就立场的转移而作出难以察觉的微妙变化或标准挪换。所以，在香港这个资本主义社会，参与炒楼炒股住豪宅穿名牌的才是"自然"人，而粗布衫裤住离岛村屋自行种菜亲近"大自然"的人反而变成了"造作"的反潮流少数派。

在文学语言方面，究竟怎样才算是"自然"和"造作"？是不是如何"清通"便是"自然"？但下笔泣鬼神的杜甫"清通"吗？法国小说大师普鲁斯特蜿蜒数十行不断的长句、铺展五六页不断的长段，又自然不自然？而文学如果对语言没有施加一点形式上的锤炼和文字可能性的试探，而死守近乎透明的日常语在语法和语感方面的"自然"，又何足称为文学？语言的本质就是不自然，而在这基础上文学更专注于造作，以凸显语言的不自然性、构造性。就算是以仿似十分"自然"的文字写出的文学，其实也必然带有"造作"的意图，即营造某种"自然"的假象。

黄碧云的类文言短句、广东化方言和粗话、不恪守"人物语言"标准的对话、各种知识／思想／宗教系统语言的参照征用、反复变奏刻意营造的角色名字、因迭出而繁复多变和歧义增生的"金句"、极端的意象……就是因为推到造作的极致，反而交织成一种黄碧云式的"自然"，以造作为底蕴的自然。

极端的艺术

先说说"神话"。"世纪版"早前连续三天"大做"黄碧云，本来动用如此大的篇幅去谈论一个优秀的作家，是十分令人鼓舞的事情，尤其是对黄碧云的读者来说。但谈黄碧云，却不厌其烦地"神话"前"神话"后，令人不免有点反感。没错，正如黄碧云的文风一样，读者对她的反应也是极端的，喜欢的如痴如迷，不喜欢的则完全受不了，但这毕竟只是笼统的印象，而据此印象造出"神话"来的，不是他人，而是媒体。"世纪版"的黄碧云访问，显然是带备神话心态而作的，时刻自作品抽取对应，"拷问"黄碧云的个人感情和私密生活细节。文章自称这是不自觉的冒犯，并未敏感辨出被访者的抗拒，又处处带着为黄碧云"去神话化"的一番好意，但结果却是重塑了一个更"神话"的黄碧云，一个仿佛心中百般压抑涌动不能言语的黄碧云。即使黄碧云心中的确存在挣扎，但在访问中被记者咄咄迫问，挖开心胸在公众眼前披露内里隐秘的痛楚，那是多么教人不忍卒睹的事情。我只是想说，诸位以"反神"来"造神"的朋友，放过黄碧云吧！她不过是一个人。把她的人生留给她自己，和关心她的朋友，其他不相干的读者人等，不如多谈她的作品才是正事。

回到她的小说，一点也不神秘，一切努力和成绩明明可见。又说回极端，我是说作品中呈现的极端处境，温柔和暴烈，生和死，希望和绝望。这种极端常常遭到批评。有一派说法，认为极端容易流于典型化，甚至滥调，而在两极之间其实存在着更日常化的千差万别的处境。这个说法不无道理，针对某些故作激情的作品对人生的简化，是有其批评论据的，但我认为黄碧云的极端不是这回事。黄碧云的极端，不单是主题上的必要，更是艺术上的必要。小说，以至于文学，并不一定要符合（反映？）"普遍的"、大多数人经历的现实。一方面，这个普遍的大多数只是一种印象化的指标，另一方面虽然小说中的处境未必是一般人心目中的"日常生活"，但却也不能排除有其发生的可能。更重要的不是极端处境发生可能性的大小，这根本无关宏旨，而是从极端处境中迫进出"普遍的"人生"本质"和"底蕴"。（当然，"本质"和"底蕴"的存在与否又是另一回事。）极端和激情、滥情是两码子事，它把理智与感情的宽容度和限制推到极致，试验出种种可能和不可能。换个角度说，文学不可能不极端，只是面向和程度的差别而已。最日常的题材、最平淡的笔调、最平板的情节，当中依然必得有那么试探性的一点，不服从现实世界的逻辑，把它推到未被测知的边沿。这一个点，这一种或显露或隐藏的动力，就是极端的艺术的所在。黄碧云对此，不单娴熟，而且浸沉，并且已入艺术的境界。

节制的艺术

一般人对黄碧云小说的印象是，极端、变态，专写暴力、性、死亡。也许亦有人会以此印证黄碧云的过量、无度、破坏、失控。反之，急于冲击传统的人也许会为暴力和欲望的无序爆放而欢庆，而黄碧云也许亦能满足一些人粗浅的颠覆美学观,即奉一切规限的解放为圭臬。然而,我却认为黄碧云的艺术精粹,在于节制。在我所读过的香港小说家中,黄碧云最追求理性,以及理性形式对无序欲力的统驭。

《七种静默》的叙述者说:"我从来不知道节制与约束。"所谓七宗罪:饕餮、好欲、懒惰、妒忌、忿怒,贪婪、骄傲,事实上就是欠缺节制与约束之罪。在艺术之中,也存在着这样的一个活门,调节过度或不足的能量,以达至一个均衡点。至少,这是艺术追求的终极目的。当然,数学化的均衡点,如黄金比例、十二音阶的完美和谐计算,到底也许只不过是想象,而文化会对艺术作出种种理解、造成种种预设,但追求节制是对黄碧云十分恰当的形容。

巴赫是黄碧云的重要参照坐标。《失城》中陈路远杀死一家五口之后,一边煮咖啡,一边听巴赫大提琴无伴奏组曲。巴赫代表理性、逻辑、因果、反复、对照、格律形式之美、赋格的艺术。黄碧云一直探寻的,就是这种理性形式对无序欲力和无常命运的想象性承载。这除了通过音乐性的反复结构所达至,也有赖于叙事线以外参照系统的建立。最常见的参照系统是宗教论述,如创世记、启示录的穿插对应,或佛家心经,更牵涉到各种知识论述体系,如《突然我记起你的脸》中的宝石知识、《七种静默》中"骄傲"一章关于数学哲学的援引。后者把理性形式和参照系统的节制艺术推到极致,小说不单在故事层面叙述了数学家黄玫瑰因抄袭他人研究成果被控告的始末,也利用了二十世纪数学哲学逻辑主义、直觉主义和形式主义三派的争论,来表明人对完美数学思维,也即是纯粹、和谐、美丽的理性世界的追求,以及此追求所呈现的人类智慧、意志和局限。这种参照一方面赋予作品具体而坚定的形式,另一方面亦深化和广化作品的主题。

小西在他的书评中特别看好"忿怒"一章,我却以为,"骄傲"

更能代表黄碧云《七种静默》时期的成就。黄碧云的特异在于，她以最富节制的形式，去承载最暴烈难驯的元素，骤眼看以为是夸张变态、无措失控，事实却是长久的沉淀、深刻的省思的结果。而语言、形式的节制，并不等同于束缚和规限，因为它创生了文学艺术的逻辑，以对应现实世界的逻辑。文学并不直接通过爆放和失控去冲击现实世界，它一方面受制于现实的约束，另一方面又改写约束，以节制抗衡节制。于是，黄碧云作品中的罪与罚，也就不等同于现实中的伤害和折磨，而是以艺术去反塑人生的无序、无常和不可知。

书的拯救

关于在书店中选购书籍，最精彩的莫过于卡尔维诺在《如果在冬夜，一个旅人》中的描述。第二人称角色"你"走进书店，面对着难以计数的书本，就像冒险闯进危机四伏的敌阵一样，随时会受到各类书本的伏击。这些伺机发难的书的分类形容，的确能够戳中读者的要害，其中包括"为阅读以外之目的制作的书"、"目前太昂贵，必须等到清仓抛售才读的书"、"你可以向人家借阅的书"、"人人都读过，所以仿佛你也读过的书"、"你多年以来计划要阅读的书"、"你搜寻多年而未获得的书"、"你可以搁置一旁，今夏或许会读一读的书"、"突然莫名其妙地引起你好奇，原因无从轻易解释的书"、"好久以前读过现在该重读的书"、"你一直假装读过而现在该坐下来实际阅读的书"等等，不能尽录。但书本作为主动的攻击部队和搜猎者的隐喻，后来却又倒转过来。"你"选购了一本书，到收银台结账，回首迷惑地望一望周围未被购买的书，卡尔维诺却写道："或者应该说，是书在看你，那些书眼神迷惑，像是关在城市牲口收留处的兽栏中的狗，看到原来的同伴被主人牵着皮链救走了。"买书，原来也是一个拯救书的过程。

本来是想谈谈文学书籍阅读的低迷，但下笔可能又是重弹那些老调，连我自己也厌闷极了。卡尔维诺的书种名单，大概应该加上两类别"值得阅读而没有被好好阅读的书"和"阅读后值得谈论而没有被好好谈论的书"。香港本土的文学书，虽然质素参差，但当中较好的，显然面对着上述这种命运。我并不特别为作者难过，我关心的反而是那一本一本在书店书架上苦苦守候的书。在文本和物质的两面结合下，它们仿佛也是一个又一个的生命体。被读者遗忘或者根本从未被认识过的孤本旧书，特别富有这种孤寂感。当然，在谁都随时可以出版一两本自己的大作的年代，经不起时间的考验而遭到淘汰是很自然的事，与人无尤。问题是，这里讲的"时间"当真就只是时间，并不牵涉价值判断的过程。这即是说，本地文学作品的湮没，多半并非由于经过公开而共同的阅读和评论空间的考验而造成。一本新书出来，无论好坏，往往就在一种不闻不问的气氛中自动作古。年轻学生常常疑问香港有什么文学作品，我想，这大概是由于，文学书并不是那些特别讨好主人招摇过市的宠物，而多半是仍然拥挤于牲口收留处等待着被人救走的狗只吧！

虽然，说文学书是弃狗似乎有点不敬（当然也有人会认为恰如其分），而狗只本身也许亦悠然自得、并不渴求拯救；虽然，像"拯救"一类的措词很容易会为文学打做一个更不振、更刻板的濒临绝种动物的形象；但是，作为一个读者，作为书本存在的理由，我还是喜欢卡尔维诺既戏谑又严肃的设想，并且继续发问：我如何去拯救一本书？

答 同 代 人

评论之罪（兼谈《博物馆》）

在一年将尽的时候，本想谈谈几本我认为没有得到应得的注视和讨论的书，作为书本拯救行动的具体实践，但却迟迟难以下笔。也许是因为我对"谈谈几本书"这个行为本身的想法已经不再那么单纯，不再以为只要认真思考一本书已经代表一种尊重。我感到一股巨大的犬儒气氛正逐渐变得浓郁，慢慢笼罩着我们的社会。使命变成了一种奢谈，责任变成了自我吹嘘，单单是表达意见都变成了狂妄和欺压，于是我们开始习惯自限于小趣味、模棱两可的措词、无伤大雅的互相赞美或保留。昨天晚上无意间在电视上看到《南海十三郎》一剧的录影，末尾有以令人毛骨悚然的朗诵腔讲出的一段收场白，大概是叫人不要想得太深，用脑太多会变白痴。我百思不得其解，究竟这几句话当谁是白痴呢？观众？南海十三郎？还是，这其实是反讽？对不起，真恕我看不明白啊！

也许说的是我，因为我往往想得太多。评论总令人想得太多；误读，过度阅读，这些都被视为罪过。尝戏称，评论，乃"身痕文学"，五行欠揍是也。然而，也许我不应该说得太轻率，说太多晦气话。让我们不厌其烦地再一次正视这问题。评论之罪，从粗浅处言之，在于得罪。但之所以会得罪，并不一定在于意图的恶毒或言词的锋利，而可能单单是由于见解并不符合被评者或读者的想法。于是，评论之罪，在于它并不服务作者，说出作者（所声称的）心中意图，而往往有另外的解读。评论之罪，在于它不是说明，而是回应、对话。

这也许并不完全与我打算谈谈的一本书没有关系。这是一本形式非常独特的书，像古老的书简一样横向拉开，淡黄的草质纸上有配合着文字的线条和图像设计，在每一个摺页间印有一首诗，诗句或整齐或参差，或呈图形或成倒影。更重要的，是诗句所展现的对谅解的期盼，对权力的温婉抗议。且看看《北宋鱼形壶残件》的争辩："不尊重不同的演变怎能追溯过去／不理解缺席的部分怎能想象／一尾完整的鱼？"或者《周鼎》的邀请："我可否放弃盛宴的肥腻改进素羹／煮我的野菜与你一炉共冶？可会／调整你的威严逐步变出新的纹饰？"或者《陶俑》中对僵化事物重生的盼望："模糊的面目可融合一切变出新身？／可以再迎来庄严的形象，赋予本土的慈悲？／或从我们身边万千陶土终寻到一张脸孔，长年／融会悲欣，釉烧累生智慧，化成血色鲜艳的丽人？"

这本书是也斯的诗集《博物馆》，继承他早前咏物诗的功力和对文化的思考，融进一系列互相参照的古物的意象，把个人情思与历史文化反省共冶一炉，在说理、质疑、抗辩中蕴含了解差别、容让异见的美好意愿。再没有比《汉拓》的收结更动人的诗句："纸与石细语商量的对话／墨色乌黑至银灰的变化。"请容许我相信，这不单只是一个诗句。

评论的欲望（兼谈《欲望肚脐眼》）

欲望之为欲望，在于它的不可界定。它是隐私的，混沌的、无形的、不断向外衍生和进占的力量。但我这样说，已经是一种对欲望的界定，而这注定是片面的、权宜的、相对的、想象的。换句话说，界定本身也是一种由欲望驱使的举动，一种对秩序、对理解的永恒渴求。当然，这不妨碍我们也来从某个侧面去对欲望作出一些适用于某特定语境的界定。例如说，文学评论的欲望。

很多人可能会认为，评论和欲望是南辕北辙的事情。评论诉诸理智，追求客观的真理，而欲望无序，是主观无可餍足的扩张。评论讲求公允、欲望系于私念。我早前谈论过的评论道德，也可以说是对私念的规范。但我不认为在欲望和规范之间存在的只是一种负面和正面、破坏和控制的关系。事实上，道德和欲望是两个互相牵制，但又互相推动、互为表里又互相取替的运动。于是，在建立并维系评论道德的同时，我们也得承认评论中的欲望底蕴。

文学评论并不是作品的客观分析，而是一种主观的再创造。这已经不是一个新鲜的说法，但也是一个依然未被普遍接纳的说法。它甚至永远也不会被普遍接纳，因为总有好一些人至终还是相信客观分析和读取作者原意的神话。这不是重点。重点是，无论你相信哪一套，评论无可避免地是一种评论主体对被评客体的重塑，而这种主客间诠释竞逐的关系，在最广义的层面上，就是一种欲望关系。欲望的终极目标，是对意义的掌握。

这也许跟我今次要谈的罗贵祥的小说《欲望肚脐眼》有隐喻的关系。《欲望肚脐眼》的叙述者K是一个报馆摄影记者，但他明白"被拍摄的人事"总是"不可能完全精确及客观的，尽管照相机所能看到的要比人眼准确百倍"。连表面上纯机械摄影的客观性也不过是个谜思，语言的理性评析也不可能是终极真实的呈现。记者把镜头对准他要拍摄的"会长先生"，但他"不是要搜寻他的某种独特的固有本质，而是他的拥护者肆无忌惮地投射到他身上的缤纷喧闹的幻想与欲望"。摄影并不是真实的捕捉或纪录，而是一种主动的、从某种立场和角度出发的营造；同理，形象也不是人物的本质，而是人们向人物投射的目光所组成的欲望幻象。K十分意识到自身的主体位置："在我照相机的观景窗里，他不由自主地成了我创造的人物，任由我为他撰写故事。"

我把这个摄影的本体论视为文学评论的隐喻，说明客观真实的不可得，这个对《欲望肚脐眼》的读法，反过来也是一个文本的再创造。作为一种讲究的阅读，评论不应也不能摆脱创造的意志。但这并不代表背弃真实，相反，欲望中存在另一种真实，正如罗贵祥的叙述者声称自己是一个"现实美学的信徒"，并说："可能我追求的，就是精密照相看不清楚的现实，混合了记忆、感情和欲望的会生长变化的现实。"

《欲望肚脐眼》是罗贵祥第一本小说结集，收录了他十多年来十二篇十分优秀的作品，今年六月出版后，只得一篇书评的回响。

拯救还是帮助·九七年·玫瑰念珠

"这个晚上，文生终于明白，他需要的，不是帮助，而是拯救。"这是《玫瑰念珠》里面，关于徐良琴儿子文生的说法。在另一章，叙述者这样说："Y，好几年前，我们谈过写作，当时你说，颜色、颜色的，除了颜色，会是什么，为了更好地理解你的话，终于发现，我所致力的，不是写作，而是拯救。"至于我，在这一年的终结，汲汲于谈论几本书，所致力的，最终也许不是评论，也未能达到拯救的作用，而不过是微弱的帮助而已。为此，我感到万分惭愧。没能为文学价值的保存做些什么，更遑论价值的缔造，而白白让作家们种种努力的成果流失，在年终不得不回望的时候，作为一个执笔者，我看到的是未负的责任，作为一个读者，我看到的是自己的肤浅。这肤浅和不负责任之所以令人痛心，不单是由于个人意志和能力的不逮，而是由于它们是整个文化生态的产物。

就如《玫瑰念珠》，我读到中途差点便放弃了，因为实在没时间，因为实在太难懂，因为风格太个人化，因为句子太零碎、逗号和句号太多，因为它喃喃自语罔顾读者的兴趣和需要，因为它不过是过期西方现代主义天书的余风……诸如此类的借口。但我终于还是把《玫瑰念珠》读完了，而且读了不止一次，而且发现依然未能读得通透，而且相信还得反复多读几遍，直至能够真正体味文学磨炼和生命沉淀的世界。也许是由于《玫瑰念珠》在根底上的自我指涉，我几乎可以触摸到一个作者、一个到最终还谦逊自称为文学学习者的形象。而且，据称是已经接近尾声、以最深的情感和最重的笔力总结自己的文学和人生历程的作者的形象。

玫瑰念珠。名字的动人魔力。还有那些牵引着繁复的想象轨迹的小题：学习年代、生而为人、湘桂铁路、海上航行、纺织物、图案的双重原则、沼泽地、吟哦与咏唱、玫瑰事件、泛音——充满暗示的期待、森林和原野、南方家园、颜色风琴、她的文学志向、星晨的惊人事件、空中书写、蓝海绵浮雕……密密麻麻的线索，稀松散漫的交织，造成了既内聚又蔓延的张力，有整齐的秩序和呼应，也有多元的开放和模棱。就如"母题和隐喻"一节所说："像平整织物的图案。能够自每一根线条。追溯花结的枝干和根部。据说均称的愉悦源自动乱的创伤。所有曾经在平整织物上留下的点。全都在玫瑰花形长久的嬉戏下。退隐至。图形的。背面。玫瑰花形与大自然的直接连系愈是薄弱。暗藏的张力便愈大。在这些短暂而清晰的敲击声中。凡事反求诸己。"

《玫瑰念珠》，粗糙的纸皮封面，九七年，在小书店的柜台上出现，然后退居到书架的一角，因大开度而比其他书本突出的书脊上没有任何文字，所以亦因而是隐身的，一本，艰涩难读的，但又因此而是千锤百炼的，象征着文学实践的终极目标的书。也正如它那素淡得不能再素淡的封面所暗示的自我消隐，它在九七年还未过去时已经给早已丧失阅读能耐和洞察力的读者所遗忘。我所能够做的，只是把它从书架上拿下来，捧在手中，念出那全然浅棕色的、没有任何甜腻的设计的封面上仅有的七个字：

　　玫瑰念珠。钟玲玲。

二、致同代人

首先让我们承认，我们都是独裁者

同代人：

请容许我这样称呼你，因为我实在想不到比这更合适的说法。我不愿意直呼你的名字，因为我除了打算以你为谈话甚或是争论的对象，还有意同时针对以你为代表的一代V城作家，而当中必然也包括我自己在内。所以，这也可以理解为向我自己作出的怀疑和批评。不过，我也不是说你只是代罪羔羊。身为作家，你必须对自己的写作负上责任；而身为在V城成长和生活的已届中年的一分子，你也必须对同代人的写作负上责任。这就是我把你称为"同代人"的用意。我对你所要求的，我也同样地对自己要求。如果我最终没有做到这一点，你是绝对有权指责甚至是鄙视我的。

在隔岸的副刊专栏里谈V城的写作状况，是令人忧虑的。特别是当我并不打算就这边的情况作简洁明晰的介绍，而选择直接进入深层的反省和批判。这未必容易得到隔岸读者的明白和谅解吧。可是，因为你也算是少数比较为隔岸读者认识的V城作者之一，所以借着你为中介所进行的议论就有了理解的可能。你十一年前在隔岸拿取了小说新人奖，之后又断续地在隔岸出版了好几本小说，那边的读者对你并不算是陌生，也极可能很自然地把你当为V城作家的"代表"看待。不过，就这种"代表性"，我所指的并不是你在任何方面比其他同代V城作家更优秀，或更具价值。这样未免太抬举你了。相反，我是计划着从你的局限和缺失方面入手，把你视为V城作家整体的局限和缺失的代表人物呈现出来。如果这些关于V城同代人的问题，无意间从侧面映照出某些隔岸相似的状况，那可能只是出于偶然，但也可能说明了这些问题的普遍性和时代性。

至于读者们对称为独裁者的我缺乏认识，这一点也不重要。我只要求大家接纳一个前提，那就是：首先让我们承认，在写作的领域里，我们都是独裁者。这是我和同代人的共同特征。分别只是，你一直企图扮演颠覆者，而我则带着羞愧和罪疚去面对自己的本质。你作为我的和我作为你的同代人，在追求灵性和思想解放的道路上，最终必会发现，在我们这个号称自由的社会中，其实我们自己就是首要斗争的对象。唯有在这一点上，我盼望得到你的完全认同。

独裁者

分别只是，大独白和小独白

同代人：

你一定会极力否认我上次所说的，我们都是独裁者的说法。我知道继续说下去也不过是自言自语，但这正应和了我的主题——我们都无法从独白中解放出来。我这里所指的"独白"，简单来说就是一种权力的表述方式。在我们这个号称"自由开放"的社会中，所谓"自由表述"其实只是各种独白形式的自说自话。这种状况也可以称为"多元独白"的模式。这种模式之所以能称为"多元"，是因为在我们的社会中，并不存在明显的行动上的压制，也不存在中央统一的压制性。当然，政制上的封闭，和政经体系的复合压制力量是不容忽视的，但在表述的层面上，状况是相对地"自由"的。可是，这种"多元"的状况其实并不真的是放任自流，众声喧哗，而是由好几种互相配合的体制化的"大独白"占主导的。真正地"自说自话"的，则是当中处于边缘的各种"小独白"，而文学就是其中之一种。

你一定会认为，自己在这个问题上是清白的。你会辩解说：我从来也没有附和过你称为大独白的东西，相反，我不是一直致力以文学来抗衡大独白吗？亲爱的同代人，我请求你别因为受到批评而失去判断力。你深知道，我作为你的同路人，在面对大独白的立场上，其实是相近的。可是，我们以小独白抗衡大独白的信念，到最终也同样是无效而且自欺欺人的。说到底，无论是大是小，性质还是独白。

我们这个城市的文学往往以"边缘"或"另类"自居，高扬的是不随俗不附庸的个人价值观，归结为自我意识的实践，即"我"之我行我素，与众不同，遗世独立。这不失具有拒绝认可大独白的积极意义。可是，因为必须确立"自我"以区别于"集体"，自我的文学也就无可避免地沦为小规模的独白体。我们在自我创造的想象世界里当独裁者，却把这理解为对真实世界的压制的"抗衡"。除了个别的作者和标举自我姿态的创作群体，连我们的文学评论家和学者也往往对这种"抗衡"津津乐道。老实说，我认为这种虚构的"抗衡"是注定无效的。真正的解放存在于对"独白"这种表述模式的攻击。亲爱的同代人，你作为"小独白传统"的继承人之一，你敢于把你自珍自惜的自我披露出来，再加以推翻吗？

独裁者

真对话和假对话

同代人：

大家都知道，独白的相反，就是对话。那么，我也应该反问：我现在这样子跟你说话，难道就可以称为对话吗？我当然明白，绝不是把一篇独白加添上下款，写成书信的模样，再采取嘘寒问暖的口吻，就自然成为对话的。也不是时刻把对话挂在嘴边，作为主题，作为对别人的要求，就可以说自己在进行对话的。单单要求别人对话是不行的，要求会慢慢变成对他人的成见，变成自以为是的态度。我们首先要求的，应该是自我对话。

我们也必须把"对话"从滥用中恢复过来。"对话"已经成为了一种文化上，以至于政治上的时髦和俗套。对于任何有异于自己的立场，我们都立即疾呼出"对话"的要求，而事实上却并不真正愿意看到对话的实现，而只不过是利用这要求来凸显对方的专横和封闭。一方面要求对话，另一方面却回避甚至是防止对话的发生，是当代语言操弄的一种惯伎。当然，也会出现大家坐下来作个姿态但实则什么都没有交流过的伪对话。

跟他人的对话何其艰难，可是，自我对话又谈何容易？就像现在，亲爱的同代人，你就会问：你给我写的这些话语，在当中是否能假设我的响应，我的反驳，并且公正地给予我充分的空间？又或者，为什么不能把语调放轻一点，把观点的黑白反差调校成更细致、更具层次感的灰度？就如前辈诗人所说的，"纸与石细语商量的对话／墨色乌黑至银灰的变化。"（也斯《汉拓》）这始终是你一直所渴想和忠信的理想形象吧？

　　对的，你相信商量，相信理性平和的沟通。所以，你一定会认为我以这样子的辩争笔调去写这个专栏并不恰当。也许你并不至于纯真地相信，专栏文字是作者与读者的直接沟通，因此必须是生活化的，感性的，抒情的。可是，专栏也不应该是作者把一己的偏见和私念强加于人的空间。换句话说，你认为我表面上在呼求对话，实际上却依然是在自说自话。结果，呼求慢慢地变质为被忽视、被排斥的心态，恶化成对他人的指责和训斥；而又因为同时沉醉于自我的内向世界，于是便沦为我先前所批评的专断独语。再简单点说，就是我自相矛盾。我不知道，是否不曾有过一个自相矛盾的专栏。还是，专栏本来就是如此。

独裁者

前卫就等于反权威吗？

同代人：

　　也许所谓前卫或者先锋文学已经成为过去。现在走在时代最"尖端"的大概是跟网络有关的东西，不过，我还是想以前卫为出发点，和你讨论一下创作与现实的关系。虽然你不能被称为一个"前卫"的作者，但无可否认，在你的创作历程之初，的确是颇受到某些前卫思潮所影响，而就叙述形式方面亦步亦趋，故弄些关于真实和虚构的玄虚。美其名为对于固有叙述规则的"颠覆"，对于既定习惯的"打破"，对于权威的"质疑"甚或是"解构"。换句话说，在特定语境和历史时空底下，前卫形式具有解放性。

在华文世界里谈论的所谓"前卫"文学，主要取源于法国新小说和拉美魔幻写实主义，也即是诉诸叙述形式的实验，以及针对"现实"所作的异化和逆反构思。可见前卫文学原本的反体制化企图。可是，前卫文学也常常自我标榜为对"现实"的更透彻理解和更准确呈现，于是也就变成了另一种"写实主义"。如此一来，当以叙述形式上的矛盾和断裂作为现实状况的"反映"被一再重复，似乎就难以再变出什么新意来。结果前卫作品就只剩下美学主张、智力炫示和作者风格。这不单跟社会现实脱节，更变成了对现实毫无兴趣和不负责任的借口。前卫文学初始的冲击力，往往随着作者的"自然化"而变得可以预期，也因而慢慢地枯竭和僵化。当前卫的形式既不受制于外部现实世界的逻辑，又不受制于内部叙述的逻辑，它就会变成一种独裁体，因为作者已经没有任何不能做的事情，也没有什么必须负上的责任。

反观我们的本土文学，热衷于形式实验的年轻作者，的确是代有人出。他们企图通过不守成规的形式，在商业文化的大潮流中，确立自身的独特性和个体性。就我们社会的"落后"集体意识而言——只相信单一化的浅薄的"真实"——此等前卫作品的确具有拒绝同流的意义，但是否同时具有批判和解放的功能，我却有所保留。而你对此等实验性作品还是持肯定的态度，却没有指出当中隐含的自相矛盾和自以为是的危险，这不正正显示出你自身对于形式的偏爱，对于作者权威的恋栈，和对于现实的触觉的不足吗？

独裁者

不是一句回归现实就可以

同代人：

听了我上次对于前卫艺术和个人风格化的批评，你一定会说：不是一句回归现实就可以啊。你说得对。我主张的当然不是回归到先前的某种更"正确"的方向。把传统写实主义重新搬出来，并不是解决问题的办法。而写实主义之所以曾经在不同的范畴里受到批判和摒弃，亦自有其历史原因。曾几何时，写实主义的理念和手法，的确落后于社会状况的发展，甚至是沦为意识形态的宣传。作者以写实主义之名，创造了自己的权威话语。不过，传统写实主义的失败，并未说明我们不能、不必，或不应关注社会现实。

我们可以参考电影的发展，了解新近冒现的中国第六代导演如何把电影重新和社会现实接轨。有论者把他们视为新写实主义在中国的实践者。对新一代导演来说，回归现实不单是一个题材和手法的问题，而是关系到导演/作者本身不再像前辈一样，把自己置于高高在上的角度，以统领者、控制者和开导者的角色创造他们的世界。新写实主义者了解到自己并不高于世人，而对世人投以的同情眼光，并非出于由上而下的怜悯，而是出于等同心，出于感同身受。反观你的电影品味，从你常常提到的前苏联导演塔可夫斯基可以看出，你虽然渴望学习当中那种俄罗斯式的对人世苦难的感应和关怀，但也同时习染了那种艺术家式的自我诗化和神化，也即是妄想能扮演救赎者的角色。

回到文学的范畴，所谓回归现实也处处显露困难和破绽。其一是把现实理解为平淡和琐碎的日常生活，而一个作家的责任就是发掘当中的讲述趣味，以"说一个好故事"或"说好一个故事"为目的。这是一种"化腐朽为神奇"的技术写实主义。有些曾经"先锋"过的作家也以此为新的依归。另一种则是带有复古色彩的社会批判式写实主义。当然受过各种文学思潮洗礼之后，在技法上已不复单调和幼稚，但因为作者知识分子的自觉性过强，致使从一开始这种写实主义就带有指导和说教的意味。最终就因为作者判断的过度膨胀而扭曲了现实，也因为作者的自我中心而抹杀了他人的对等存在。据我观察，这种状况也在某些本地作家身上出现。而自称为独裁者的我，是不是能以自我反讽的方式，去突破这种困局，也未可知。

独裁者

当战斗已经变成虚无

同代人：

你大概不惯用上"战斗"这样的词。你给人的印象是温文的，理性的，凡事商量和寻求对话的。"战斗"倒反适合我的风格，但也说明我是个落伍的人了。在我们这个时代，已经没有人敢于轻言战斗了。因为，我们已经找不到战斗的对象。又或者，就算我们隐约知道敌人在哪里，我们却已经失去了战斗的力量。我们的敌人——所有让人失丧灵性、让世界失丧公义的力量——已经因为制度化和合理化而成为无所不在的势力，而在这势力跟前，文学沦为无害的点缀，或者索性被弃如敝屣。所谓战斗其实已经失效了。面对巨大的虚无，战斗者只能荷戟独彷徨了。

亲爱的同代人，我们这一代，是夹在战斗和妥协之间的一代。这分层状况在隔岸的文坛可能比较鲜明。前代人无论取向为何，又或者承受过何种打压，都曾经活在文学还具有社会影响力的时代。那是真正的战斗年代。而具使命感的作家就算经历悲情，也还未感虚空。相反，后代青年自免于社会责任和道德枷锁，放开怀抱融入潮流，不唱高调，不避媚俗，乐于消遣，甘于轻浮。这是毫不脸红的妥协年代。而中生代陷于文学没落的过渡期中，既未能抛却为人生为社会的古老观念，又无法放下文学家自骄自珍的身段，结果就难免感到幻灭。

　　在我们这个城市，情况也许较为含糊，虚无也就更加混浊。我们自前代开始就从来没有经历过文学的风光岁月，让我们提早练成了与虚无同在的能力，和自我保护的心理机制。我们只有坚持的文学，另类的文学，商量的文学，或者是游戏的文学，但却没有战斗的文学。可是这并未能让我们免于失落。亲爱的同代人，你惧怕奢谈使命，抗拒夸言关怀，但你竟又时刻为着身为作家却无所作为而苦恼，而困闷。我真渴望你在心中也是默默地呼求着战斗，那我就可以把你称为战友。不过这些听来统统都有点过时和滑稽。说荷戟独彷徨也实在是太宏伟了。我们的模样也许比较接近狂想者堂吉诃德，向着所谓时代进步的巨轮大呼怪兽，挥矛冲刺，结果却被摔得落花流水。

独裁者

开放的游戏与封闭的游戏

同代人：

上次我提到堂吉诃德，也许还是太高调。我想说的只是，我们这个时代的文学追求者，就如堂吉诃德般与幻象战斗，而情景在"清醒"的旁人看来，是可笑又可怜的。我认为"可笑和可怜"是塞万提斯的原意。把堂吉诃德说成是"梦那不可能的梦"的英雄，是后世人庸俗的曲解。可是，一部像《堂吉诃德》一样的玩笑之书，却无可否认是经典文学巨著。我们很容易会以为，游戏文学和背负使命的战斗文学是完全相反的东西。

伟大的游戏文学的创作意图已经难以确定。可能是出于社会讽刺，但也可能只是由于贪玩，甚至是为了娱乐大众。要把游戏文学理解为"为人生、为社会"的具有积极意义的东西，也不困难。游戏本身就有反正统、反规范、反权威的意味。文学理论里就有"狂欢化"的说法，把带有游戏意味的不正经的事情视为颠覆性的行为。如此说来游戏文学就变得非常"有意义"了，甚至可以说是比立场过于鲜明的战斗文学更加开放和包容了。

亲爱的同代人，你可能要指责我的立场模棱两可。不久前还慨叹着文学使命的失落，现在却又来赞扬游戏的价值。我倒认为两者并不一定是无法并存的，不过我暂时未能就这一点深入讨论。我想争议的是，游戏并不必然等于解放。也存在自我封闭性的游戏文学。这包含当代文学中的种种形式玩弄，和把文学视为个人游戏的创作态度。前者往往被冠以"前卫"和"实验"的名称，也因此被赋予了打破局限和颠覆权威的意义。而后者则见诸我们城市的一些创作者，其中不乏知名的前辈。因为抗拒高调和宏图，作家以游戏为姿态，宣称创作只是一件好玩的事情。作为一种立场的宣示，这未尝没有时代和社会意义，但贯彻到底，还是要教人纳闷吧。

如果游戏沦为作家一个人的自我娱乐，而没能对世情世态有所响应有所启示，这样的游戏无论是如何巧妙精致，也只不过是作家面对无文学的当代社会的一种自我保护的方法吧。游戏于是变成退缩，变成自我的乐园。这样的游戏文学，就像一间玩具模型屋，作者所作的室内布置和人物安排，都只是趣味化无害化的小规模独裁统治而已。

独裁者

写实主义如何失丧真实

同代人：

我们曾经谈到对现实的态度，和使命感的问题。我说我们的城市没有战斗的文学，没有具使命感的作家，你便立即向我提出了反驳。你向我指出，在上世纪的五六十年代，我们的文学主流是承接五四文学而来的写实主义。当中大部分是所谓的南来作家对这个城市的阴暗面的反映和批判。不过，随着七十年代本地土生土长年轻作者的冒现，情况产生了逆转。这群受世界文化潮流影响的文学新人，再不满于既有的表现形式，而实验了不同的写作手法，又扬弃早前社会性的主题，而专注于个人生活的体验。连前辈作家刘以鬯先生也宣告，外部的、社会的写实主义已经消亡了，取而代之的应该是心理的写实。不过，写实主义的理念并没有完全被摒弃。

我同意你的说法，也承认我早前的疏忽。近年来在中生代的作家之中，从实验性"回归"到对现实的探索，不乏人在。从广义的层面理解，大家都关心作品的真实性，和作品与现实世界的关系。就算是狭义的写实主义旗号，也有人重新提出来。我和你大概也可以归入前者的范畴吧。有人认为，经历了实验和形式探索的阶段，对"如何说"故事的种种技术已经有所掌握，回头来再去处理"说什么"，也即是作品的题材、主题，和意义层面的事情，就会更加得心应手。这样说来，新的写实主义应该是比旧的、粗糙的、天真无知的写实主义更进一步。

新的写实主义者对社会深富关怀，出之以反思和批判，特别强调数据搜集和知识掌握。换句话说，这是一种知识分子本位的文学。作家取法于社会学、法律学、经济学、心理学、犯罪学等专业范畴，编织出他们对社会和时事的见解。知识分子型作家以洞察者自居，以开导群众为己任。如此这般，新的写实主义并没有"新"到哪里去。它结果只是回到自以为是的说教文学的老路。在这样的作品里，作者自以为透切地了解和掌握真实，实则只是（粗浅地）掌握了知识。通过社会科学方法所理解的现实，并不等于真正的、唯一的现实。这样子去描绘的"人物"，也和真实的、活生生的"人"无关。新的写实主义者就是这样表现了他们的主义，而失丧了现实本身。

独裁者

想象力就是同情的同义词

同代人:

相对于教人纳闷的写实,年轻一代的创作者更倾向于想象。这一点你要负上很大程度的责任,因为你无论在实践还是教学里,都一直在宣扬想象的神奇作用。你认为想象可以创造真实,所以你在小说里虚构了想象的物种,和想象的城市。也许你以为,这些想象的构造物,其实是在呼应真实里的种种,所以并不是无中生有,空中楼阁。可是,你也无可否认,你同时沉醉于天真和一厢情愿的梦幻,写出了一些温情而头脑简单的作品。而偏偏就是这些作品,在年轻读者间发挥了较大的影响,诱骗了一个又一个文艺青年,投身作家大梦的编织,结果往往亦难免于幻灭。

在这个夸谈创意的年代,想象力已经是个没有效益的词语。"想象力"这个词的最大荣光,现在只能见于极少数的全球热卖的幻想小说作家身上。大众所理解的所谓"想象力",大概就是那回事,即环绕着魔法、仙子、侠士、邪神、密码、阴谋之类的东西。此谓之天马行空也。换句话说,"想象力"的含义已经大为狭窄化。当代人的思维回到唐吉诃德的时代,热烈拥抱罗曼史式的惊险奇情。不过,话说回来,狭义的想象力也不是没有深刻的例子。拉丁美洲的魔幻写实文学,和二十世纪欧洲卡夫卡、格拉斯、卡尔维诺、萨拉马戈等一路的想象文学,也都是"天马行空"的最佳示范。

可是,正如卡尔维诺所打的果酱与面包的比喻,想象力(果酱)必须配合对现实的掌握(面包),才能写出优秀的作品。如果只是果酱,就只会沦为梦幻和空想。而在某些年轻一代的作品里，梦想膨胀为最终和唯一的价值，结果变成了内向的、自我中心的东西。事实上，在拒绝背负使命、回避群体关怀的新一代当中，自我实践成为了创作的唯一目标。他们并非没有才能、敏感和想象力，但他们都困在各自的小宇宙里。这种自我与他人间的隔阂，令我想起大江健三郎关于"想象力"的解释：文学中的想象力，就是一种积极地代入他人的处境去体会他人的感受的能力。这样说来，想象力就是同情的同义词。不但对年轻人，就算是对我们这惯于自说自话的中生代，我们也不敢说，自己的写作能达到同情的层次吧。

独裁者

理念和情感的二分法

同代人：

对于写作中的理智与情感，我们常常落入简单的二分法的陷阱。价值判断倾向于着重感性，而视理性为妨碍，或者次一层阶的考虑。于是就有所谓"理念先行"或者"主题先行"的批评，意即作者以理性为主导，而情感则只是处于功能的性质。再简单点说，就是为文造情。在新近十几年，"为文造情"又变种为以文学和文化理论为依据所创作出来的作品。这些作品都能冠以"主义"的名堂，而作者通常都有学院背景，即所谓"学院派"是也。（但以今天普通人的教育水平来说，谁又能免于跟学院扯上关系？）批评者说，这类作者只是以作品来说明理论，技术水平低落，又一心追逐和迎合潮流，创作态度有欠真诚。

亲爱的同代人，上面的这些批评你应该感到耳熟能详，因为你从一开始就被认定是为了赶热潮而写作富有"主义"色彩的小说，并因此而得到文学奖的肯定。而我持续地以现在这种方式跟你进行辩论，也肯定脱不了理念化的嫌疑。作为专栏文字，这样子的取向不是既没感性也没情趣吗？所以，我和你其实是坐在同一条船上。当然，这并不表示我打算在这里为你辩护。

在"理念"的对立面，是"情感"。而"情感"往往以真挚程度为指标。不过，如何去衡量情感的真挚度，并没有可靠的准则。以你为例，你先以性别议题为焦点，继之以新历史和后殖民主题，博得学院评论者的好感，却难以讨得一般读者的欢心。为了铺演理论而写出来的东西，难免予人虚伪的感觉。我并不以为这样的指责毫无根据，但也对当中关于"情感"和"体验"的预设感到怀疑。问题就是，在高度语言化的作品层次，根本就不存在不带半点意念和立场的"纯粹"情感。完全的绝对的"直感"只是另一种虚构。广义的"理论"或者"生存哲学"就算并非决定了，也至少是渗透进每一个情感反应和抉择。我们总是同时带着情感和理念的偏见，去体验我们的人生，然后再在创作里呈现和反思这种体验。所以，究竟是理念还是情感先行，究竟是为情造文还是为文造情，是没有意义的区分。

独裁者

理智与情感的共融，还是参差对位？

同代人：

上次我们谈到情感和理性的二分和割裂。在判断文学价值的时候，容易重情感而轻理性。相反，单纯从理念、价值观和意识形态去要求文学，也同样失诸偏颇。当然，因此而说出"情理兼备"的结论，是过于容易而且意义不大的。举例说，英国十七世纪的"玄学派诗人"（metaphysical poets），在长达三百年间一直被贬为空有惊人意念，爱炫耀学识和巧思，而缺乏情感深度和真切性。可是，到了二十世纪初，现代派诗人艾略特却为之平反，褒扬为理智与情感融合的表现。于是就出现了"热情的思考"或者"沉思的情感"的说法。我对这样的措词却不免感到怀疑。

亲爱的同代人，你面对理念化的指责的时候，也曾利用相近的措词去加以辩护吧。如果说非常热烈地去宣扬一种观念，或者为一套预设的理念添加一点点情绪化的笔触，就等于"热情的思考"或者"情理共融"，那似乎只是一种诡辩。你为自己因应某些文化议题而写的小说所作的解释，看来就非常别扭。我却以为，实在不必为情感和理性找一个"共融"的借口。

我怀疑"共融"只是个一厢情愿的想法。除了在极含糊而难以判别的状态下，例如在一首短诗中，可以轻易用上"情理共融"的形容，在较繁复的作品里，情感和理智通常都处于参差对位的状态。两者往往是处于紧张关系的，而不是和谐并存的。所谓情理的参差对位，就是一种互相回应、拉扯或者交锋的状态。没有理智的监察、质疑和批判，情感容易流于沉溺，或者泛滥，或者局限，或者偏颇。没有情感的驱动和冲击，理智容易目空一切，自命权威，或者僵化呆板，或者失却同情。所以，我倒以为，你最为可观的时候，就是你摇摆于两者之间，有时过于肯定，有时又自我怀疑和推翻，往返调整和修正的时候。我乐于看见你在进退失据中寻找立足点的样子。如果始终只是站稳于一点，就没有意思了。

也许，我说的只是我对你的要求，和我自己的执迷，而不是普遍情况的客观分析。在这方面，我的理智被我的情感所蒙蔽，又或者，我的情感被我的理智所扭曲了。

独裁者

除非你比通俗走得更通俗

同代人：

也许你不喜欢旧事重提，但由于主题关系，我还是不得不以你的行事作例子。在你初涉文坛的时候，曾经参加过一场所谓通俗与严肃文学的论争。当然这是个老掉了牙的课题。而那时候的所谓争论，也不过是骂战而已。有人认为两者的对立是先天和无可避免的，也因此是不必再加争论的事情。也有人认为这对立根本就不存在，而在这不存在的设想上纠缠不休，是浪费精力和走错方向。我记得你当时是站在严肃文学的立场上，对一些作者的媚俗取向作出了严厉的批评。可是，你后来的立场也不是没有摇摆不定的。

当然你不会认为自己曾经转投通俗的阵营。可是你却的确幻想过以

"第三条道路"，也即是一条理想化的"中间路线"，来消解严肃和通俗的对立。这好像不是什么新鲜事物。向来就有所谓雅俗共赏的传统。可是，现今文学的"中间路线"是不是等于雅俗共赏，我却十分怀疑。也许你追求的并不是金钱，也不是名气，而只是想肯定写作和自身的存在意义。因为你惧怕，日渐被读者离弃的严肃文学最终会沦为无意义的自说自话。

可悲的是，你的"中间路线"尝试可以说是彻底失败了。你当时以流行事物为题材，跟商业设计公司合作，制作了在卖相方面极为潮流化的书本。你也考虑过各种促销的意念和手段，可是结果不尽如人意。从严肃的立场来说，这类作品过于轻浮。从通俗的立场来说，却又难以实时消化。结果依然无法走出小众品味。这说明了，如果没有彻底改变自己、"弃暗投明"的准备，这类半推半就的尝试是不会有结果的。你必须走得比已有的通俗更通俗，你才有成功的可能。可是那时候的你已经不是你了。这样的你已经失丧了自己。

可是，总是有那样的作品突然卖个满堂红，而且被认为在通俗之余，其实写得很不错。于是"中间路线"的幻象又再浮现。好些像你一样的作者又在跃跃欲试。也许你已经不再年轻了，所以也不再存有幻想。而新一代作者又在摆出不避媚俗、不唱高调的姿态。我不知道你会冷眼旁观，还是加以祝福了。

独裁者

分别就只是文学和非文学

同代人：

　　"严肃"和"通俗"的对立，是我们城市的文学状况的基本形态。这个基本形态从上世纪五十年代以来，直至今天依然没有很大的变化。纵使间或出现越界的尝试，无论是从"严肃"的立场移向"通俗"还是相反，却未曾出现显著而持久的成果。关于"中间路线"的失败，我们上次已经谈过。所谓"雅俗共赏"的美梦，除了尚有争议的武侠小说，似乎也没有实现过。这也许就是一些人狂迷张爱玲的原因。

　　五六十年代作家在生存和创作之间的矛盾，到今天依然存在。分别只是，自七十年代开始，后起一代的文学作者已经摆脱了卖文维生的困局，各有跟文学或有关或无关的正职，而利用闲余继续创作。这种闲余创作的模式不必顾及商业因素，也因此维系了本城文学的非通俗价值。可是，闲余模式也大大削弱了文学的力度，把创作局限在个人实践的层次。所以，本城文学的最主要价值，在于争取个人的精神自由，但相对于集体的现实世界，却失去了抗衡的力量，极其量也只是略作窜扰，等而下之者则是画地为牢了。

　　你作为九十年代初开始写作的中生代作者，在经历了短暂的"中间路线"时期后，反弹到"严肃"的极端，但又不满于自我实践的闲余模式，于是就难免彷徨失措。在现今这个称为"后现代"的社会里，大家也嚷着要打破严肃与通俗的界限，你加倍显得落伍。你也缺少这样的胆量，去宣告自己决心站在通俗的对立面。也许，问题的核心在于，我们首先得取消像"严肃文学"或"纯文学"这种带有辩护意味的，也即是消极自保式的说法，而进取地夺回"文学"本身的定义权，确立"文学"自身的意义。也即是一种相对于权威、相对于市场、相对于潮流的创作立场。这并不是回避，不是互不相干，也不是退缩到自我里面，而是以一种"相对"的态度，去建立自我与世界的关系。这关系不是融合，不是妥协，但也不是单纯的冲突，而是对位。在对位关系中，成对的双方并不是"严肃"和"通俗"，而是文学和非文学，想象和现实，自我和他人。这才是超越狭隘的对立，为文学寻找更广阔的面向的模式。

独裁者

在无边宇宙里的招呼

同路人：

我的本城文学友人独裁者，在这个专栏里向我作了一系列的批评，指出关于我们这一代的写作人的自我缺失和环境局限。我对他的观点未必完全同意，但也一直静心恭听，自我反省。最近友人自己却陷入了精神困顿里，表示无法继续写下去了。我希望他的状况只是暂时性，也希望他尽快恢复过来。我接过他的专栏，构思着如何响应他的意见。不过，我首先却想起身处隔岸的你来。我知道，你近半年来也处于抑郁症的困境里。听说你搬了家，电话号码也改了，而我又害怕打扰你，所以一直没有亲自向你问候。现在，也许可以借由这个文字空间，向你表达我的关心。

我和你同龄，也是写小说的，也是拿文学奖出身的，也都成为了父亲。我们的写作风格并不相近，我们的交往也不深入，见面的次数屈指可数，但我却一直感觉到和你的亲近。你在许多方面，都好像另一个我一样。我们这个年纪，在两个同样都市化和商业化的城市里，同样从事文学这种工作，境遇其实十分接近。自出道至今已经十多年，累积了一定的成果，但却还未达到知名前辈作家的稳定状态。可是，也同时已经不能再自称为新人，享有免被苛责的优待。我们夹在中间状态里。在先进者的眼中，我们依然是火候未足、经验浅薄的后辈，在后进者的眼里，我们坚持的方向却可能已经和时代脱节了。我们自觉到还未写出最重要的作品，如果现在停下来就会前功尽废。可是要退出却又已经太迟，因为除了写作我们找不到别的愿意投身的事情。我们时刻感觉到别人对自己的期许，但也害怕一旦失败会面对不留情的责难。而更令人惧怕的是，连这所谓期许和责难，我们也不能肯定是不是自我的幻象。

　　我们就是在这形同太空漫游的状况下写作——看不见目标，看不见来处，看不见同伴，也看不见敌人。而又因着看不见空间和时间的坐标，而不知道自己究竟是在前进，后退，还是原地踏步。在辽阔无边的黯黑太空里，仿佛只有自己一人。

　　我期待你能好起来，但我没有什么灵丹妙药。我只能坐在自己的宇宙飞船上，在宇宙间几率极小的擦身而过里，向你打招呼，好让你知道，有人在，和你一样。

同代人

我们还可以做新人吗？

同路人：

最近读到大江健三郎的新书，题为《给新人》。你们那边译作《给新新人类》，把"新人"这个词本土化了，却违背了大江原本的用法。大江所用的"新人"一词，并非指某一世代的年轻人，而是一种性质的表达。"新人"这个词是大江从《新约圣经·致以弗所人书》里面拿出来的，意指"身处于无比困难的敌对处境中的双方之间，带来真正和解的人"，也用以指大江近年笔下所写的为社会带来精神更新的年轻一代。这和我们所理解的物质丰裕而精神贫乏的"新新人类"一代有差天共地的分别。

"新人"这个词代表着大江健三郎对人类社会的将来的最美好寄望。我却担心他有点过于乐观了。可是，这种忧虑是否表示，我自己已经不可能成为他寄望的"新人们"的一员呢？我们虽然已经不能自称为年轻人，但与前辈相比，却依然是"新人"吧。又或者，勉强也可以称为"后新人"或者"老新人"吧。但我们却常常陷于忧郁的精神状况里，欠缺新人所应有的活力和朝气。当然我们不懒。我们在文学这件事上不断努力着，奋斗着，但我们总流露着吃力之感。我们已经不能以青年的无忧心境去横冲直撞，而只能步步为营地刻苦经营。我们都不敢轻言希望。至今还不放弃也可能只是因为泥足深陷，不能自拔。作为"老新人"的我们，又能寄望在比我们年轻的一代中出现大江式的"新人"吗？还是从"新新人类们"的角度，根本就不承认需要大江所期待的那种"新人"？也不承认那种"新人"所附带的价值观？我真的不知道。

我只知道，自己对于成为那样的"新人"十分向往，但却发现自己已经到了人生可能性逐渐缩减的年纪，"更新"变得越来越困难。而我们奢望，写作可以为自己创造全新的世界。在写作当中，我们还可以重获"新人"的感觉，还可以创造可能的人生，可能的世界。你还记得吗？我们都曾经被称为"文学新人"，在这个称呼之下首次得到认可和赞赏。那时候我们还年轻，还天真，还会为这认可而乐极忘形。今天，我们为了这虚无的认可而焦虑，而奔波。新人啊！新人！我们还未到那可以寄望于人的年纪。我们唯有寄望于自己，纵使是做一个"老新人"，也还是不能放弃的。

同代人

"知识人"的梦与实践

同路人：

相信你应该也读到，大江健三郎一篇题为《做个"知识人"的梦》的文章。在文章里他谈到少年时代心目中"知识人"的楷模，和自己成为这样的一个"知识人"的渴望。他又概述了自己印象中的"知识人"应该具备的条件。首先是在自己的专门工作领域里，穷一生的精力深入钻研，并使这种对待专门知识的态度成为自己的人格。而在专门领域以外，也思考和关注社会和世界大事，对历史和现况有自己的见解。在独立自主的同时，也对群体负上责任，能跟他人同心协力去承担和实践。

"知识人"这个词，英语里是intellectual，我们惯常译作"知识分子"。不过，"分子"似乎比较抽离，而"人"的因素应该加以强调。以小说为专业，大江一直积极地以写作和行动去响应社会和世界上的重大议题，所以他绝对可以称为一个"知识人"。至于我们这些喜欢在小说中搬弄各种知识的皮毛的后辈，我们极其量也只能算是"知识人"的模仿者吧。而在我们的城市里一些才学甚佳的同辈，也不敢于自称"知识分子"而自创了"知道分子"的说法。这不仅出于谦虚，也不只是指学识的水平，而是回避责任的承担。大家都把自我要求的标准定得很低。当然也有相反的情况，自以为在履行知识分子的责任，采取由上而下的角度，结果变成自以为是和自我蒙蔽。这又是一种失衡。

　　借由自己的专业领域而通向对他人的承担，美籍巴勒斯坦裔学者萨义德是个典范。他所提出的"知识人"的条件，甚至比大江健三郎更严格。没有什么比亲身实践更令人动容。早前看到一个录像节目，关于萨义德和犹太裔指挥家巴伦邦合作组织管弦乐团，成员是以色列和中东各回教国家的青年音乐家。通过音乐实践，他们把政治上敌对的国家的年轻人汇集在一起，让他们互相增进了解或者至少是暂时抛开仇恨，共同为演奏音乐而努力。当我们看到在演奏厅里，犹太青年、巴勒斯坦青年和中东各国的青年共融为一，在大汗淋漓中奏出柴可夫斯基的第五交响乐，我们所体验到的，就是融合了知识、艺术和人性的热情。

同代人

答同代人

小说家与小说写作者

同路人:

你和我都是写小说的,拿这个作话题在所难免。我想说的是"作为一个写小说的人"这回事。当然,这个前提本身就已经显露出尴尬的意思来。为什么不说"当一个小说家"呢?这个"家"字,在现今似乎已经落伍了吧?现在作家都叫做"写作者",或者"文字工作者",艺术家都叫做"艺术工作者",还有"剧场工作者"、"音乐工作者"、"教育工作者"、"性工作者"等等。我不知道,"工作者"的称呼是否包含谦虚的意思,或者出于拉上补下的平等观念。老实说我觉得"工作者"三个字非常别扭。

自称为"小说家",好像已经不是荣耀,而是过度自我珍视的老派心态了。也许这不单是用词的问题,而是小说在大众眼中地位日渐低落的结果。如果是当红小说家还说得过去,要是只属寂寂无名或者默默耕耘之辈,"家"字可能会产生反讽的效果。还是称为"写作者"会比较合乎情景吧。特别是在现今这个发表权完全开放自主的网络时代,"写作者"就更加是无处不在、人人敢当的了。写作不再是"作家"的专利,也不必得到任何权威的认可。既然如此,"写作者"真是带有平等参与的意味,也反向地恢复了民间文化的全民实践模式。可是,在这种解放状况底下,还梦想着做一个"传统"形态的"作家",却往往变成既悲情又滑稽的事情。

也许,要自称为"小说家",还是要得到某种外部的认可,例如在传统文学机制里发表、出书和获奖。十多年前我在小说新人奖的颁奖礼上，听到主礼的文坛前辈说：你们这些得奖的年轻人，现在都可以称为小说家了。老实说，我当时的确有一种被授予光环的荣誉感。这样说来，倒是写诗比较单纯。只要写出诗来，就可以成为"诗人"吧。甚至有人认为，"诗人"是一种气质，就算一个诗人不再写诗，或者一个人从来也没有写过诗，也可以凭本身的"诗意气质"而被视为"诗人"。这于小说界则不可思议。至于还要区分为大诗人和小诗人，好诗人和坏诗人，这是诗人内部的争议。至少到现在，我还未听说过"诗写作者"这样可怕的命名法。

面对着"家"字的尴尬，我养成了另一个更为别扭的习惯，说："我是写小说的。"

同代人

虚度的咖啡时光

同路人：

听说你有坐咖啡馆写作的习惯。这也是你们那边好些作家的习惯吧？我们这边却没有这种文化。一来是没有清静舒适的咖啡馆，二来是没有这种形态的作家。我指的不是间中坐一次咖啡馆作作样子的情况，而是指持久地以咖啡馆作为"工作场地"的模式。也不奇怪。我们几乎没有人能把文学创作视为一种"工作"，自然就没有以这种"工作"为目的去坐咖啡馆的可能。既然咖啡馆没能成为某些作家"坐镇"的地头，自然也就没法衍生出文人云集的所谓"咖啡馆文化"了。

我倒是常常坐快餐店。一些连锁式快餐店的环境其实是颇为舒适的，在非繁忙时间也不过于挤迫和嘈吵。而且，我并不是在快餐店里写作，而只是百无聊赖地看看这，想想那，美其名为"酝酿"或"构思"，实则可能只是虚度光阴。我常常忍不住在家里写作的中途，跑出去坐一阵快餐店，之后却总有罪恶之感。除了是因为浪费了写作的宝贵时间，还是因为那让我觉得自己其实是个无业游民。所谓作家，原来只不过是这么的一个游手好闲之徒。而身边的众生为求生存，营营役役。我凭什么认为，自己写的东西具有这么大的意义和价值，可以让我做出这种奢侈的行为？

曾经有这样的一个场面。在一间文化机构附设的茶座上，坐着一个穿着全套运动装的瘦削初老男子。他面前的桌上放着一杯显然早已经放凉得不能下咽的咖啡，和一沓涂写得乱七八糟的稿子。他拿着廉价原子笔，不时在空中比划着，另一只手不住拍打自己的脑袋。他自言自语地把他的思路广播出来：蒜头！蒜头！怎么好呢？我这篇小说，就只差写蒜头这一段！只要能写好蒜头就行了！过了半天，坐在他对面的一个一直闭眼假寐的中年女人，突然睁开倦眼，骂道：你吵够了没有？人家开工开了半天，难得才偷空休息一下，哪像有些闲人，天天在无病呻吟！那个男人露出委屈的样子，说：你以为我不是在工作吗？你不知道我很忙吗？我还有整本文学史要写呀！文学史你以为容易写吗？那个女人一脸烦厌地站起来，回到场馆的清洁组上班。男人继续坐在茶座上，苦恼地呼唤着他的"蒜头"。我非常震惊，仿佛在男人的脸上看到了自己。

同代人

要钱的吗？这些东西！

同路人：

　　我不知道你们那边有没有自资出版的小手作模式。你怎样说也是个专业作家，一切事务都有出版社代办吧。你要做的就是作家的分内事——写作和以作家的身份参与文学活动。在我们这边就有点不同，所谓作家的专业性是不存在的。比如说，一个文学杂志编辑会打电话来，说想做一个关于你的专辑，然后就叫你自己去筹组，包括找人来评论自己和访问自己。一切就只差作家自己执笔。当然，有人也可以反过来论证非专业的好处，诸如自主性，灵活性，另类性等等。

　　对于所谓"自主模式"，不少人还是善意对待的。当然这只是限于文学爱好者，也即是一群小众。不过善意却往往加深尴尬和屈辱。大学中文系学生办书展，常常会向作者拿书。然后，天真而热情的学生会来向你报告，你的书"很好卖"，两天已卖出三本了。也时常有小书店向"自主"的作者要书。早前一家富有特色的小书店打电话来，问我手头有没有一本市面已绝迹的旧作。我说有。对方便问我可有空拿二十本到书店去寄卖。那位书店负责人是个有心人，意图之良好不用怀疑。而且，也许这是"自主"作者们和书店合作的习惯模式。可是，我却坚持要他们派人来拿取。结果大家折中地约在另一个地方交收。另一次我却没有那么谨慎。我因为顺道去那一区看电影，便亲自把书拿到书店去。柜台的年轻女店员瞥了那袋书一眼，问我那是什么东西。我委婉地说：你们店长说过送来这里的。那位小姐说：要钱的吗？放下吧。

　　不过，这样的眼光也不难理解吧。有一次我离开公共图书馆的时候，在门外看见一个中年男子在派发一本小册子。男子卑躬屈膝，一副失业汉的模样，难怪要干上在街头派传单这种令人厌恶的工作。我接过那册子一看，却发现原来是一本诗集。粗糙的影印和订装，就像中学文社的出版物。我草草翻了诗集一下，里面都是什么呼唤缪斯女神、颂赞女孩美态之类的东西。这时候，一个站在男子后面的老妇人挺身而出，说：买本看看啦，我个仔写的东西不错呀，只卖二十元一本！我立即冲口而出，说：要钱的吗？我把诗集塞回老妇的手里，匆匆逃走。我听见这位爱子心切的老母亲在我背后说：不是吧？连二十元也不舍得！

同代人

你知道我是谁吗？知道！当然知道！

同路人：

据我所知，你是非常慷慨于出席文学活动的。去年你就来过我们这边，当过一所大学的驻校作家。这大概是你们那边的习惯。作家除了写作，也会理所当然地参与跟写作有关的周边活动。这也算是一个作家的"专业"工作范围吧。我没法客观比较两地的文坛生态。我只能说说我对于此地文学活动的一些偏见。

不消说，所有公开的文化活动自古以来也同时是社交活动，或者可以说是一个剧场，也即是一个看与被看的游戏。问题只是，究竟当中社交的成分有没有盖过了或者完全取代了它的文化成分。部分高级文化活动，好像柏林爱乐团到访或者巴伐洛提告别巡回演唱会之类，当然是冠盖云集，衣香鬓影，其社交作用之巨大，让人原谅其文化意义的贫乏。相比之下，社交和文化意义俱无的文学活动，则显得可怜甚至荒诞了。

我们暂且不说外来的明星级作家到访，和绝大多数只有小猫三四只的亲炙本地作家活动。在一般规模和反应的文学讲座里，我亲历过下面的场面。在讲者们大都没有准备而只是东拉西扯一番之后，一位衣着优雅的女士突然站起来，痛骂某讲者拿了什么文学奖和那区区的奖金就沾沾自喜，又对那人作品里的性描绘深感恶心。然后女士就感性地宣示自己用唇膏写诗的私密经验。讲者们也来不及反应过来，观众当中一位戴鸭舌帽的中年男士就站起来，发表了一篇关于后现代文学理论的演说，然后突然谈到他自己的一千四百六十二首诗作。讲者们忙不迭支吾点头，一位老伯又站起来，以武侠小说算不算文学的课题发表了一番慷慨激昂的讲话。

这个时候主持人出来解围，宣布讲座结束，大家以为就此松一口气。一位捧着一大束鲜花的盛装女士从后座冲出台前，像少女追星族一样逮住讲者当中的一位年长男学者兼散文家。而一位商人模样的男子，则截住一位急欲和散文家交换名片的女作家。女作家以擅于社交的姿态跟男子打了招呼，大家亲切而含糊地寒暄着"很久没见啊"、"近来怎么样"之类，男子却突然问："你知道我是谁吗？"女作家以加倍的热情说："知道！当然知道！"怎料男子竟然坚持问："你说我是谁？"女作家的面容开始僵硬了。她软弱地还击说："你的书我很喜欢。"男子问："我的哪一本书？"女作家顿了一下，说："上次那一本啰。"

我真的不敢看下去，匆匆逃离现场。

同代人

疯人船上的同行者

同行者：

我们大概都同样沉迷于那种疯人的故事。那样的故事让我们感到沮丧，但也同时感到安慰。仿佛我们因此知道自己的旅程不是孤独的，纵使同行的陪伴者都是疯子。我们都鄙视那些疯子，但我们也同时感到羞愧，因为我们深知道，自己其实也是疯子中的一员。疯子从来都是互相鄙视的，这现象在疯子间可谓十分正常。

你说早前常常无故被街上的一个流浪汉袭击，给他扯头发，甚至拳打脚踢，而你也还以颜色。你说也许他以为你是妓女，而疯子仇恨妓女也是时有所闻的事情。一个作家沦落到被视为妓女，这对你是个比拳头更沉痛的重击吧。最近你却说，你和那流浪汉成为了朋友。这的确是个令人意外的逆转。当然，所谓成为朋友，可能只是同病相怜，不再互相攻击吧。原来，他当初之所以袭击你，是因为他以为你是那种生活无忧却跑去欧洲体验生活的东方女子。他说他最憎恨这种人。而他，他说，他是个诗人！天啊！原来是同道中人！

你远远跑到西班牙去学跳舞，学唱歌，学演戏。你说你不满写作这种形式的局限，和作家所得到的可耻待遇。但你到最终还是会写下去吧？特别是当你遇到这种疯子的故事的时候。它是真相的无情撕揭，但也是嘲讽性的同舟共济。你说你快要穷得没钱吃饭，没钱洗衫，蓬头垢面，形同流浪妇。问题并不在于自讨苦吃，而在于，自己是不是流浪汉眼中那种虚矫的人？如果你真的和他同坐一条船，你就是真诚的。但那是一条"疯人船"。

在欧洲中世纪的绘画里，"疯人船"或"愚人船"的意象屡见不鲜。它一方面含有宗教讽喻意味，意指人生旅程中的堕落者，犯罪者。另一方面，也反映现实上把疯愚者标签和区隔的情况。细看那些画像，除了对当中的痴情丑态感到恶心和寒栗，也会隐隐然看到，当中有许多熟悉的面孔。我们都坐上了这艘疯人船，漂泊于幻影连连的茫茫大海里，看样子是无法回航的了。你要小心，你的流浪汉有一天也许还是会攻击你，纵使他知道你是他的同类。我们这种疯子最不能忍受的，就是同类。而我也不比他富有同情心。幸好我们在船上坐得不近，要不大家非但不会相濡以沫，相反大概还会互吐口水吧。

同代人

用左手学写字的前辈

同行者：

早前在报上读到，一位本城前辈作家最近出了书，里面包括新作和旧作。报上刊载了前辈新书短短的序言。前辈说，这篇序是她用左手写的。前辈本来不是左撇子，只是因为十多年前患病时接受放射治疗的影响，右手渐渐失去活动能力。前辈年纪不轻了，这时候才来用左手重新像孩子一样学写字，不但没有叫苦，反而流露庆幸之情——总算还可以写吧！更早前一点，前辈得了一个重要的华文文学奖。前辈没有亲身出席颁奖礼，除了是贯彻她多年来低调的作风，当中也包含健康的理由。前辈在感谢词里说，随着年纪渐长，已经习惯了失去。她指的是身体机能上的事情。

最近几年，我对前辈的写作和人生取向感到困惑。当然，前辈从来也不是个高姿态的作家。她中年就退休，过着简单的写作生活，从不在文学活动中露面，连接受访问也是极难获得应允的事情。我也只是在极罕有的一次机会下，才能参与了跟前辈的一段短短的访谈。那是我至今见到前辈的唯一一面。前辈的生活和写作模式，会让一些狭隘的人批评为"闭门造车"或者"欠缺生活经验"吧。可是，前辈的想象力，从来也没有因此而受到束缚。

前辈近十年因为健康问题，写作量也大减了。从零星的文章和访谈里得知，前辈寄情于玩具房子的制作，最近又学习做玩具小熊。于是我不得不联想到，前辈的文学创作观，其实跟砌模型房子一样。写作，不外乎是一种怡情养性的游戏吧！这是我得出的结论。对于如我辈这般的困惑者和怀疑者，自然要对这样的结论感到不满。跟前辈相比，我们虽然并不特别具有行动的能量，也不见得对社会现实作出过显著的介入，但我们还是整天地焦虑着写作的意义，困惑着写作对他人的益处。前辈可以说是我的文学学习的启蒙者。当我今天从前辈间接得到的忠告，并不是为文学的大事业而努力奋发，而只是为个人的小趣味而流连忘返，我能不感到失落吗？

然后我读到那篇左手写的序言。看来是那么的轻短，但我猜想，是花了怎样的力气，才能完成的一件事情。而那花力气的人，可以完全不当一回事，绝无怨愤也无酸苦地去一笔一笔地写，像个好学的小孩子一样。我不得不对自己弹指如飞的双手感到惭愧。

同代人

在语言的国度里逃亡

同行者：

听说你在西班牙用英语写了个舞台剧，而且得了奖，这个剧也将会在某大艺术节演出。也许你还是会用那惯常的自嘲口吻说，这算什么奖呢？也不过是近似于从前拿了本城的什么文学奖，知道的也只是那三五小猫，而且三天不到五天就被人遗忘。是的，我们都习惯了为自己的成绩打折扣，提防过望和过喜。这是一种精神健康的维护法。

不过，这次你用英语写作而得奖，我觉得是特别有意思的。你早就说过想用英语写作，而且也作过尝试吧。表面看来，这种思维很容易理解——英语世界的读者接触面是世界性的。我们暂且别去争论何谓"世界性"，和是否运用英语就能达到这样的层面的问题。一个在我城写作的严肃作家，其读者人数少于二千，再加上隔岸社会的知音人，总数也不会超过四千吧。这不能不说是个困闷的局面。而广大的中国大陆呢？我们暂时还是进入无门吧。由是而想到转向英语世界，尤其是因为我们是接受英语教育长大，看来似乎也有其顺理成章之处。当然，这也会被认为是殖民地思想作祟吧。不过，我们也同时会担忧自己的英语不够好，至少是未及于能用来写作文学的层次。而且，就算真的能写出来，到头来也很难超越本城英语文坛的小圈子。"世界性"可能只是痴人说梦。

你这些年的状况，与其说是一种外向的追寻，不如说是一种逃亡吧。一种从地域、从文化、从语言的困局的逃亡。你逃离本城，在西班牙过着不安定的生活。你甚至想逃离文学，逃离写作，去学习和投身舞蹈，然后就是唱歌和演戏。你抛弃你在本城文学的微不足道的荣耀，去那遥远的地方当一个常被老师责骂、被同学看轻的初哥。你深知道，在这些范畴里，无论你多努力，也很难追上当地人的水平。为此你曾经沮丧和失落。当然，你最后优胜的还是写作。这是你累积经年、不会失丧和磨蚀的东西，但也是个沉重的、让你透不过气的包袱。于是，这次你逃进另一种语言里去。我虽然没有看过你的剧本，但我的感觉是，也许你在英语的国度里能够轻装上路。

　　而我，就只能在这遥远的本城向你挥手，被我们的语言锁住脚步，把出发拖延为永远不会实践的梦。

同代人

在艺术形式之间逃亡

同行者：

　　当一个作家突然弄起剧场演出，人们会说，这是跨媒体探索。而如果又是现在流行的那种集话剧、舞蹈、形体、影像、音乐、装置于一身的剧场，那就是货真价实的跨媒体实践了。不止一次，出于把持不定，我还是陷入了跟其他艺术媒体合作的泥沼里。最近又有一两次偶然的机会，给剧场写剧本。有朋友问我是不是锐意往编剧工作发展，我立即说不。机缘巧合而已。在这些"非文学"的合作经验里，最坏的时候可谓完全浪费时间，大家各说各话，胡拼乱凑；最好的时候，感觉也只是合作愉快，完成任务而已。从这些任务解脱出来，我又回到自己的文字世界，继续自己一个人的写作。

一个作家之所以会"踩过界"，原因不一而足。不过，似乎没有人会认为，作家这样做是为了逃离写作。我觉得，在你身上，却正正发生这样的状况。这几年，你常常说不写了。你去跳舞，你去学唱歌，学话剧，你写剧本，你演出小剧场。你尝试在写作之外寻找出路。写作变成了一个囚牢，而你要突破它。你认为你被困在文学的狭小世界里，根本看不到也触不及读者，隔绝于他人。这个"他人"，就是你还要创作的理由。你以为，演艺性质的艺术形式，可以让你更直接地面向"他人"。可是，你其实是植根于写作，植根于文学的，无论你逃到哪里，逃到哪一种形式中，你最先和最根底里，也是一个作家。你其实是带着"作家"的自我去实践那些"异地"的体验。你明明知道，无论舞，还是剧，你都无法做到跟写同样好。但你还是执意去做，执意去远离写作。这样说来，就无异于自我放逐。虽然说"精神家园"可能太老套，但无可否认，我们的"家"就是写作。我的"家"可能看来较平静安稳，而你的"家"较动荡不安，但怎样说都是"家"，都是不得不回去的。

不过，我明白，我们也同时是不得不离家，不得不自我放逐的。所以我明白你为什么要投身到那些领域里去。这就是今天作为一个文学人的命运吧。"文学"本身已经变成了一种逃亡。不过，逃亡并不是撤退，流放也不是回避。带着"家"出去的，必然会带着"家"回来。必然会写下去，而且用写，来反击。

同代人

答 同 代 人

生活的质与微小的创造

同行者：

你最近几年的小说，写的都是些表面上没有吸引力的人物，和他们的"微小"生活。对一些从当初就喜欢上甚至是迷恋上你的读者来说，这样的转变会是十分不对胃口的吧。他们都期待你笔下的人物如他们想象中的你，都是特立独行、自恋而极端的艺术家。可是你却告诉他们，你自己也不过是个在生活的泥沼中爬行的普通女子。于是你写日常生活，写微不足道的人和事物。当然，你写来还是那么的怵目惊心，以至于日常和微小反过来变成最大，也最深沉。

我们都知道，写生活不等于柴米油盐琐碎事，然而生活确实又存在于柴米油盐的层次。尤其是，当你发现身上只剩下几十元，银行户口因为不足一百块而无法从柜员机提取，而你还得衡量先购买厕纸还是一本想看的书。当然生活的质并不只是物质，要不单单堆砌柴米油盐就足够营造日常生活感了。那样的质，在并非写作也和文学无关的时候至为强烈。例如在家里打扫和清洗的当儿，或者和家人坐下来无声地吃饭，或者修理一个松脱的抽屉，或者呆在窗前突然察觉到外面公路的噪音。在那样的片刻里，我常常强烈地感觉到自己的寻常性，也即是自己和许多的生活中的他人共通的地方。生活的质就是这种寻常感吧。

寻常感并不是神奇的，更莫说带来什么提升。至少我自己未能领悟到什么近似于佛家的境界。很多时候，寻常感带来的是沮丧。因为那意味着我在那些时刻是处于非创作的状态，是受困于妨碍写作的诸种无意义的杂务。而这些杂务汇合成一个总体的柴米油盐，也即是自己必须维系的基本生存条件。生活于是变成跟写作互相排斥。要承担生活就必须放下写作，要写作的话，就必须让虚幻的世界取代真实人生。生活的质变成痛苦的根源。

不过，很奇妙地，有一种作品——可能是文学，更可能是电影——却能把生活的质化为艺术，并且把它比在真实体验中更强烈也更深刻地呈现出来。当我们在书中读到，或者在银幕上看到这样的场面，我们会立即感觉到：噢！那就是我的，和许多人的寻常生活！带着那样神奇的感悟，在下一次站在窗前晾晒衣服，或者在下班之后挨在地铁车厢的门前，也许我们会感到生活的质变得丰厚，犹如在寻常的人生中秘密地进行了小小的创造。

同代人

"字之花"开得还要再野一点

后来者：

我刚刚看到你们一起办的文学杂志《字花》的创刊号。虽然我们城市的文学圈子很小，但最近大家都一直期待着这本杂志，因为它是真真正正由我们的年轻文学人办的杂志，而不是从前的那种已经落入了既定模式的老派刊物。我期待的是新鲜、活泼、具开创性的东西。《字花》并没有令我失望。我看出了你们将要发放出来的能量。可是，距离真正具破坏性的爆发，却似乎还差一点点。

《字花》这个名称非常好。它一开始就让拨款机构的大人们质疑

（《字花》是受公费资助的刊物），竟然认为这个名称有"鼓励赌博"之嫌！当然，"字花"乃一种传统（但早已绝迹）的赌博形式，这肯定是你们心中有意的指涉。而当中的"猜想"、"游戏"和"民间性"，其实于今天的文学诠释角度来说是有所丰富的。从一开始，你们就摆出了大胆的姿态。可是你们也同时非常认真，严肃。你们的发刊词是很多年来我们的城市绝无仅有的言之有物的文学宣言。理念和承担于新一代来说是多么的罕见！

你们说要"致力以张扬鲜明而大规模的方式去建设香港文学"，你们相信文学"正是追求反叛与省察、创意与对话的复杂的沟通过程"，以及"我们的社会需要文学的介入"。你们又说："如果年轻代表勇于尝试和更新，我们愿意宣称自己是年轻的；然而唯望各位相信，年轻不等于幼稚，活泼不等于轻率。"年轻的你们也没有忘记，你们的出发是建基于文学先行者的努力。这些都说得情理兼备，令人振奋。事实上，创刊号的《字花》内容相当丰富，也有许多构思新颖的环节。可是，总体看来，我还是感到有一种还不够新、不够年轻的感觉。

那局部可能是由于设计和排版的问题，看上去和既有的文学杂志分别不够大，形象的更新去得不够彻底。可是，更重要的，可能是这本新人杂志实在太依赖旧人的"撑场"。请容我偏激一点地说，你们太尊重旧人，也因此实在不够反叛了！所以我对梁文道在"贺词"里的话大有同感："我不明白，大好文坛新希望为什么要找我说几句助阵的话？"说得更极端一点，像我们这些旧人是会拖累你们的啊！请你们尽快抛弃我们吧！这是你们的阵地，你们的世界呀！老实说，我最期待的是你们起来推翻我们，超越我们，而不是倚仗我们无用的虚名。

放马过来吧！新人们！给我们尖锐一点的正面攻击吧！

前代人

你们每一个都是独特的

后来者:

身为一个已经不算是年轻的人,我没有资格站在你们的角度说话。但我对你们的确是怀着希望和关心的。也许这是由于,我对前代和同代人们(包括我自己)已经不再怀有太大的期望。而纵使已经不算年轻,但我却还是持续地以青年为题材,为对象,去构想我的小说世界。这样的取向不是没有可疑的。其一,这可能是出于不愿成长的心理,通过想象让自己永远沉醉于那逝去的青春时光里。当然,当中也包含被认为落伍和跟新时代脱节的担忧。其二,这可能是一种好为人师,或者是意欲建立自己的爱戴者和追随者的自私心作祟。青年导师的身份很容易让人沾沾自喜。事实上我很抗拒别人无故称我为老师,或者把我尊为前辈。老实说,我反而是常常从你们身上得到启发和鼓舞。

我绝不相信"时下青年"这回事。虽然,个体必然为时代的产物,而有些个体的确是比较反映出群体的特性,但我还是比较关心那些不能约化的个人,或者个人的某些独特的面向和时刻。"青年形象"的呈现,无论是在电影或是在文学里,常常令人失望。甚至是在某些大师的手里,一描绘"青年"的时候就立即落入类型化的陷阱。问题就是大家立即以"类型"和"群族"来理解青年,而不是把你们视为活生生的个人。那些什么"族",什么"世代",什么"人类"的说法,全都是消灭年轻人独特性的标签。在这些呈现里,总是充斥着年轻人流行的玩意和生活模式,以凸显你们迷失、疏离、肤浅、物质化、追求潮流和官能刺激等等的所谓特征。我担心的并不是"失真"的问题。事实上哪里有一种描述能代表"真正"的年轻人状况呢?

当然我也不相信相反的呈现,那种有为青年之类的东西。这同样是一种简化。我所认识的你们,所看见的你们,是生活在实际处境里的个人。你们也许有具普遍性的一面,但也同时有各自的取向。你们大多是处于困惑中的,处于各种冲突和选择之间的,但你们不是没有自己的主张和志向。你们是处于演变过程中的,但你们不是没有自己的姿态。你们的生命是开放的,也因此是富有可能性的。从你们身上,我只会得到激发,并且持续不断地学习,犹如自己也依然处于那样的充满艰难的过程中。是你们让我在不再年轻的人生阶段里,依然能维持对自己的人生的想象。那就是我对"年轻"的定义。

前代人

站在门坎上的永恒发问

后来者:

我对你们的这个年纪或时期感到兴趣,甚或是关注,并不是因为我自命很了解你们。像我这样步入中年的人正处于尴尬时期,扮青春固然吃力不讨好,扮老成却又未够资格。但我还是从你们身上找到了一个共同的立足点——就让我把它称为青年后期的门坎状况。

把青年期和成年期区分开来,并且各自加以定义,并没有严格和客观的准则。首先,这肯定不是年龄上的分别。我说的是一种模糊地感受到转变即将来临的状态,也即是一个面对抉择的状态。这抉择不同于之前的任何抉择，而仿佛是决定自己的未来人生的抉择。当然，这抉择并不一定是一次性的，而是有可能再次重做，甚至是反复重做的。如果是这样的话，那就是不断地把自己的青年后期延续下去的情况，而这确实发生在一些人身上。

我把这种状况理解为"站在门坎上"。在"门坎"的后面，是自我的塑成期，而在前面，则是必须投身和面对外界的时期。前者虽然已经一直在接受社会化的过程中，但似乎还能一定程度保有自我的空间。后者则是毫无保留地冲击和压抑自我的阶段了。如果再简化一点说，前者往往是在学习阶段，而后者就是所谓"投身社会"的时候了。而在这两者之间，我假设对部分像你们一样敏锐的青年来说，存在一种既非这边也非那边的"边缘状态"，那就是我说的"门坎"了。"门坎"一方面代表着踟蹰、困惑，甚至可能带有一点退缩的意味。可是，它也同时代表着怀疑、批判、反叛和自我寻索的精神。

站在门坎上的你们会问：好了，我已经完成了认可的学习阶段，之后将要踏入工作的阶段了，我要怎样做呢？是谋求认同外界普遍的工作价值，还是继续追求自我的人生价值，并且准备面对和承受后果？你们对于这个问题，也许永远也得不到答案，而最有意思的，其实是永远的发问而不是终极的答案。你既拒绝被外界所同化，但又避免陷入封闭的自我里。你既看穿成长的谎言，但也知道返璞归真只是一厢情愿。于是你尝试站在自我与世界之间。而你要为此负上永远不得安宁的代价。而如果"门坎状况"的确是青年后期的特征的话，希望你们能够接纳，在这样的意义下我是你们中的一员，是你们的同代人。

前代人

答 同 代 人

彼此之间的同在感

后来者：

在我们这个城市的小小的一群文学实践者当中，一直存在着意见分歧，而在实际情况中也常常互相不加理睬。我说的主要是像我这样的中生代，和在我们之前的一辈。曾几何时，前辈们也是朝气勃勃的年轻人，也像你们现在一样，携手合作办杂志，搞出版，为文学经营新气象。在一些旧书刊里，有时还可以翻看到他们当天傻头傻脑、天真烂漫的合照。有些并不是什么文学活动的场合，而是一群朋友的聚会或旅行的留影。这种照片总让我又惊讶又神伤，因为当中的有些人，要不就已经反目成仇，要不就已经形同陌路。虽然也有持久至今的关系，但毕竟还是变幻强于永恒。

当然我是最没有资格说这种话的人。我们这一代在群体意识方面并不比前代人强，甚至可能更为薄弱。我们曾经联合在一起作过的短暂合作，很快就烟消云散，加上取向上的争拗和分歧，渐渐就变成了各自为政的局面，甚至也不再公开互相批评了。留下来的人都陷于孤军作战中，而更多的人变成了散兵游勇。我们可谓名副其实的一盘散沙。这在文化界的其他朋友的眼中，实在是可堪嘲笑的事情。在辈代之间，也不见得关系紧密，更莫说和谐了。这样说来，我们这个城市就不存在一个"文坛"这回事。

不过，在你们身上我看到了转变的可能。你们的文学创造力自不用说。谈到行事作风，你们绝不是没有自己的立场、只懂毕恭毕敬对待前辈的人，但你们也不会自命前无古人。你们有自己独特的看法，甚至作出尖锐的批评，但你们也富有自我反省的精神，了解自己的不足。你们甚至常常陷于困惑中，而困惑是开放和容让的先决条件。人际间的互相排斥，很大程度上出于自以为是。所以，就算在你们之间，也同时存在着多种差别极大的取向，而你们都能互相支持，至少也能避免敌视和嘲讽。在这个"包容"早已经变成了批评别人不够"包容"的理由的时候，我期望于你们的，并不是软弱无力的所谓和谐或团结，而是共同奋斗的精神。无论你们是像现在一样，诉诸集体行动，还是有一日要回到游击作战的状态中，都希望你们能够时刻感受到，有人与你们同在。我只希望这一切之所以可能，不单是因为你们还年轻。

前代人

怪物化的自画像

后来者：

都说新一代是虚无的，是没有理想的，是物质主义的，是追求感官刺激的，是沉迷虚拟世界的，是疏离的，是肤浅的，是反智的，是脆弱的，是依赖的，是没有毅力也没有专注力的，是没有承担也没有责任感的，诸如此类。我却从来不相信这些印象式的说法具有任何真实意义。于我来说，只要看到一个特例，所有普遍的结论就变得无足挂齿，而所谓时代的共同特质就变得可疑，并且肯定不是牢不可破。

就如你，一个喜欢画画、坚持画画的年轻人。没有什么背景因素，把你优先从其他年轻人里区分出来，成为一个艺术追求者。你并没有在童年和成长的时期，得到特别优裕的家庭培养，反而自小就讨厌上美术课。你自言甚至曾经是那种撩是斗非、无心向学之徒。可是你却碰上了绘画，而且整个人改变了。这样的事情没有人能解释，我也绝对不是在说那种利用艺术或体育活动去改造问题青年的心理治疗式的事情。总之自此你人生的唯一热情就是画画。而且是没有任何功利目的地画画。你没有打算画流行的插画或漫画，而是画油画。而你也没有如一些精明的年轻油画家一样筹算着如何在艺术市场上打响名堂。你无视于艺术界的潮流和口味，只按照自己的喜好去画。你完全是为自己而画的。

然而这样的你注定要感到困惑。为什么而画和如何画下去，将继续是挥之不去的问题。你一直考不进正式的艺术系，而勉强于设计学院进修。只求实用的设计训练和对所谓"高科技"媒体应用的迷信，常常令你透不过气。你虽然有触觉和画技，但在错误的环境中，你总是显得落伍和格格不入。在视觉艺术技能完全服务商品包装的今天，你的执著显得不切实际。而你喜欢画的，是半人半兽的、凝固的、孤立的、模糊的形象。这在一层意义上，大概可以视为你自己的写照。

是的。自我英雄化的时代已经一去不返。跑出来高调地宣扬理想，也变成了无效的姿态，或者迎合主流社会的虚伪道德标准的举动。在今天还拒绝平庸化、拒绝一致化的年轻人，大概就只有自我怪物化的途径。而我相信，这怪物的队伍会悄悄壮大。这也可以算是我对新一代的一种逆向的期望。

前代人

在写作太少也太多的时代

后来者：

　　朋友以一种预言家的口吻告诉我说：历史上从来没有一个时代像现在一样，是写的人那么多，而读的人那么少。朋友指的是现在成为风潮的网络日志，或称部落格，或称博客这东西。朋友是我的同代人，这意味着，我们都跟不上这种以年轻一代为主的新形势了。老实说，对于这种新东西，我不但没有写，而且也没怎么读。我甚至觉得难以命名之，理解之。究竟它是一种媒体，一种形式，一种体裁，还是一个实质的场地，我也说不准。而虽然这是一种带着"公开"和"自主"性质的东西，是任何年龄和背景的人都可以参与其中的，但我猜想它的中坚分子肯定是像你们一样的年轻人吧。

　　人人都说你们的一代是影像的一代，对文字没有兴趣，也没有把握。现在的情况却出现了出乎意料的逆转。我们突然发现，原来那么多的年轻人热衷于"写作"，相信文字可以用来与人沟通和表达自己。而从单纯的交流和自我表达开始，也不排除有人渐渐进入"创作"的层次。对于文字力量的回归，对于把写作还原为"民间实践"，这绝对是可喜的现象。可是，这样的一种写作模式，和作为写作者的我一直致力的事情，不但并不一致，甚至其实是背道而驰的。在实践新写作形式的你们的眼中，我这种旧形式的维护人一定是个落伍者吧。

　　"旧"者在于，我们这种"传统"文学创作者，自命是少数的精英，并以"作家"自称。我们在死守着一种正在没落也行将逝亡的写作模式，一种由少数人写给多数人看的模式。而当其中"多数人"的部分无论在共时还是在历时的面向下都不再成立，这种模式就失去意义和效用。相反，如果我的同代朋友所说属实，新的模式鼓励了写作行为的暴涨，但未必同时提升了阅读的质和量。大家都只是一味地写，一味地表达或虚构，一味地剖白，一味地演出，但却反而无暇和无心去阅读，去听取，去理解，去回应。写于是取代了读，说取代了听。我不知道事实是不是这样。你们大概会立即群起反驳我这个落伍者。在广义的层面上，我们同为"写作者"，但我真的不知道，究竟我们是盟友，还是敌人，是同路，还是陌路。在最好的情况下，也只能是：道不同，不相为谋。

前代人

作为生活演出的写作

后来者：

如果你们不嫌我这个落伍者再来插嘴的话，我还是想延续网络写作的话题。部落格或博客作为一种新写作形式，我认为最大的意义是更新了写作和生活的关系。当然，在传统印刷媒体的写作模式下，也存在以生活为写作题材的情况。可是，由于创作当下和发表时间（无论是在报章、刊物，还是以书本的形式）的距离，写作便难以达到"实时性"的效果，写作时间和生活时间也因而或多或少地拉开。在比较极端的文学创作者的情况，甚至会出现写作和生活互不调和、互相排斥的痛苦处境。要不是生活干扰了写作，就是写作占据了生活。并存既有困难，能彼此补足或裨益的就更是少之又少了。

你当然会说，传统文人也有写日记的习惯，而且多少带着有一天拿来出版的心态去写吧。这不也是一种生活与写作混合的状态吗？对的，很可能有这样的情况。可是，以创作作品的心态去写日记，跟所谓"实时性"的特质还相去甚远。所以，现在的网络日志才算得上是货真价实的"生活着"的写作模式。当中的"现在时态"不但是以"当天"计算的，甚至还可以去到一天多次更新的"当下"。这其实已经是"现在进行时态"了。而时刻在进行中的写作（和响应），不就是接近于表演艺术的即场和实时性吗？所以我感觉到，写作已经变成了一种生活演出。

这是相当新鲜刺激的事情，而它把年轻人重新吸引到文字媒体，以及把渐已失传的日记书写艺术重新振作，自有其深远的文化意义。可是，有时看到写作者的努力演出，额角还是偷偷冒汗。一方面是惊叹于作者自我展示的彻底，另一方面则是讶异于他们仿佛无时无刻都活在网络上。究竟哪里来这么多的精力和时间，去同时生活和书写生活呢？而把二者融合为一的结果，也可能反过来是为写作而生活，为演出而生活。于是日志里的人生就变得加倍戏剧化或者连续剧化了。我不是同道中人，我实在不知道，在这种生活演出的写作中，有没有那么的一些时刻，会为了写得更精彩而刻意活得更"精彩"一点？会不会因此而失去了某种"纯真"，而使人生变得过度自觉？自觉到读者的存在，或者应该说，是观众的存在？

前代人

在自己的城市被离弃

后来者：

你应该很清楚，在我们这个城市从事文学写作，必须具有先知般的勇气，和遭逢先知的命运的心理准备。在贫乏的文学环境中成长，你如何受到文学的召唤，本身已经是一件不可思议的事情。也许你也曾像先知一样，对这召唤感到怀疑，作出挣扎，甚至是逃避。可是，最后你也不得不顺从于内心的真正向往。你开始战战兢兢地写作，寻找发表的空间，就像先知初次宣讲真理，难免带点生涩，或者过于冲动。然后你开始发现，只有你自己孤身一人呆站在旷野里，所有的听众早已经离你而去。群众甚至并不唾骂你或者反驳你，他们只是对你没有兴趣。他们任由你自生自灭，但也不愿意让你破坏他们的生活习惯，扰乱他们安静的心灵。

这个城市的人并不一定不"需要"文学，但他们"需求"的并不是你宣讲的东西。你的文学对他们而言实在是太冷僻、太深奥，也太尖锐了。他们渴求的是容易消化的情感，崇拜的是偶像化的作家。在本城一年一度的夏日集体短暂阅读亢奋中，他们蜂拥抢购书本，挤满知名作家的讲座，热情地排队索取偶像的签名。而你将不会属于此等通俗或外来知名作家的行列。你的作品将会静静地躺卧在庞大的展场的一个角落，得到少数好奇者的匆匆一览，然后又回到恒稳状态。如果幸运能卖出好几十本，已经足以得到小书店老板"畅销"的赞誉。你也懂得回避签名会这类活动，以免门庭冷落惹人尴尬。你混在如巨潮般的人群里，空气中闻不到书香却充斥着汗臭。你突然感觉到，自己并不属于这个城市，这个城市也不需要自己。尽管你如何大声呼喊，你听到的也只是空谷回音。你沮丧万分，离开展场，站在海旁，祈求神拿去你的苦厄。

然后，在你的身旁来了另一个人，另一个年轻作者，另一个落寞先知。他也拿着自己的书，试图宣讲自己获得的启示。你们坐在一起，交换先知的身份证，也即是你们的文学作品。你在他的身上看见自己，另一个受本城人离弃的先知。然后他告诉你，在那边还有好些先知们。他们都隐没在人群里，继续发出微弱的呼声，形成一个小小的群体，如同神秘主义的教派。他说：现代的先知们再也得不到神的支持，既不能呼唤天火也无法召叫洪水。我们唯有集合起来，期待共同的力量能产生神奇的效果。

前代人

在剧场里寻找人生

后来者：

遇见像你这样热爱戏剧的年轻人，我自己也被大大鼓舞。我最近写的这个剧，主题就是关于在追求创作和面对现实之间感到困惑的年轻人。里面那个喜欢画画的女主角，本来就是现实生活里认识的女孩。想不到的是，演这个女孩的你，原来也有相似的经历。你告诉我，你自大学新闻系毕业之后，放弃到电视台当实习主播的机会，参加各种演出和修读戏剧课程，已经有一年时间了。而家里真的像剧中的那个父亲一样，对你看来不切实际的选择强加反对，家庭关系弄得有点僵。这样你应该会对投入角色有充分的体会和准备了。

虽然你不是正规演艺训练出身，但我对你演绎这个角色十分有信心。你也连带让我感到，剧场虽然是一个假象的制造所，但醉心演戏本身却是人生最真切的追求。我是个写小说的，我的创作模式有点像个孤独的工艺师，必须过着长时期的规律化而专注的生活。不过，我间中也有机会跟演艺界的朋友合作，而每一次都令我对你们的工作深感敬佩。我参与的都是小规模的演出，但创作、演出，以至于各方面的技术人员，其实都是在自己的范畴里相当优秀的成员。每次看见大家为了那为数不多的观众，热情忘我地投入演出，完全不计较个人的回报，自己便感到汗颜。而且，更感人的是，那不是一个人的孤军作战，而是一整团人的共同努力。这是剧场让人感到温暖的地方。

而这样的一个特殊的创作空间，也感染了一代又一代的年轻人，不顾一切地投身于这个看来没有什么前途的界别。就像你，和这一次参与演出的一大群原本没有舞台经验的学生。你们把这一年的夏天，都花在密集的排演上面。看着你们从当初的生疏和粗糙，在导演的指导下慢慢变得圆熟和自信，是个非常奇妙的过程。而你们还非常主动地提出了你们的意见，积极参与创作的过程，让演出变成你们自己的成果。我作为这个剧的编写者，感觉到平面的文字因你们而活起来，而化为了真实。所以，其实我是应该感谢你们的。特别是你，是你让我知道，我所写的并非虚构，而是在真实人生中上演着的一场好戏。

前代人

只要你还未曾失去热情

后来者：

你没有出版小说已经两年了。两年对一个小说家来说，算不上是一段长时间。每两年能写出一本书来，其实应该算是多产了。不过，对一个已经出版了三本小说而且对前景心怀焦虑的年轻作者来说，两年的停顿的确是一件令人忧心的事情。你曾经对写作这个行业满怀憧憬。你初出版的小说得到年轻读者的喜爱，令你一度充满自信。可是，在门坎上的你也早已感觉到，文学追求与生存现实之间的矛盾。你因为比别的年轻作者得到更大一点的回响，也因而曾经相信，好作品并不一定曲高和寡，好作家也不一定会变成穷酸文人。

于是，你毅然走一条中间路。你认为你可以既坚持自己的文学理念，但又同时面向大众。你开始接受通俗媒体的工作，做青少年流行文化节目的主持，为电台节目编剧，又不时出现于报章杂志。你因着入时的打扮和不俗的外形，在媒体的迷阵里颇能杀出一条血路。说是血路也没错，因为你付出的代价是文学同侪的误解和背离，是被媒体的压榨和利用，和自身对写作产生的障碍和困惑。你开始发现，自己离写作越来越远。而那个新的自己，只是越来越被他人扭曲。你甚至曾经想过，以后不写也没所谓。因为纯粹的写作并未能如你所愿，成为你赖以维生但又不必妥协的工作。

我并不反对你当初的抉择，但也一直为你担心。现在你交出一本新书来，我才稍稍放心了。你的新作也许并不是你最好的，也未必已经超越前作，但至少让人在里面重新感受到当初那种单纯的热情，至少让人知道你还没有失丧你对生活的敏感，还没有被现实磨蚀掉你对语言的信任。我可以放心地说：你终于回来了。我的意思不是希望你放弃其他的一切可能，回到纯粹的文学写作里。我的意思是，无论你在其他范畴里顺逆与否，你在根底里始终是一个文学人，一个以文字守护和创造自己人生的人。只要你能坚持这一点，就已经足够了。在你的新作里，我第一次读到在通俗出版物的包装底下，对通俗文化本身的反讽和反思。单单就是这一点自觉，已经足够把你和其他通俗作家区分开来，而把你重召到文学的队伍里。无论如何，我们还是站在同一阵线的。

前代人

在作家和父亲的身份之间

同路人：

最近可好？太太和孩子们也好吗？早前看到你在我们这边的一份年轻人办的文学杂志上的访谈，不但知道了你的写作近况，也多少了解一点你的日常生活安排。有人读了就说，我和你很相似。我们都是父亲，都花很多时间在带孩子方面，每天跑来跑去照料孩子上学下课，却好像越来越少时间可以安定下来，专注于自己的写作。随着孩子的成长，费心的事情只会越来越多。问题已经不是喂吃饭陪睡觉的层次，而牵涉到孩子的学习、社交、情绪等等。当然，健康也是让人十分紧张的事情。在家事的繁重和写作的焦虑之间，很容易感觉疲累，而你的身体出现状况，我完全可以理解。

人们也会觉得我和你在写作取材方面有相似之处。对我而言，至少是最近两三年，我和你一样会把个人的生活经历写进小说里，家人也往往成为自己笔下的人物。我会停下来想，为什么有这样的必要性？我一向都不相信作品和作者生活的直接对应关系，也反对以作者的生活去衡量作品的方法。可是，在我初为人父之后，就出现了这种取材的变化。也许，其实是更早一点，已经出现了把自己和妻子的关系作为小说材料的做法了。

　　我现在重新思考这个问题，才发现那是出于把自己的不同身份统一起来的欲望。而这种欲望在作品以外其实是极难得到实现的。丈夫的身份和作家的身份还比较容易得到调和，特别是如果妻子对丈夫的工作是理解和支持的。可是，当生了孩子，情况就大为不同。我相信你也会感受到，父亲和作家的身份表面上好像没有冲突，实际上却把自己的人生撕裂成两半。至少在孩子还小，还未能对父亲的写作有所认知的年纪，他的存在只会是单方面去掠取父亲作为作家的时间和精力，而极力把他拉到作为纯粹父亲的一方。作家在生活中感受到的身份的争夺和撕裂，就唯有置放于作品之中加以解决，做成一种虚构的、想象的统一体。所以，每当有人问我孩子可给我什么写作灵感，我就会火冒三丈。天啊！每天都要和孩子战斗，以保存自己的作家自我，你说这算不算是灵感？

同代人

儿子绝不是笔下的人物

同路人：

虽然我们都写过自己的孩子，但相信你也会感受到，儿子绝不是笔下的人物。在很宽松的意义下，儿子是父亲的创造物，就如人物是小说家的创造物一样。可是，一个儿子可比一个小说人物难以驾御，也难以预期。儿子可以说是世界上最擅于违逆权威的人。他是个独立的个体，会用尽一切力气和心计反抗束缚。父母必须明白和接受，他不是自己手中的一块材料，也不会按自己的意思被任意搓揉成自己期望的形状。可是，他又同时是父母遗传的结合，所以父母不能说儿子的叛逆跟自己无关。一个惯于布弄人物的小说家，相信会很难接受，一个明明是自己弄出来却不受控制的人。对自己的孩子不能强加期许但又不能舍弃责任，这就是当父母的进退两难之处吧。

所以我常常想，养一个孩子比写小说困难多了。不过这也带给自己一点反省。那关乎到自己作为父亲和作者的权威。虽然对儿子的成长和学习必会旁加协助，但他的人生路向到最终还是靠他自己走出来的。他也会拥有只属于他自己的情感和思想。他绝不是父亲的翻版，也不是父亲的喉舌。这无论好坏就是实情。那么，当我把父亲的角色置换成作者的角色的时候，我就会感受到某种阻力。我自然而然地问，自己有没有给予人物自己的声音、自己的空间呢？而如果有意这样做的话，具体地说是一种怎样的写法？

当然我也会再问，这种把小说家和父亲的角色拉在一起的意图，是出于怎样的一种欲望？说到底也就是为了把两种角色统一起来吧。那是因为自己不愿意看到，自己当父亲的体验不能对写作有所帮助，而所谓帮助是比拿儿子作题材更深层的要求。反过来说，自己也不愿意承认，自己写小说的体验不能对当父亲有所启发，自己在小说中追求的人际模式不能在父子关系中加以实践。换句话说，我渴望做一个言行一致的人。我渴望自己在小说中创造的生活和真实中的生活互为表里。所以，这绝非儿子带给作家父亲写作灵感这样的一回事。在最好的情况下，他带来冲击。在最坏的情况下，他带来崩解。而无论好坏，我们都不能放弃那属于父亲的部分。

同代人

众数的我跟众数的你的倾诉

你们：

从一开始，我就感觉到我是一个不能写专栏的人。我无法很自然舒适地在文字里表达自己的意见，自己的情感。任何见解，一经写下，我就会想到它的反面。任何感受，一经表达，我就会觉得滥情。可是，如果去嘲讽，去批评，我又会立即觉得不近人情，过于尖酸。在这种由作者"真实地"表达自我的文体里，我找不到一个"真实的"、稳定的自己。让我自然一点的，就是当我进入假想的角色和关系之中的时候。所以，就出现了众多的说话者，和说话的对象。仿佛只能在这种接近小说人物的对话关系中，我才能让想法和情感成形。

当然，在一般的专栏杂文里也存在对话关系。那就是作者和读者的直接谈话关系。可是当中那看似理所当然的"直接"，却是我无论如何也难以自然认同的。所以我只能以侧面的方式，以不同辈代的文学人的对话来呈现我的所思所感，而读者则变成是偷窥者、窃听者了。又或者，其实读者也需要代人对话的某一方，通过某程度的扮演，才能了解当中的意义。对于读专栏来说，这似乎是过于吃力的事情了。

　　最近翻出来葡萄牙诗人费尔南多·佩索阿（Fernando Pessoa）的诗集，才意识到自己的这种状态原来渊源深远。佩索阿为自己发明了七十二个笔名，或者他称为heteronyms的身份，每一个都有自己的个性、生平、见解、好恶、外貌和生活习惯，而且有自己风格各异的作品。这跟常见的某作者以不同的笔名写不同类型的文章并不一样。佩索阿是彻底地自我分裂成许多作者，许多人物。他是一个众数的作家，多声的作家。连使用"费尔南多·佩索阿"的时候，也不能说那就是他真正的自我。那也不过是众多假面的其中一个。

　　佩索阿是个诗人，但他也许更像一个小说家。他以整个创作行为本身，和作者在其中扮演的角色，来创造他的想象世界。当我们读到Alberto Caeiro、Ricardo Reis、Álvaro de Campos的诗集，或者Bernardo Soares的生活笔记和随想篇章，这些虚构的作者便开始在读者的"真实"经验里慢慢成长，直至我们相信，他们真的活过，真的写过，真的思想过，真的感受过。

　　　　　　　　　　　　　　　　　　　　　　　　　　我们

苦行与美好生活

同路人：

最近一位朋友跟我作了个访谈，关于本城艺术工作者的生存状况。很自然就把本地的状况跟大陆和台湾比较，也很自然地提到你。我和你的状况基本上是相似的吧。大家都是在写作和家庭负担之间争持着，而时间总是一头不能驯服的兽，永远处于令人疲惫的追逐中。

朋友说，现今在大陆当文化人，只要薄有名气，就不愁生计，甚至可以得到优裕的报酬。千花百样的商业活动，也会邀请文化人协助推广，提升档次。某空调生产商推出新产品，会搞一场主题为"美好生活"的座谈会，座上嘉宾包括小说家、画家、专栏作家、文化评论人等等。一个下午的活动，每位嘉宾一万大元人民币的酬金，外省嘉宾兼包机票和食宿。这种"生存状况"可作两种理解。正面的看法：文化有价，文人得到社会的尊重和重视，优厚报酬也让文人能去除维生的后顾之忧，专心于自己的创作。负面的看法：文化人的明星化，文化的商品化。艺术变成了商业社会的装饰品和宣传工具。

对于这，我们既羡慕又不屑。我知道我们其实是自相矛盾的。一方面为了自身所得的可耻待遇而愤愤不平，另一方面却又对他人的维生之道嗤之以鼻。也许我们并非不能争取更好的生活条件，我们只是刻意自苦。我们把写作变成一种苦行，变成一种反抗世俗的行为。又或者，是一种赎罪的方式。我们期待着每一笔微薄稿费的支取，以解生活的燃眉之急，但我们其实并不愿意接受更多的邀稿，更多的差事。我们希求的是更多的时间，去实践我们苦行式的创作。而创作成果之缺乏经济回报，已经变成了苦行之为苦行的先决条件。

不过，说是苦，说是穷，到底可能只是姿态。朋友又问到我：那么你理想中的生存状况又是怎样的呢？我思索良久，说：就像现在。老实说，能像我们这样自由地实践自己的所好，是奢侈的。有时遇到多年没见的旧时相识，问起对方的近况，对方表示正从事某某专业之类的，总是附带一句：我们这些，挣口饭吃而已。我当下每每感到尴尬万分，而且歉疚，因为原来在旧友的眼中，我过的已经是梦寐以求的生活了。其实，我别无他求。

同代人

（原刊于《自由时报》副刊专栏，隔周刊出，二〇〇五年五月一日至二〇〇六年十一月二日。）

三、学习年代

比整个宇宙还要大一点点

阿芝as贝贝：

其实，一切已经发生，但又好像是未曾开始。关于你们的故事，我正在逐步写出来。我写得不算慢，已经累积了超过四十万字，但感觉还是在起步阶段。这样也好，证明了生命的厚度和无穷尽。其实，故事早就开始，所以，现在应该说是在开展中。在第一章之前，故事早就发生，所以表面的开始不是真正的开始。而在故事结束之后，一切还未结束，所以表面的结局也不是真正的结局。在结局之后，你们还要活下去。你们的生命比小说更大。

我并不打算在这里预告我将要写的东西，因为对你们来说，那是已成过去的事情。当然，你们自身不会成为过去，你们会活得比我更久，除了是因为你们比我年轻，也因为你们比真实还大。所以我们在这里谈的其实都是回顾。对还未完成的小说作出"回顾"，似乎是一件违反常理的事情。"在小说还未完成，但故事却已经结束之后。"这就是我现在跟你们交谈的时态了。

中最近可好？希望她跟高的关系可以维持下去。这是得来不易的事情，不要轻易错失。她现在以独立音乐人的形式继续唱歌，其实比当一个商业性的歌手好。纵使从前音乐工场也给予她很高的自主性，但我们的城市却容不下一个有个性的歌手。而你也继续以自由工作者的身份演戏，情况跟中一样，必须为自我的完整付出代价。你跟花的感情没能发展下去，我固然觉得可惜，但并不感到遗憾。那是自然而然的结局。花在这件事上也成长了，好像打通了某些障碍。也许将来你能以不同的方式给他一点照应。无论如何，我和仙老师都做好了跟他共度一生的准备。

你写给我的"学习年代"生活报告，我已经整理出其中六章，也即是一半的篇幅。连同往后的六章，合在一起应该可以独立成书，也很可能会早于第三部曲《物种源始》完成。"学习年代"虽然是从你的角度出发，但怎样说也是第三部曲的一部分，也可以当作是它的前传。已经整理好部分，是你当年在西贡生活的前半年的报告。当中包含"燃烧的绿树"读书会的前六次聚会记录，阅读的书包括：大江健三郎的《燃烧的绿树》、萨拉马戈的《盲目》、歌德的《威廉迈斯特的学习年代》、梭罗的《湖滨散记》、阿伦特的《人类的状况》和巴赫金的《拉伯雷与他的世界》。你为当年的讨论过程作了非常详尽的记录，我只是就行文方面略作整顿。至于你的生活记述，关于你和中、阿志和阿角的多重关系，还有读书会青年们如何从纸上谈兵走向实际行动，这些都采用了你原本的文字，只是就先后安排作了点轻微改动。总的来说，这是你的作品，是你的人生的再造。我只是扮演你的编辑而已。

至于可以称为"实战年代"的正传部分，我也已经着手写作。其中的一条主线"贝贝重生"，写的就是转向之后成为演员的你的经历。与之相应的另一条主线"爱菲旋转"，写的是你所仰慕的前辈演员爱菲的修行人生。你们在一年时间内共同参与了后进剧场的最后演出，见证了青年行动者保卫牛棚旧街的抗争，又在"平行世界"里体验了虚拟人生的真实和虚幻。我希望你同意，我把你和花的交往以"十二因缘"为标题写出来。那是我第一次通过花的障碍，来思考无常和无我的问题，以及爱的可能。这四个声部交织在一起，就是第三部曲《物种源始》了。

相信你会同意，中的出现是个关键。对你的人生如是，对我的小说也如是。在中未出现之前，我原本打算以《体育时期》里面的不是苹果来跟贝贝再次搭档。不过，不知为何，我发现不是苹果的能量和容量也在消减之中。然后，中突然就像奇迹似的出现——拿着行李箱，站在人生的门坎上，等待着跨过来，或者逾过去。中并没有取代不是苹果，而是把不是苹果的形象彻底更新了。从最早的不是苹果开始，通过其他的"不是苹果"或者"Apple"或者"正"的多番变异，在中的身上找到了新的载体。在"学习年代"的终结，你们在那个音乐剧里分别饰演贝贝和不是苹果，给这对双生人物注入了新的生命力。过去的人物又再重生，那真是奇妙无比的事情。后来中把不是苹果改造成不二苹果，作为自己歌手生涯的名号，更加是神来之笔。背后除了是形象的改变，也同时是音乐风格和身体素质的改变。从不是苹果到不二苹果，就是从椎名林檎到中村中的转变吧。而以中村中为楷模的中，不就是"安卓珍尼"或者雌雄同体的理想形态的回归吗？

在中面前，你总是以平凡人自居。这个我不同意。没错，你的外表没有中那么惹人注目，你的成长经历不及她曲折多磨，你也不像她那样锋芒毕露。可是，你通过长期的累积和思考，却造就了强大的理解力和同情心。你可能不够聪明，凡事也诸多疑惑，但你倔强无比，做每一件事都会反复叩问自己的良心。而你的心的容量，超乎你自己的想象。这让你成为最好的聆听者和安慰者。你的写作能力不错，在演戏方面也大有进境，但对我来说，你最突出的不是才华，而是你追求本真的热切。事实上那是你所有的作为背后的终极动机。生存于世，还有什么比这更重要？所以，你是我的主角的不二之选。你是这个失衡的宇宙的一股稳定力量。这，也许连你自己也不知晓。而你对我有特殊意义。当你困惑的时候，你跟我十分相似，足以成为我的代言人；但当你豁然了悟，盈满着慈悲，你又足以成为我的抚慰者。

中的情况跟你相反，她是世界的破坏者。我不是说她有任何暴力倾向，或者立心使坏，又或者叛逆不驯。跟品性粗野的不是苹果相比，中可以说是个修养极佳的女孩。如果她是个天生的女孩的话，她大概会变成一个小乖乖。可是，她没有本然，又或者她的本然跟她的实然互相冲突。为了实现（或者虚构？）本然，她不得不反抗实然。她拥有强烈的信念，和势不可当的行动力，这让她能在重重障碍中冲撞开去。任何理所当然的东西在中面前都显露出僵化的原形。而单凭着她逾出的姿态，就足以对世界构成破坏。尽管，她对人满怀慰解之情，对世界充满燃烧不尽的爱。维护者和破坏者，看似是敌人，但更多的时候其实携手并肩。

我一直在说"世界"，或者"宇宙"。无论是"想象世界"、"可能世界"，或者"平行世界"，或者"婴儿宇宙"。我本来也不太明了自己的意思。到我读了你们在读书会里关于"世界"的讨论，才豁然了悟此中的意义。世界当然不是所有事物的总合，也不是客观的实然的存在。从主体和客体，或者心与物的角度观之，世界不能离开人与世界的关系。没有人，也就没有世界可言。在石头和石头之间，是没有世界的。从佛教唯识论观之，万物唯心造，一切都是心识的使然。从现象学观之，世界是众多主体的交互主观所组成的意义界域。由是也没有实然的主客之辨。阿志和哲道在读书会里辩论阿伦特和海德格的高下，其实关乎两个"世界"之间的差别。一个是相对于"他人的独裁"，借着"独我"的关注、践行和逾出来建立的存活世界。另一个是挣脱生物性的束缚，以"制作"（work）和"行动"（action）来建立的公共领域，或者是共同世界。前者遗世独立，以单数自立为重，后者群居互动，以众数并存为尊；前者是独善其身，后者是兼济天下；前者是沉思生活（vita contemplativa）的典范，后者则是积极生活（vita activa）的楷模。归根究底，你们的"学习年代"，以至于四年后的"实战年代"，环绕的就是这两端的对抗争持和互辩互证。

小说何尝不是世界的营建？但那不是宽松的意义下的想象世界，而是通过想象去营建意义的方式。人物栖居于小说世界里，以他们的所言所行，反过来打造作者和读者的真实世界。是以我们才有可能存活于共同的世界，互相交谈，互相关注，甚至相爱。我必须这样对待你们，也渴求你们如此对待我。我想起海德格思考何谓"容器"，说的不是它的形状、物料或容量，而是赖以容载的虚空。道大，天大，地大，人亦大。当你们的世界百川汇流，我的心也不断膨胀。就如葡萄牙诗人Fernando Pessoa借由异名者Álvaro de Campos所作的豪言：

And my heart is a little larger than the entire universe.

董as黑

（原刊于《字花》第十九期，二〇〇九年五月。）

我是单，我是双

Dieses Baums Blatt, der von Osten / Meinem Garten anvertraut, / Gibt geheimen Sinn zu kosten, / Wie's den Wissenden erbaut.

Ist es ein lebendig Wesen, / Das sich in sich selbst getrennt? / Sind es zwei, die sich erlesen, / Dasz man sie als Eines kennt?

Solche Frage zu erwidern, / Fand ich wohl den rechten Sinn：/ Fühlst du nicht an meinen Liedern, / Dasz ich Eins und doppelt bin?

"Ginkgo Biloba" J. W. von Goethe

(This leaf from a tree in the East, / Has been given to my garden. / It reveals a certain secret, / Which pleases me and thoughtful people.

Does it represent One living creature / Which has divided itself？ / Or are these Two, which have decided, / That they should be as One?

To reply to such a Question, / I found the right answer： / Do you notice in my songs and verses / That I am One and Double？)

中很喜欢歌德的《银杏》这首诗。最近我跟她提起，她说：本地很少银杏树吧？我以前也没有留意到银杏叶的形状。的确像歌德所说，好像是一分为二，又像是二合为一。所以，究竟是二还是一呢？是合还是分呢？歌德看到了现象的一体两面。那时候，这首诗唤起了我心里的什么，我就写了一首歌。

中对自身的双重特质格外敏感，虽然说外表是完全地女性化，思想和心态也是女儿家的，但身体却无论如何曾经是男性，就算经过了整形，基本上依然是从前的那副躯体。我认为，甚至是意识上，男性的因素也不会完全地消失。老子说"知雄守雌"，不是绝对状态的对换，而是此中有彼的。中忽然说：我其实不太懂歌德。我便说：也难怪，歌德有点太深，也太遥远。她说：不，主要不是这个。对我来说，歌德是个谜。

这说来有点奇怪，因为很多人会觉得歌德是个道貌岸然的文学伟人，而读歌德仿佛也必须正襟危坐。不过，一如任何语言的文学巨人，歌德渐渐变成了一个人人都知道但却很少人真正明白的作家。他变成了一个空洞的文化符号。记得我和练仙在德国旅行的时候，在火车上得到一位热心的德国太太指点交通问题，我以回馈的心态告诉她我正在读歌德，她却并不特别自豪，只是以英语说：Oh yes! Goethe was a very learned man. He knew a lot of things. 出自德国人口中的这样一句对歌德的评价，不能不让我有点失望。

不过德国太太说得没错。歌德的求知欲极为惊人，而他涉猎的范畴也极为广泛。就文学来说，歌德在诗、小说和戏剧三种文类都留下了经典作品。除了写作，歌德长年在魏玛宫廷当官做实务，还致力于科学研究，在植物学、地质学、解剖学和光学方面也毕生用功。歌德形容，他对于自己的科学家身份和文学家身份同样重视。他对牛顿以降的信奉抽象数理模式、依赖假设和实验的现代科学感到不满。科学跟大自然渐行渐远。歌德另辟蹊径，发展出自己的一套建基于自然观察和直接体验的科学观，强调直觉和深观，以达至主体与客体的融合。歌德的科学格言是："人体是最精准的科学仪器。"歌德的科学理论不是被科学界忽视，就是引为笑柄，但也有人努力为他平反，视之为对机械化和非人化的科学方法的拨乱反正。物我之间的整全体验不但是个文学课题，也是个科学课题。由是科学和文学便无分野，一体无碍。如此宏阔的涵盖性，世界文学中无人能及。

阿芝的学习年代报告，详尽地记录了读书会青年们当年讨论歌德的《威廉迈斯特的学习年代》的情形。这部小说是成长小说（bildungsroman）的典范。年轻主角威廉放弃从商，投身剧场，试图借此改造德国社会。后来威廉对剧场幻灭，加入由贵族精英组成的会社，完成他的人生初阶学徒训练，准备踏进更广大的世界接受考验。小说的续篇为《威廉迈斯特的漫游年代》。身处V城的大学生一起研读歌德，表面看来好像有点不合时宜，但细察之下，其实大家都是从这个宝库各取所需。阿志重视的，是歌德的行动精神。他特别关注个人成长和社会成长的并行关系，以及人格塑成的开放模式。小说主人公先以剧场而后以精英会社为改革社会的行动单位，也成为了大家取法的模式。这些都是歌德小说中理性而易于把握的地方。至于以生物学为专业的阿角，则受到歌德的整全科学观所感染，甚至对自己从事的主流科学研究产生怀疑。

这样的小说，理应很难让中动容。中说：我起先不太懂歌德。他看来极度理性，甚至理性得有点沉闷。后来我发现小说里有很多难以解释的、没法放进那些理性框架的东西。比如说，小说中多次出现女扮男装的易服者和性别倒错的情景，那些女人似乎都因为拥有男性素质而更加迷人。小说里也有很多精神状态异常的角色，好像那叫做迷娘的易服女孩和老竖琴师。两人都有神秘的身世，而且最后都陷入疯狂，自杀而死。另外还有不少行事古怪或者不正不经的人物。在极度理性、一本正经的主要人物面前，这些异常者扮演了什么角色？那肯定不是批判或者讽刺，甚至超过同情，而近乎认同！歌德甚至把迷娘之死提升到神圣的层次。至于威廉和其他正面人物，歌德有时又让他们显得滑稽，或者对他们的见解有所保留。结果便很难说歌德是站在哪一边的。我完全不明白作者的意图，感到十分困惑。直至我读到了《银杏》这首诗，我才突然领悟到，其实不止有一个歌德。用阿志他们的学院派语言说，就是所谓"复调"吧！

我说：你的理性思维也不错，跟你唱歌的时候的感性很不同。中说：我也是双重的。其实，谁不是？那一年我和读书会的青年相处，我深深体会到，每一个人都是双重的，甚至是多重的。我是，阿芝是，阿志是，阿角也是。问题是，这两个自己究竟是互相融合，还是互相冲突。融合是理想，冲突却是难免的，但如果冲突去到无法调解的程度，结果就会是撕裂。我说：那你呢？你能做到融合或至少是并存吗？中说：我也不肯定。我的矛盾是身体跟精神的冲突，这样的冲突虽然痛苦，但却十分明确。而且我的扮演能力比较高。模仿能一定程度减轻痛苦。我说：你也受Fernando Pessoa的诗影响吗？我知道你们也读过他的书。中说：对啊！起先我以为佩索阿某方面跟歌德相似，他乐此不疲地玩着自我分裂的游戏，程度比歌德夸张和严重。可是，我后来发现，歌德的双重性背后有个整全的根底，让人不至于完全分崩离析。但佩索阿不相信整全，他认为一切都是碎片，而把碎片统合起来的，只是一个空洞的舞台。我读到佩索阿的时候，还未至于太害怕，因为他说的"假冒"就是我的专长！佩索阿是靠扮演或假冒来承受虚空的。阿角扮不来，所以到最后便崩溃了。

　　我说：从歌德到佩索阿，从十八世纪末到二十世纪初，状况就是叶慈说的"Things fall apart；the centre cannot hold"了吧！在今天，在我们的时代，究竟我们相信整全还是破碎？还是二者都不相信？中有点狡黠地说：还是二者都相信？我点了点头，说：如果要用佩索阿的诗跟歌德的《银杏》配对，你会用哪一首？

　　中撩拨了一下长发，想了一下，说：《无数生命住在我们身上》。她脸上露出笑意，但我不知道哪一个她在笑，也不知道是哪一个我在笑着领受她的笑。

Vivem em nós inúmeros；/ Se penso ou sinto, ignoro / Quem é que pensa ou sente. / Sou somente o lugar / Onde se sente ou pensa.

Tenho mais almas que uma. / Há mais eus do que eu mesmo. / Existo todavia / Indiferente a todos. / Fa？o-os calar：eu falo.

Os impulsos cruzados / Do que sinto ou n？o sinto / Disputam em quem sou. / Ignoro-os. Nada ditam / A quem me sei：eu escrevo.

　　"Vivem em nós inúmeros" Ricardo Reis （Fernando Pessoa）

(Countless lives inhabit us. / I don't know, when I think or feel, / Who it is that thinks or feels. / I am merely the place / Where things are thought or felt.

I have more than just one soul. / There are more I's than I myself. / I exist, nevertheless, / Indifferent to them all. / I silence them: I speak.

The crossing urges of what / I feel or do not feel / Struggle in who I am, but I / Ignore them. They dictate nothing / To the I I know: I write.)

（原刊于《字花》第二十期，二〇〇九年七月。）

我是我，我不是我

O poeta é um fingidor. / Finge tão completamente / Que chega a finger que é dor / A dor que deveras sente.

E os que lêem o que escreve, / Na dor lida sentem bem, / Nâo as duas que ele teve, / Mas só a que eles não têm.

E assim nas calhas de roda / Gira, a entreter a razâo / Êsse comboio de corda / Que se chama o coração.

"Autopsicografia" Fernando Pessoa

诗人是个假冒者／假冒得那么彻底／他甚至可以假冒／他真正感到的痛苦

答同代人

读到他的文字的人／在当中感到的／不是他的痛苦／而是他们
所没有的

　　环绕轨道打转／娱乐我们的理性／这发条火车／就是那叫做
心的东西

　　真诚还可能吗？阿芝发出这样的疑问。当时我跟阿芝和中谈到，当
演员和当歌手，其实都是角色扮演。我们很自然又提到之前谈过的葡萄
牙诗人费尔南多·佩索阿。佩索阿最奇特的地方，是他一生用过七十二
个笔名写作，而这些笔名，不只是不同的身份，更加是不同的人物。他
们有的是诗人，有的是散文家，有的是评论家，都有自己的生平、文风
和文学见解，互相之间不但存在差异，有时甚至彼此批评。佩索阿把他
们称为"异名者"（heteronym），而当中称为"Pessoa"的，并不就是
真正的自我，而只是称为"本名者"（orthonym）的众多"作者"之中
的一位。除本名者Pessoa之外，另外三位最重要的人物，是诗人Alberto
Caeiro、Ricardo Reis和Álvaro de Campos。

　　佩索阿把这个自我分裂和扮演的游戏称为戏剧。他说自身只是一
个空洞的剧场，让不同的演员上场演出。这么极端的自我抹除，实属罕
见。再者，佩索阿的剧场，正如他写过的剧本一样，是没有动作的、
静态的剧场（static drama）。于是便形成了佩索阿怪异的没有行动的演
出。如果当中的"假冒"的成分打动了中，佩索阿的"戏剧性"也很合
阿芝的胃口。阿芝在"戏剧性"的问题上，同样联想到跟歌德的比较。
歌德是十分"戏剧性"的作家，一方面是因为歌德创作了大量剧本，当
中最著名的是《浮士德》，另一方面歌德在小说中也着力探索戏剧作为
社会改革模式的可能性。最重要的是，就戏剧作为行动形式这一点，歌
德可谓身体力行。

我知道她们都读过歌德，于是便补充一点个人观感，说：歌德的行动力非常惊人，能同时活跃于不同范畴。歌德不算是个旅行家，他最远的旅程是去到意大利。不过，歌德是个健行者。我和练仙在德国旅行的时候，在魏玛近郊走过一条据说是歌德当年的远足步道，走了大半天也只是去到四分之一的路程。歌德力行不倦，又活到很老，所以一生做的事等于别人的几倍。有件事很能说明歌德是个怎样的人。他从罗马坐船到西西里岛途中，因为晕船和航程阻滞，在船舱内平躺了四日四夜，作呕作闷，吃不下又睡不着。你猜他怎样度过这些辛苦又无聊的日子？当然不是数绵羊！他在心里默默地推敲新剧本的一字一句，到了下船的时候，整个剧已经在脑袋里完成了！

　　这样说来，佩索阿便是歌德的相反了。佩索阿全无行动力，甚至惧怕行动。他除了童年期在南非度过，十七岁回到里斯本后便一直没有离开过。他甚至一直住在相同的街上，到相同的公司上班，过着没有变化的生活。这近乎是植物性的、纯感官的存在。他最擅长的是发呆。他认为幻想中的旅行比真正的旅行更多姿多彩，幻想中的感情比真实的感情更动人。艺术不是人生的反映，艺术是人生的替代品。惧怕行动的佩索阿一生几乎没有好好完成任何一件事。他的所有文学宏图也都无疾而终，无数的写作计划不是胎死腹中，就是半途而废。他的大部分作品也是未完成的，但他的创作世界却不断膨胀和生长。佩索阿留下来无数的断片零章，像个巨大的拼图一样，供人永无休止地重组。这是一幅不可能完成的拼图。与歌德作品的近乎完美的完整性相反，佩索阿的作品只是一堆碎片。可是，他却能把碎片化为艺术——通过他的"静态剧场"的角色扮演。

　　在剧场和行动两方面，歌德和佩索阿形成有趣的对比。对于阿芝和中，却又是各取所需了。阿芝比较注重行动的问题，而中则对扮演或假冒较感兴趣。当然行动这问题，是跟汉娜·阿伦特提出的"行动生活"

（vita activa）一起理解的。歌德自己以至于他笔下的人物，也非常符合行动者或者公共人的特质。他们都在完全展露自己的公开的情境下，去谋求公共世界的改革。当年阿芝就是据此思考阿志以及读书会青年们的理念，加深了对他们的行动的认同。不过，行动的失败和事情的悲伤结局，令她从现实世界退缩，往想象世界里寻找替代。她后来去了念戏剧，为的就是在扮演中自我疏离，也借此而避免触及真实的自我。这一定程度是由歌德模式到佩索阿模式的转换。

最后还是中能从佩索阿的模式走出来。她说：创作作为扮演或者文学作为谎言，已经说过不少了，而且说得太容易了。我感兴趣的反而是当中如何能达到真诚。这也许跟我自己特殊的体验有关。我小时候身体上是个男孩子，但心理上却觉得自己是个女孩子。我可以说，我"本来"就是个女孩子。可是，当我要在外表上把自己改造成女孩子，也不能说没有经过刻意的模仿。无论是穿衣服、化妆或者是言行举止，都有强烈的扮演成分。我必须通过角色扮演来接近想象中"真正"的自己。所以，我越是扮演就越接近真实，或者是，我通过扮演来创造真实。我的状况可能比较鲜明，但是同样的情形不也发生在所有人身上吗？这就是我说的，扮演是达至真诚的唯一方法的意思。

阿芝说：扮演与真诚，的确存在微妙的关系。但这种关系，往往发生于艺术创作中，而不是日常生活里。身为演员，我深深体会到这一点。当然，演戏并不必然会带来这样的发现。很技术地去演类型化的角色，可以只是演出，只是表面，而没有内心真实的认同，也即是你说的真诚。只有当我们很深入地去演人性化的角色，才会慢慢发现潜藏在人物当中的自己。艺术创作也是这样，人物的创造，就是一种扮演过程。就算是跟作者极端相反的人物，他内在必然会有什么是来自作者的内心真实的。只有能写出这种跟自己相反而又相同的内心真实的作者，才是真正伟大的作者。如果只能"真诚"地以透明的语言写自己所熟悉的自己，可能反而会更容易自我蒙蔽，写来加倍"失真"。这就是为什么凡是标榜真情流露的东西，读来都显得那么虚假和造作，自欺欺人。"弄假成真"可以说是个艺术原理。不过，同样的原理，用在日常生活我就不那么肯定了。

我说：但是，如此一来，在小说里谈论"真诚"就变成不可能的事了。因为小说本身就已经是扮演，是作假。用作假的方式来谈论真诚，却无论如何也不是真诚的本义了。人物本身就是假的，用假的人去寻求真的事，不就是假上加假吗？从人物的角度，因为他们都不是真实的，所以他们只有假扮一途，并通过假扮去接近真实。所以，你们的说法在人物世界是成立的。但在真实世界呢？除非，真实世界根本就不存在，就像佩索阿的世界一样，所有都是人物，连作者自己也是。这样就没有真诚不真诚的烦恼，因为，在人物剧场里，所有都是假的，也因此所有都是真的。在这样的情况下，你们还相信真诚这回事吗？

阿芝和中两个相望了一眼，毫不犹豫地点头，说：黑，请别忘记，除了是一个作者，你也是一个人物！作者有怀疑的责任，但人物有相信的权利。

（原刊于《字花》第二十一期，二〇〇九年九月。）

物种源始·人类承传

人类的起源为何？阿芝说是爱，而中说是性。当然，两者可能是同一点的一体两面。

　　根据阿芝的"学习年代"报告，当年的"燃烧的绿树"读书会讨论
过《天演论》。有趣的是，他们讨论的不是达尔文的《物种源始》，而
是晚清严复的《天演论》。我们都知道，严复的天演论并不等于达尔文
的演化论。《天演论》译自赫胥黎的《演化论与道德伦理》。首先，赫
胥黎虽然是达尔文的大力宣扬者，但他对演化论的看法跟达尔文不尽相
同。而他把演化论跟道德伦理连系在一起思考的方式，也是达尔文所没
有的。再者，严复译赫胥黎除了在行文上自由发挥，采用古文的修辞方
式，并且加入大量中国故实，他又根据他更崇拜的社会学家斯宾塞，在
译文后的按语中对赫胥黎作出了质疑和批评。可以说，《天演论》是译
也是作，是严复综合了赫胥黎、斯宾塞和中国传统学说（特别是易学）
所自创的思想体系。如果说演化论是纯粹的自然科学理论，那天演论便
是以科学为基础的社会论、道德论，甚至是宇宙论。天演论的"天"既
是自然，也是"天道"，也即是自然界与人类社会运行的总原则。读
《天演论》，必然会在科学理论之外旁及政治、社会、宗教和道德的
讨论。

　　读书会的成员似乎也采纳了严复的方法，在达尔文演化论的科学基
础上，自行发挥，提出了人类的多重起源的观点。人类这个物种的出现
不但有一个生物学上的起源，也有一个（或多个？）人之为人的文化上
的起源。人类跟所有生物一样也只是一个物种，但人类又跟其他生物不
一样，有自身人为创造的世界，也即是人的社会、文化、道德和器物世
界。这后一个（或多个）源始起自何处，说法不一，但大家都认同那是
在演化论的原理下发生的变异。也即是说，某些变异因为更有利于人类
的适应与承传，而保留下来，并且扩展为人类的普遍和共同质素。

　　阿芝是这样说"爱"的：在生物学和考古学定义下最远古的人类

身上，假设并未存在"爱"，这样的人类只是自然界芸芸物种之一。就算智力和能力较高，那样的动物性的人类还未能称之为人。动物性的人跟所有动物一样，为了繁衍的需要而交配，而结伴，但是有一天，一个雌性人类和一个雄性人类在生存和生育需要以外，彼此产生了依恋和不舍的感受，而这种感受甚至比所有其他因素变得更加强烈，到了不惜为了对方的安危而牺牲自己的程度，这一刻就是"爱"的诞生，也就是"人"的诞生。也许，阿芝这样去理解爱，是为了解释自己对花的不寻常的感情吧！

至于中说的"性"作为人类的起源，当然不是指生物为了繁衍承传的性，而是"为性而性"的性。这也不无道理。在生物之中，大概只有人类会为了非繁殖的原因而进行性交。而非繁殖原因，包含为爱而性和为享乐而性。随着避孕技术的发达，和男女社会关系和性观念的改变，非为生育的性成为了性行为的主要动机。在同性恋的情况，性更加是跟生育毫无关系。这样的性是人类所独有的，也是人之为人的一大特质，难怪中会以此定义人类的起源。就中自身的处境，纵使她顺从的是异性恋的关系，但她无法进行生育的身体，也决定了她对性的态度。当然，说到爱，她是认同阿芝的观点的，但她更大程度是渴求被爱，而较少想到为爱牺牲。而她又因为太渴求成为女性，而对肉体的关系特别重视。她说：试想想，在生物之中，只有人类有色情这回事。色情一般是被鄙视的，被认为是兽性的，不合符人类道德的。但野兽根本就不懂得色情。色情，为性而性，是人类跟野兽的重大分别。我不是说色情很高尚，我是说，我们不能否认，性享乐是人之为人的一大特质。这样说无关乎道德。

阿力的观点也十分有意思。他认为人类的起源是"历史"的出现。所谓"历史"即是历史意识和据此作出的历史叙述。如果说人跟动物的分别是时间感和记忆所构成的自我意识，由众多个别的自我意识所组成的共同意识，就是历史。"历史是人类的起源"是个很有趣的说法。一方面，历史应是记述人类记忆中过去的事情，并追溯这些事情的起源，但这记述和追溯的举动本身，却又见证着人作为有历史感的动物的诞生。这当中有一个吊诡之处——历史追溯起源，起源却在历史的追溯中。无论如何，这都跟人的时间感有关，而且不是单一的个人的时间感，而是人类代代承传的超越个体死亡和世事无常的时间感。那是人作为一个群体的延续不断的时间感。

个体和群体的对立显示出阿志和阿角的思想分歧。阿角认为自我意识才是人类的源点。意识到自己跟他人和跟外物的分别和界限，意识到自己的存在到最终都是孤绝的，不能分享的，意识到自我生存在他人的独裁之下，苦苦挣扎也难达到本真和自由。阿角对自我意识的理解是比较负面的。阿志却认为，自我意识必然附带群体意识。知道自身与他人之别，即察觉到他人的存在，和自身与他人必然发生的关系。为自我个体的存活而挣扎，是动物本能，为群体共同的存活而贡献，甚至于压抑自我的欲望或牺牲自我的利益，才是人之为人的要素。阿志师法汉娜·阿伦特，主张人类的首要定义为政治，近似于天演论中的"群"的观念。人类就是政治的动物。所谓"政治"不是指政权和政制，而是人类共同的公共生活的总称。人之为人，就是共同生活的人。没有人能孤立生存的。

回到《天演论》的讨论上去，涉及的就是群和己的关系。赫胥黎主张的是天道（自然规律）和人治（人为法则）的二分法，人类通过自然演化而出现和承传，在这基础上建立了人为的文明社会，但文明的本质却是约束人在生存竞争下自利和自营的本能，通过道德来维系群体的存活。所以，天道和人治是互相对立的。天道就是野性的大自然，人治就是经过精心整理的花园。花园疏于整理就会荒废，回复到天道的状态。不过，严复虽然同样重视"群"，采纳的却是社会达尔文主义者斯宾塞的观点。斯宾塞认为演化论（天道）适用于一切情景，包括人为的文明社会。所以他反对任何约束和限制，认为只要放任自营和自利，发挥"物竞天择、适者生存"的原则，人类社会自然会达到最理想的状况。社会达尔文主义合理化了社会上的剥削和国际间的侵略，早已受到批判，但严复采用这样的观点，也有其历史原因。

读书会青年的争论点，是自然科学法则和人类社会法则究竟能不能互相等同？人类文明究竟是顺应自然的，还是违反自然的？天择和人择之间究竟是同质的、顺延的关系，还是异质的、悖反的关系？特别是在我们的时代，人类已经能够通过科技去改造自然，甚至是创造自然。生物科技和数字虚拟世界标志着，人类以第二自然去取代原来的自然的试图逐渐得到实现。非常吊诡地，人类在自我创造中不自觉地铲除了自身的根源，也即是作为一个物种跟自然的原初关系。这样做事实上就是改变了人之为人的定义。去除根源，也即是否定历史。很奇怪地，当第二自然完全取代自然，原属人为事物的记载的历史也将消失，因为历史的根在于追溯起源。而人类的起源，不在自然界也不在人为世界，而在二者的交接点。这交接点也许不止一个。它可能是爱、性、历史、自我、群体，或者是语言。

我读着阿芝所整理的读书会报告，看到这群青年热烈讨论着如此深远而又根本的问题，心里异常感动。几年后的今天，他们投身到本土的抗争行动里，但他们的阅读和思考，却超越了狭隘的地区主义，而涉及整个地球和人类状况的层次。这不就是晚清时期的严复和康有为等人的宇宙论式的恢宏视野吗？不过，看见阿芝，我又不期然为她担心。她所决心去爱的花，我的孩子，就是那样的一个站在自然界与人为世界的交接点的人。那样的人还不知何谓爱，也未懂性，没有时间感和历史感，困在朦胧而固执的自我里，完全没有群体观念，萌生语言却未能把握命名和沟通。他是太初醒来的第一个人类，孤身被抛掷在茫茫旷野里，不知道自己是谁，不知道自己身在何处，也不知道世界不是为自己而存在。他就是人类这个物种的源始。

（原刊于《字花》第二十二期，二〇〇九年十一月。）

世界·无世界

学习年代已经结束了。

但世界并未终结。

你是说小说世界？

无论是小说世界，还是真实世界。

那么，我们现在置身的是什么世界？我和你，在此刻？

既是小说世界，也是真实世界。

我早料到你会这样说。写小说的人，总是害怕咒语失效似的，绝不允许任何简单的二分法。

但在"世界"的意义上，小说世界和真实世界同样是人自我定义的条件。

那就要先看"世界"的定义了。

在中文里，"世界"原是佛家语，"世"指时间，"界"指空间。合在一起，是时空。

在现代用法中，"世界"等同英语中的"world"。听来非常普通，引不起任何联想。

"世界"这个词，已经被滥用得失效了。

所以要重新理解，重新赋予含义。

我知道，你们在学习年代里讨论过这个。

你是说我们讨论阿伦特的时候？

讨论《人类的状况》的时候。

所谓"世界"，就是某一特定时空的状况，或者条件（conditions）吧。不过，世界的根本要素，是人。所以"人类的状况"，"The Human Condition"，也可以理解为"世界"的意思。世界并不是一个单纯的地理概念。它既不是指地球，也不是指宇宙，更加不是指地球上所有国家或地方的总体。世界具有物质基础，但世界不可能只由物质构成。所以，一块石头是没有世界的。就算是生物，一条狗或者一只鸟也是没有世界的。世界绝对不是客观存在的事物本身。

因为世界的建构须要时空意识。

对，但世界也不是纯粹主观的构想。世界是人为的建构物，这建构物反过来成为人的栖居之所。它既是物质的、实体的建筑和器物，也是人类的生存意义的根据。所以，世界不是大自然的本然状态，而是人为的政治、社会和伦理建构。当然，它还包含人类对"大自然"和"天地"的理解和定义。世界同时属于阿伦特提出的"制作"（work / fabrication）和"行动"（action）的范畴。"制作"确立世界，"行动"改变世界。而艺术创作，以至于其中的小说，也是一种work和fabrication。

所以小说世界也是建构真实世界的方法。

基本上是。不过，小说世界未必一定具有真正的世界性（worldliness），有些小说也可以是处于无世界（worldless），甚至是反世界的状态。

我知道阿伦特对于浪漫主义以至现代主义文学有不满之处。

那是现代人的无世界性（worldlessness）的呈现。阿伦特认为，现代人以两种方式失去世界，也即是失去了人类共同生存于地球上的归属感。其中之一，是科学所赋予人的逃离地球体验的可能性。无论是宏观的还是微观的科学，都远远脱离了人的身体感官所能直接认知的限度。人于是对世界产生异化。其中之二，是在心理上躲藏到个体主观意识中的趋势。这在文学浪漫主义和现代主义中有鲜明不争的体现。由是人跟他人、跟世界产生断裂，形成了唯我独存的孤绝感。世界不只必须具有"人"的因素，还必须具有众数的条件。一个人的世界不成其为世界。世界必然是共同的。回到小说世界的问题上，也肯定有，甚至是相当大量的、向内逃遁的无世界的小说。

但内向的、跟世界保持距离的，甚至是对世界漠不关心的小说，呈现的也依然是一种世界观啊！

当然，无世界的世界观依然是一种世界观。这样的小说也确实在建构着某种模样的世界。无世界当然不代表世界就此消失。只要人类继续存在，完全无世界的状态是不可能出现的。可是，由无世界的世界观所构成的世界，却怎样说也是一个缺乏共同感的世界，也即是一个瘫痪的、分崩离析的、没有可能性的世界。这大概就是所谓的虚无吧。

这跟小说的题材大小，以及积极和消极、乐观和悲观有没有关系？

没有关系。根本不是表面的那回事。也不是指社会性这回事。社会性跟世界性有很大差别。

但世界性可以通过虚构建立？

没错。因为所谓世界，在其物质基础上，同时是一个想象的共同体。想象或虚构在这当中发挥根本性的作用。可以说，没有想象力，根本就没有可能产生共同感，也没有可能建构世界。由此引申，小说是滋养这种世界性的共同感的上佳途径。这就是小说世界跟真实世界的最重要关系。

也即是可能性的创造。

小说世界是个什么都有可能的世界，但又同时是个不是随便什么都行的世界。这当中有条件的存在。小说家的工作是调整可能性的条件，让可能和不可能的事情发生或不发生。而不发生的事和发生的事同样重要。也即是说，小说家的工作是寻找那条界线——可能和不可能之间的界线，也即是世界的边界。但这样的边界是临时的，必须不断地去移动的。这是小说在空间上的存在意义，也即是"界"的问题。

那时间上呢？也即是"世"的问题呢？

在时间上，小说关心的不外乎是开始和终结，两者之间的进程，和从终结回到开始的可能性。换成世界的说法，就是新世界和世界末日的想象。从表面上看，新世界代表期待和希望，而世界末日代表毁灭和虚无。不过，实际上还是要看情况的。也可能出现封闭的新世界，或者充满可能性的世界末日。到了最终，这个"世"和"界"的配合是非常重要的。它展现出小说家想象和理解中的人类存活的可能性，而这想象和理解又会以世界观的方式参与到真实世界的建造或破坏的过程中。我们现在的对话，或多或少也在发挥这样的作用。

你不认为，你说了应该由我来说的话吗？

一定程度上，我和你是同一个，但我们也同时是两个。我上面说的是我在学习年代里的阅读成果，当中没有不符合我的身份的地方。不过，作为人物，我无须证明我跟你截然不同，或者完全独立自主。而其实，当你进入小说世界里，身为作者的你也无可避免地变成了其中一个人物，而失去了超然的地位。所以，在小说世界里，我和你是平等的，

答 同 代 人

而且具备同样的真实性。我们一起合力建造世界，或者合力毁灭它，然后把它重建。幸好有这世界，我们才形成关系。要不，我和你只会是各不相干的、没有意义的存在，也因此比真正存在少一点点。

我不认为我们具有毁灭世界的力量。

为什么不？可以建造的东西，就可以拆除。而拆除其实是另一种建造的方法。

但无论是建造还是拆除，不都是众人的事情吗？

我们就是众人。

我们是一个，也不只是一个？

我们就是世界。

（原刊于《字花》第二十三期，二〇一〇年一月。）

比太迟更迟的重新开始

《在太迟之后我们重新开始》曲/词：中

　　阳光大好　　匆忙上路
　　身体总是启程太早
　　影子总是迟了半步

　　风急雨打　　未敢停下
　　沿途错过了几多风景

终点却始终遥遥未到

你要向东　　我要向西
谁能违抗分岔路口的指示
谁敢相信同归的殊途

要说的话还未曾说　　不要说的却没法收回
未来的事没有把握　　过去的事无法修补
穿过光阴的废墟　　踏上时间的歧路
以那饱含耻辱的姿势
背向地狱　　面向人间
在这比太迟更迟的时候
我们重新开始

黑：

　　我们的"学习年代"报告已经接近尾声了，我们的"实战年代"的
考验也即将来临。当年我们曾经像死人一样，以为一切已经结束。一切
可能发生的事情，也都不知为何全部错失，而要挽回已经太迟。阿角之
死，在我们的生命里刻下了绝对的标记。在这个标记之后，时间处于太
迟的状态。就算我们侥幸生存，我们也只能活在这个永恒的太迟之中。
只有我们的死亡能够把这太迟终止。但这个标记真的无法抹除，或者忽
视吗？将来无法预知，过去不能逆反，这是阿伦特教给我们的行动的定
律。但我们都算不上是阿伦特的忠实信徒。我们都不敢相信爱，能够解
除行动的魔咒，能够克服无知和懊悔，能够超越或至少是无视时间的独
裁，在任何一点重新开始，死而复生。也许我们并未轻言绝望，但以我

们有限的领悟和造化，我们只能够把生命延缓到那比太迟更迟的时间。

绝望之为虚妄，正与希望相同。去到绝望的极致，绝望就自我解构，绝望不成绝望，就有了希望的可能。在无序的极致中寻找秩序，在破碎的极致中确认整全。这就是萨义德的所谓晚期风格、阿多诺的所谓负面美学吗？我只知道，一切跟悲观或乐观没有关系。奇怪的是，在我们所有人的负面辩证法当中，只有阿角一个人做了一件正面的事。阿角的死是正面的，是绝不虚无的。我必须守护这个想法。到了今天我们依然没法肯定，阿角究竟是从运动场的灯杆的最高处失足堕下，还是有意从那里跳下来的。目击的人都无法从所见的情况判断，阿角也没有留下明确的提示。但无论是有意的还是无意的，很明显的一点是，阿角对于在这个危险举动中导致死亡的可能，早已做足心理准备。死已经完全在他的把握之中。在这个意义下，阿角之死是适时的，圆满的，于他本人来说是没有遗憾的。遗憾的只有生存下来的我们。我们都被阿角正面之死抛掷到负面的虚空里。我们自此跟时间断裂，无法再感到适时，无法再顺应这个世界。换句话说，我们都变得不合时宜了。在我们之中，本来最不合时宜的是阿角，但他却以一个极端的行动来消除了他和时代之间的对立。留下来的我们，自动代入了他的位置，却无法以相应的行动来轰掉这个对立。

这几年来，我们以不同的方式去遗忘这个对立，或者合理化这个对立。我们尝试扮演各种角色，填充各种位置，去换取某程度的适时性。可是，结果我们又再走在一起，互相提醒彼此的状态。问题就是，我们这群不合时宜的幸存者，都不相信"物竞天择、适者生存"的律令。也因此我们都是反物种的，甚至是反人类的。我们的不合时宜，已经去到无法理解世界，也无法被世界理解的程度。表面上，我们跟世界还是保持某种关系的——演员、歌手、导演、剧作家，甚至是抗争行动者。虽然处于边缘位置，这些至少都是位于社会边界以内的。在这无所不包的边界以内，就算是对立者也有他的既定角色和安全位置。唯独是阿角，能去到边界以外。不过，我应该跟随阿角，跨越到边界以外去吗？还是应该以阿角的跨越为根基，为起点，为缺口，尝试去移动那边界本身？我们能以自身不合之处去移动那时宜的界线吗？我们当然也知道这是个危险动作，一不小心就会粉身碎骨。我们要做的不是生存的适者，而是以不适作为生存的条件。永远地拒绝适应是我们的任务。我们带着的无论是怎样的负面的武器——绝望、遗憾、追悔、罪疚或其他——我们都必须首先把它用于自己身上，以发动自杀袭击的精神，去给这个过于稳定的世界制造一场微型的灾难。我现在至少有信心说，我要以表演艺术家的方式，去实践这样的事情。

　　这不就是我阅读卡夫卡、演出卡夫卡所得到的启示吗？这不就是饥饿艺术家向我们揭示的，艺术在我们的时代的可怕真相吗？饥饿艺术家已经悄然死去，艺术自身亦在消亡之中。我们继承饥饿艺术家的负面遗产的方式，也许就是在艺术正式消亡之前，率先自行把它引爆。这爆炸可能很猛烈，可以生出新的宇宙，新的星系。这爆炸也可能很微小，只是像疲弱的烟火一样一闪即逝。而就算它真的生出什么新的东西，我们对这东西也是没法预知的，没有把握的。但至少，诞生是克服死亡的唯一方法。在这比太迟更迟的时刻，就算我们未能真正做到爱，做到宽恕，做到承诺，做到信守，也让我们以戴罪之身行动起来。

　　亲爱的黑，时间已经很迫切了。后进剧场的终极演出已经进入紧密的最后彩排阶段，牛棚旧街的抗争行动也已经白热化。这很可能是最后的斗争了。我希望在即将来临的演出之前，完成我的"学习年代"报告。

　　　　　　　　　　　　　　　　　　　　阿芝as贝贝

答同代人　　　　　　　　　　　　　　　　　　　　　　　　*169*

后记：

在"学习年代"这个栏目发表的文章，衍生自我刚刚完成的长篇小说《学习年代》。《学习年代》是"自然史三部曲"第三部《物种源始·贝贝重生》的上半。由于专栏刊出期间，小说还未出版，文章里的好些人物和事件从脉络中抽离，难免有不易理解之处。大家不妨把这六篇专栏文字视为即将出版的长篇的trailer，就算未能把握全貌，也至少可以窥其一斑，引起买来一读的兴趣。当然，如果造成反效果，那就是自作自受了。《学习年代》顾名思义，是一部关于学习的小说。小说中的一群年轻人组成了一个读书会，每月读一本书，总共十二个月。我把读书会的过程记录下来，每一次都是连场的讨论和辩论。在修改的时候，重看这些年轻人的言论和行动，颇有惊讶的感觉。我发现，他们比现实中的我去得更远。为此我感到惭愧。原来，这其实是我自己的学习过程。我要向我的人物学习，因为，他们做到我所做不到的事情。他们为我在人生中的种种退缩和不足作出补偿，投身到世界的争斗中，并且承受结果。而我，只是安安稳稳地坐在书房里的一个写字人而已。

二〇一〇年二月二日

（原刊于《字花》第二十四期，二〇一〇年三月。）

四、论写作

私语写作

　　一直想跟你谈写作。我们不是一直都在谈吗？从一开始我们已经在谈了。是啊！记得那时候你要作作家专访，每次都会先跟我谈一谈。那时我还是打电话给你的，在电话上谈，很少见面。但你有时是半夜打来的，也试过很早，我还未起床就打来，几乎是蜷在被窝中跟你谈的。呵，我常常觉得不好意思。那就是开始时的模样了。后来还一起做电台节目。是你先做的，我后来加入，第一次在节目中一起谈的书是卡尔维诺的《如果在冬夜，一个旅人》。这书是你拣的，准备的时候很严肃，害得我有点怯怯的。我才怯呢，第一次一起做节目，生硬极了，准备了的东西都没说，说了的不知自己在说什么。还是在准备的时候谈得比较好。对啊，每次做节目都是这样子，准备的时候和你先谈谈，谈出许多东西来，到真的上场，就什么也溜光了。如果录下准备时的谈话播出来，效果一定更好。所以后来我们就索性不准备了，是不是？难为你说得出口，不过我的确怀念那些为了准备节目而谈书本的日子。但我刚才说的是跟你谈写作，不是普通的谈看书。这个我们也一直在谈啊。我说的是，谈我自己的写作。你以为我们没有谈吗？我们最终不是在谈这个，还会是谈别的什么吗？这，也是对的，但我的意思是，把我们零零碎碎谈过的，都总合在一起，写出来，看看那会是怎样的一个样子。那你随时可以写一篇自己的写作经验谈之类的。不，我想这是比较适合用谈话的形式表现出来的。在我的经验中，只有在和你谈话的时候，我才能把这些事情说得明白一点，对别人我老是说不出来，或者是没有这样的机会，事实上就是没有这样的对象。除了你，没有人比你更明白我的意思。你说的这个"你"是个想象的"你"吧，你弄虚作假的作风是恶名昭著的了，没有人会相信你会来真的。不，我说的是你，就是你，不是什么加了引号的"你"。但如果我完全明白你，和你的想法没有冲突，那由我的口中说出跟由你自己的口中说出，其实是没有分别的吧，没必要坚持那是我。那么反过来说，就算是由我自己来写一个对象"你"，让"你"来跟我谈话，把我想问自己的东西放在"你"的口中说出来，也不可以说是我虚构了你啊，因为你明明会是说那些东西的，或者真的曾经那样说过。好的，好的，那就算是我和你两人的谈话记录吧，纵使是我没有说出的，其实我已经说了，正如我说了的，其实也不必真的说过。就是这样子。那就谈谈你的写作吧，要不要设计一个场景，例如在餐厅之类。我们通常是在家里谈的。家里不好，不像样，我们得装饰一下，把这里变成一间餐厅吧。好的，不用很高级，那种气氛教人很不自在，是间普通餐厅，桌上放两杯很淡的奶茶，四周不太多人，不太吵，但也不太少人，不太静，刚刚可以让录音机运作。要用录音机吗？通常都有的，就当是有吧。但我是用什么身份来和你谈呢？我要扮演采访者吗？不，你是我太太。没有妻子用录音机和丈夫谈话啊。说得也是，那就不要录音机了。我们用什么代号？你知道，谈话录里面通常都用代号，好不好用"董"和"黄"？不好，很生疏，用"夫"和"妻"好些。这是没有人要看下去的！那么"章"和"欣"如何？有点肉麻，太私人。没关系吧，反正这是个公开的私人谈话。不如不用。也好，就照现在这样谈下去吧，好像，你说的其实是我说的，我说的，也其实是你说的一样。好，这样好，我们都分不开来了。话说回来，我觉得其实我们一直不是在谈文学。不是，的确不是。

　　要不要一个优先次序，或者结构？不用了，随意怎么样开始吧。那就从中间开始吧，反正谈话早已经开始了，已经再找不到真正的起

答同代人

点。中间是哪里？是这里，是现在，现在是过去和未来的中间点。现在如何？现在你写自己，谈自己，这是很少见的，至少在你写过的东西中是很罕有的，你给人的印象是个很少谈自己的人。那即是个很无感情的人，不谈内心感受的人。人们不会这样说，通常会说，很聪明，用脑袋写作，很理性，很学院，很熟悉理论，之类。呵呵，最后一个说法很恐怖！你打算要反驳吧。不，我不想反驳，从前我听见这些都想反驳，好像很委屈，很被误解，不过现在想来，这些说法也不是没有理由的。那你就是同意了？不，是一半同意，一半不，关于反驳，我从前的确说过一些近乎诡辩的话，这些我不想再重复了，我只是想说，我对自己理念化方面的看法，也可以分为两半，一半是承认和肯定，说，对，我是有理念化的倾向的，而且这样也不错啊，理念有理念的好处吧，另一半则是自我批评的，说，对，我也因为理念，而造成了一定的自我局限吧，作品也因而有所缺失吧。你这样说是在否定自己写过的一些东西吗？比如说《地图集》或者《安卓珍尼》的理论化？不，我不想否定什么，我只是也曾经来到了那么的一个时刻，问那个可能所有作家都会有一天问自己的问题：天啊！我究竟一直在写什么？我写这些东西有什么意思？有什么用处？对人有什么好处？也许，好的时候，是令人反省，思考了一点什么，坏的时候，就是增加一点头痛和烦恼，那，还缺少了什么东西？你的意思是，缺少了动人的东西？或者说，感人的东西，虽然那样说有点俗气，但，那是真的，是感动人的东西。但何谓感人？你不是指那种赚人热泪的东西吧。你知道不是，这和滥情不同，你也知道我的意思，是指一种触动人内心深处的东西，是给人一种生命的力量的东西，我无法说得更具体了。我明白的，但可不可以举些例子，我恐怕读者未必明白。比如说，罗兰巴特在《明室》中，写到关于他母亲童年一幅叫做"冬天花园"的照片，那段文字是我印象中最教我感动的文字之一，虽然《明室》是一本论说摄影的书，那段文字也没有半点温情的语气，甚至用的是很理论化的语言，但那种动人，不是理念上的，而是人的情感上的，巴特想说，他妈妈过身之后，他也活不下去了，而事实上，他不久之后就给车撞死了。还有，比如说，最近在看的葡萄牙小说家萨拉马戈，他以奇思异想著名，但震动我的不是他的聪明，而是在想象力中发放出来的热情，和对生命境况的关心，那是让我看了心情久久不能平复的东西。

　　你提到热情，我察觉到里面好像有点什么。对，热情，我不想说疯狂，那不合我的个性，有些人比较喜欢说疯狂，觉得文学中总得有一点疯狂，我不知道是不是这样，但我不喜欢这个词，可能因为这个词暗示它带来的是破坏和伤害，我绝不希望这样，所以我说，热情。人们大概不会相信你是个热情的人，你看来是那么的平静，温和，或者冷淡，或者爱好玩弄言词。无论我给人怎么样的印象，根底里我是一个孤僻的人，我这样说不是自我美化，绝对没有高傲不群的意思，或者只是因为呆板、懒惰或退缩而已，我想说的是在社交生活中我不习惯热情待人，但在属于我很私密的追求中，我有无比的热情。写作就是你的私密追求？是，其中之一，又或者，只有一个，写作是当中不能分离的部分。但这私密至于无法在外表看出来吗？我看或多或少也会在作品中流露出来吧。是有的，你已经看到了，可能很多人没有察觉到，当然，没有察觉到，可能就是因为我写得不够好，不够明显，这样的话我在这里说明一千遍也是没有用的。但我还是想谈谈我自己对自己的看法，我一直认为，自己也有十分情绪化的部分，这些也就是关乎我不同意人们说我的东西没有情感的另一半回答。我从一开始，就已经有一种很强烈的个人情感，比如说收录在《名字的玫瑰》里面的最早短篇，都有一种沉溺抑郁，还有一种毁灭意识，一直延续到《安卓珍尼》和《双身》，好像是在一切彻底毁灭之后，才能获得拯救似的。在《永盛街兴衰史》中又弥漫着一种执迷和幻觉，至于《双身》里的缠绵，也是我十分眷恋不舍的，不过也许里面的主题实在太强，大家一开始发现了主题，就好像已经在理念上把书读完了，又或者专注去找分析的地方，反而不去注意这些细节了。后来的《地图集》和《V城繁胜录》其实也有它们非理念，或者超出理念的成分吧，我看，那是发生在语调上的。你觉得是怎么样的语调？是伤感的。没有人这样说过，或者从来没有人这样觉得，我们现在好像是在发明一些新事物似的，但你真的说出来了，对，是伤感的，有时候可能甚至太伤感了，有一种修辞的过度、无度在里面，自己重看也觉得有点幼稚，不过，它让我认出是我写的东西，是很个人化的，在一种伤感的情绪下写的东西，那是一种恋人的语调，一个永恒地追逐爱恋对象而时刻害怕失去她的声音，绝望而充满期盼。很文学化的说法啊。有点滥了，我知道，我就是有这个弱点，其实我还不够冷静和成熟。

听你这样说，你认为你作品里面的情感，主要是沉迷和伤感，而这就是你自己的内心，但你平日不像是个这样的人啊。我想也很难在这里说我自己是个怎样的人，也许，对读者来说，这也并不十分重要。对。如果作品的情绪真的概括了一个作者的情感倾向的话，有时候我也不知道作品中哪些方面才是真正的自己，有些时候，当我重看某些小说，我甚至会觉得那是另一个人写的，和我的个性完全不同，比如说有些人物的偏执以至于不惜伤害，沉溺以至于自我中心，或者刚才谈到的毁灭意识，也是我在生活中所没有的，生活中的我的人生观和个性，甚至是完全相反的。那么那些就不是你自己的情感成分？是你虚构出来的情感？我不知道为什么会这样，不知道为什么一直没法把现实中的我所想所感的，直接写出来，而要通过不同的、相反的构思，曲折处理主题，我不知道，是我自己内部一直存在矛盾，还是我逐渐改变了，对于某些东西，好像是欲望、沉迷、情感斗争，我现在已经不感兴趣了，甚至不再相信它们的重要性了。你提到情感斗争，你小说中的情感关系，的确常常建基于一种对抗性，是一种挑战和迎战、攻打和防守的关系。那曾经的确是这样，但奇怪的是其实我不相信这些，现在尤其，也绝无这样去生活过，我怀疑我之所以这样写的原因可能是，我为了某些主题的需要，或者是为了某些理念上的构想而这样写的，这也许就是理念化的问题。现在我回想，才觉得十分惊讶，奇怪自己为什么会一直醉心地写自己不相信的东西，写那种自己不会进行也不愿意看见的斗争，这样说来，可能只有《双身》结局的修好、互信和坦然才是我心中相信的爱情关系，那才是我自己。

我们又回到开头了，你是在谈自己，你作品中的自己，你一向都不谈自己，为什么现在又想谈呢？我并不完全清楚知道，我最近常常想到自己，想到自己在作品中的成分、角色，自己如何参与到作品里面，又如何被排斥在外面。你从前不是也相信"作者已死"这一类说法的吗？那正是罗兰巴特首先提出来的啊！对，我曾经相信这么的一套，但我渐渐觉得事情并不是这样简单的，我想，我现在的理解是，传统上作者的绝对权威的确是要受到挑战，作者的创作意图、写作理念和生平事迹的确不应该是解读作品的唯一和至高标准了。但这并不表示作者并不存在，或者作者的存在对作品阅读全无意义，作品的解释权固然是公开的，但作者的创作历程和经验是独一无二的，而当中的回顾和总结虽非真相的全部或局部的再现，但也有它们不能替代的意义，作者谈自己的创作，也可以视为创作本身的延伸过程吧，另外，作为自己的读者，作者也必然处身于一个非常特殊而具有参考价值的角度吧。我想到"作者已死"论带来的另一个恶果，那就是给许多不负责任的艺术家乱搞一通的借口，当你希望他们谈谈作品的时候，他们就可以超然地耸耸肩，说，你看到什么就是什么啰！对，不过对于作者谈些什么，我也有个大概的区分的，比如说，我不会解释作品，即我不愿意简单地回答一个作品究竟是说什么的，或者它的信息是什么，我愿意谈，而且觉得应该谈的是过程中的想法，形式上的考虑，结构、语言、角度，甚至是主题。主题不就是"说什么"吗？在我的理解中是有分别的，比如很粗糙地说，《安卓珍尼》里面有两性斗争的主题，但我不会说它想说的是女人要反抗男人来获取自由，或者女人应该争取完全自主而让男人自行灭绝，后面的不是主题层次的事，而是解释层次的事。不过很多时界限很含糊，把主题仔细修正下去，可能就变成了解释。对，所以这只能是个大概的态度，我的意思是，我觉得需要表达一下自己的想法。这是不是出于一种觉得自己没有得到足够理解的不安感？我不能排除这种心情，这种心情可能是由两方面的情况造成的，一方面可能是自己写得未够好，未够分量，那自然得不到足够的阅读和关注，也因而感到很多事情没有得到理解，另一方面也关乎到我们身处的写作环境，发表和出版的空间极小，得到的评论和响应也近于没有，没有成熟的阅读群体，于是也不可能出现深度的、累积性的评鉴。你是在等待一个理想的读者出现吧。也许已经出现了，又或许永远也不存在这样的一个理想读者。所以你等不及了，索性自己去扮演他？呵呵，给你说穿了！这是名副其实的自作自受！

　　我忽然想到，另一个令人觉得你的作品里没有自己，也即是没有个人情感的理由，是因为你给人风格多变的感觉，玩弄形式的意图远远高于其他关注，你知道，形式主义者都给人冷漠无情，或者玩世不恭的印象。你是说，一个喜爱布弄形式的人是不可能真心诚意的？这是普遍的印象，尤其是你总是把假的东西说成是真的，把真的弄到好像是假的一样。说直白点，就是一个满口谎言的骗徒吧。老实说，人们感到给你戏弄了，分别只是在于是不是心甘情愿而已。但在生活中，我是个诚实人，几乎不说谎，说话也不动听。这就是怪诞之处。这样吧，我不想谈论关于现实和虚构、真真假假的问题了，第一，这方面比我在行的人多不胜数。第二，这方面的讨论已经十分重复，我没有更有新意的东西可说了，我反而想说的是，我在表面的多变底下，有些什么其实是早就在那里，而且一直延续着，发展着。对，这里面可能有两个不同的层面，一个是关于主题的，即是你由始至终都想说的东西，另一个是关于风格的，因为很多人都视风格的稳定和成熟为作家的印记，如果次次不同，篇篇不同，就是风格不成熟的表现。你说的两个层次很有意思，不过我还是混在一起回答你吧，首先，信不信由你，我的几个基本取向，其实在《纪念册》、《小冬校园》和《家课册》三本小书中已经具备了，比如说，对对象的迷恋、对奇幻构思的爱好、对学科知识的挪用，也有较疏离的、反讽性的叙事角度和较主观的、情绪化的第一人称，以及模拟性的扮演等等，但很多人忽视这三本小书，觉得只是些玩票性质的娱乐中学生的小手作。但当中没有性别和历史等主题。是的，有些东西还是没有包含在内的，但包含了的也比想象中多。这样看，纵使作品形式上和语言上有很大的变化，事实上却是几个主要元素的反复浮现吧。就是这样，一时潜藏了的，并不表示放弃了，我一直都没有贪新忘旧，或者为变化而变化，脉络其实是清晰可见的。

我想谈谈我们结婚后你写的两本书，《V城繁胜录》和《The Catalog》。好，这两本书也是最少人谈及的，可能是太怪，实在无法定位，或者是根本没有机会看到。也可能是，《V城》太难读，意图太难触摸，构思太古怪，语言繁复得太过分，而《The Catalog》却太易读，太平白，题材也太通俗，写九八至九九年间的九十九件流行商品和一些年轻人的爱情故事，好像一点形式、一点深义也没有，简直没法想象是你写的。先说《V城》吧，那是我很喜爱的一本小书，写的时候很疯狂，我的意思是让自己的想象力发挥得很离谱，语气一时很伤感，很委婉，很纵容，一时很疏离，很纪录性，一时又小说化，很个人，很感性，刻意文白夹杂，又有广东话，有人可能会觉得玩得太过火了，但我的目的就是要写一种华丽、造作、丰满，以至于过盛、泛滥的语言，这就是"繁胜"的本义了，我觉得我是把那种感官性的东西写出来了，而且里面的根底是一个爱情故事。恐怕很多人会不同意。没关系，我建议大家不妨试试这样去读，把《V城》读成一个爱情故事。《The Catalog》反而是非常明显的爱情故事，但我却感觉不到爱情，坦白说，我始终没法在感性上喜欢这本书。我明白，可能是因为太过度吧，这点和《V城》本来是同出一辙的，写九十九个故事，就是想造成一种很膨胀的感觉，这本书原本的名字叫做《梦华录》，顾名思义，就是关于繁华和物质的丰盈。不过可能是由于叙事的方式。对，我原本想尝试非常简洁的笔记体，但写多了有点滑，有时没法深入到人情内部，就靠每篇的小小巧思来支撑，于趣味来说尚可维持，但于情感来说就有所未达了。问题出在篇幅上？不，可能是出在构思大于实践，理念大于实质，我所想象的那种城市世俗生活笔记的气氛，没能以我预计的强度表现出来，于是有些效果只是我自己一厢情愿而已。这就是情理失调的结果吧。可以这样说，不过，这本书还是有它的可爱处的，在说故事方面，其实有很多幽微的地方。

这两本书表面上是那么不同，但其实意念的来源是相同的啊。是，都是从宋朝的城市笔记那里来的，不过发展出两个差别非常大的结果。其实你一直对古老的材料很感兴趣，那些东西有什么吸引力？最早的《少年神农》，到后来的《永盛街兴衰史》和《地图集》，以至于《V

城》和《The Catalog》，都或多或少和旧材料有关，《安卓珍尼》里的科学和自然史材料又是另一方面的关系，我想一方面是材料的形式吸引了我，因为我对从前的人们用怎样的方式去把真实生活中的世界记录和重造出来很着迷，这可能关乎到文字这种媒体最根本性的问题——当真实注定不能长存，甚至不能比一刻更长久的时候，文字怎样可以替代真实，为我们保存当中的宝贵经验呢？或者是，为我们去创造一个未必是更好的，但显然是十分必要的替代性经验？那即是，阅读的经验；另外就是材料本身，所谓事实本身所给人的种种诱惑，事实不是呆板的、老实的，它们总在那里向你招手，诱使你用它们变出其他的东西，千百万样可能的东西，以至于，其实我们从来没有看见过事实的真正面貌，或者我们已经不复记起。所以你就常常把历史和小说两种东西对照看待了？但你认为你是在写历史小说吗？不，至少不是我们普遍意义底下的历史小说，也不算是历史小说的模仿和改写，正如一些作家曾经做过的，不，我倒反而认为，我一直在写未来小说，最早的一篇应该是《名字的玫瑰》。未来小说，但不是科幻小说？不是科幻，未来和科幻无关，或无必然关系，有些人一想到未来就想到科幻，从前是想到宇宙飞船和火星人，现在是想到合成人和网络虚空间，我觉得，动不动就想到这些，反而是有点缺乏想象力了。但未来小说是什么？那是一个时空角度、时空穿梭的问题，《地图集》的时间定点是一个不特定的未来，《V城》比较明确，是所谓"大回归"后五十年，也是未来，从未来回看，所谓现在就成为过去，而过去就成了过去中的过去了，换句话说，我写现在的时空，好像只能用过去式来写。从一个想象的未来角度，用一种想象的考古学角度来写，现在不单已经过去，而且已经破碎、湮没，只有未来能发掘它，拯救它。那就是一种关于现在的考古学了吗？这样看来，连带《The Catalog》也有这种湮没的现在的意味了。对，因为九八年九九年好像很近，好像还在眼前，但事实是在当时，它已经见证着自己的逝去了，着眼于潮流性的商品，这种过去式的现在就更明显，我们买下一个最新型号的手提电话，穿上最流行的时装的一刻，就已经不知不觉参与着、加速着它们的落伍和淘汰了，我们不是走在死神前面，或后面，我们与死神并肩同行，我们就是死神的化身，我们就是生活在这样的一个时代，无论你喜欢它与否。

你说了许多关于历史的，时间的，要不要谈谈理论？关于女性主义、后殖民诸如此类的东西和你作品的关系？最好不要，如果我真的是个名副其实的骗子，那我最大的欺骗就是在理论这方面。你不是要说你对理论一窍不通，或者要把理论贬得一文不值吧！不，绝不，刻意脱除理论的嫌疑，和理论划清界限，也是一种可厌的造作，毕竟，哪个作家没有受到当代思潮或深或浅的影响？很坦白说，我不是不知道现在的理论的基本方向和内容，也不是对某些方向和内容没有基本的认同，但如果谈到我如何熟读理论，并且加以贯彻性的运用，则是完全不符合事实的。那你就如实招来吧。这样说吧，我在写作的时候，几乎从没有考虑过自己在使用什么理论，更遑论采取了什么理论立场，我关心的，是很广义的主题，在平时，无论是阅读，或谈论文学的时候，我也几乎不谈到理论性的角度，在我兼职教书的大学里，有些同学带着多学点理论的期望来上我的课，结果十分失望，觉得我讲得太浅了，但其实我觉得自己一直在讲最重要的东西。那是什么？文学的动人。这是很重要的。我受作家和作品影响远远超过受理论的影响。这并不奇怪，可不可以列举一些名字？我知道这是向作家提出的最通常、最庸俗和最无意义的问题之一，但既然我们的谈话可以深入而微，你愿不愿意说说？很简单，一定有遗漏，但如果减除到核心，这清单是很简洁的，西西、也斯、普鲁斯特、卡尔维诺、大江健三郎，将来也可能加上我正在读的萨拉马戈。

没有二十世纪中国大陆的？没有。没有台湾的？忘了加上张大春。没有写实主义的？没有。除了普鲁斯特，没有现代主义的？没有，我也不把普鲁斯特当什么现代主义来读。没有拉丁美洲的？没有，差点有，但细想之下，原来没有，我比较喜欢欧洲式的奇幻文学。没有前卫的？新小说之类的？没有。除了卡尔维诺，没有后现代的？没有，我也不把卡尔维诺当什么后现代来读。香港本地的却有两个。对。有没有补充？没有了。可以说说这些作家对你造成的是怎样的影响？很难说，这个最难讲，尤其是，当我是这样的一个粗心大意的读者，我有一个奇特的禀赋，就是读过的东西几乎过目即忘，我常常很佩服那些能够随口引经据典的作者，我虽然读书不算多，但也不能说少，可是因为记忆力不好，好些名著竟好像完全没有看过一样，怎样也记不起里面的内容来，很是恼人，有一次读到一篇徐四金的文章，嬉戏地写出了一个记性不好的作家的自辩，说这反而令他免受他人的影响所束缚，很诡辩，但深得我心。

回到先前的一个问题，那个"我一直在写什么东西"的问题，换一个讲法，是不是在问，"我为什么要写"？是，这是一个非常严肃但也非常难答的问题，我多次尝试回答这个问题，向自己和向别人，但答案不是太堂皇就是太轻率，不是陈义过高就是近于无聊。现在不少人都不相信使命感这回事，尤其是年轻的一代，对写作都抱着游戏的态度，表明写作不是人生中的必要，写不写都没所谓，你觉得这种态度如何？我很明白这种心态，一方面当然是由于世代不同，新青年们普遍都是以兴趣对待写作的，不会想到为群体做些什么，事实上文学的社会作用也好像真的日渐低落；另一方面，在我们这样恶劣的写作环境中，我也不免觉得他们是应该这样想的，这对他们来说是一种心理保护，许多没有这种心理保护的人，结果幻灭了，彻底地对文学失望了，会反过来否定一

答同代人

切，甚至敌视文学。那么有没有中间的、不走极端的态度？我试着想，这个问题，可不可以不去回答它？可不可以不当它是一个问题？为什么一定要问，一定要答，一定要常常反省，常常宣称？其实在写一个作品的时候，我几乎不会去想它有什么意义，对人有什么益处，我只是很直觉地觉得，应该这样写，这样写来自己才会满意。是有这样的一个也许是由文学熏陶而得来的不完全明确的引导，依着这个引导去写，就把作品写成自己接受的模样，没有逐点考虑到结果的。所以我想，如果写作可以是这样的一个直觉的过程，变成了本能一样的东西的时候，你只要继续相信你很想这样做和必须这样做，就不用去担心写来有什么用处，和可以得到什么回报了。但作家总不能不考虑到实际的问题吧，例如文学在社会上得到怎样的对待，作家在社会上怎样维持生存的空间。我不是说这些问题不值一顾，事实上这些都是不能回避的问题，但归结到写作这具体的行为上，要写的时候是不用也不应想到这些的，要写，因为很想写，就是这样简单。忧虑那些问题不会令你写得更好，也不一定令你写得不那么好，但肯定令你写得更惨，更不快乐，那是绝对不必的。

所以你不答那个问题了？我已经答了，我不为什么而写，我也为所有可能的理由而写，但这些对于我所写的没有分别，因为左右我写的不是我为什么写，而是我的文学喜好引导我怎样去写得最好，最符合我心目中的好作品的要求。那你是回避问题了。只可以是这样。但把写作视为本能或直觉会不会太神秘化了？你一向都反对神秘化啊。我说的直觉当然并不排除清醒的意识，而且在写作之前，特别是在写成之后，我对自己的作品的形成和它的意义也会有一定的理解的，这不会是完全无意识的自动行为，但我不想被"为什么写"之类的大问题没完没了地困扰着。可是，真的一点可以称为信念的东西也没有吗？我不以为你可以把写作当成是吃饭和呼吸那样的理所当然啊，因为吃饭和呼吸是不用选择的，但写作，却绝对是一个选择，始终会有什么驱使你去作这个选择，和维持这个选择的。这个真的很难答。不是难答，其实你一直知道答案，你不愿意轻易说出来吧。那你帮我答吧，你也知道得很清楚。不，你自己说。好的，西西《我城》中的阿发说，若是聪明，可以创造美丽新世界。这不是你说的。好，我说，为了美好新世界。会脸红吗？不会，为什么？因为有人会觉得幼稚。的确是幼稚的，我的信念十分幼稚，不幼稚就不是信念了，因为信念必然是简单的，幼稚是信念的力量泉源。好的，你终于说了，其实，你的清单已经说明了这个。没有更准确的观察了。

　　说回现实方面，你好像不那么担心作家的生存问题。不是不关心，只是不能因此而让自己受太大的困扰和打击。关于作家这个身份，我大部分时间是不自觉的，至于自觉的时候，也不是以一个职业，更不要说是一个专业去对待它的。事实上，我从未因为写作而得到足够的生活所需，我是靠另外的虽然也有一点相关的工作维生的，直接的稿费和版税收入可谓聊胜于无，所以我很少视写作为我的职业，但因为自己投入很大的精力和很多时间，所以又不能称之为兴趣，那大概可以叫做一项工作，或者一门手艺吧。你不觉得这样很不正常吗？非常之不正常，但还是维持了好几年了，我虽然看见这不正常背后的问题，但也没有觉得太不忿、失望和气馁，某程度上，这甚至没有对我造成任何心理上的影响，没有怨愤或酸苦，我的生存要求很简单，能够写，就很好。这些我也明白，你是个十分平稳的人，你的目标和路向十分简单明确，步伐不缓不急。我一直认为，我已经是超乎寻常的幸运，所以没有资格抱怨。你刚才谈到写作是一门手艺，为什么不说艺术而说是手艺呢？这可能和我爸爸有关，他从前有一间自己的小铺子，专门承造衣车配件，听来好像是个普通的工人吧，但事实上工作的技术要求很高，在我看来，他的技术是一门手艺，就像自古至今所有的工艺师一样，当中有一种对手艺的虔诚、敬意、专注和尽心，在最细部的工序上力求做到最精确和完美，却完全不顾及个人的名位和成就。这和艺术家不同，没有艺术家这名称所暗示的自我中心和自我膨胀。我很喜欢这样的精神，而且，艺术和文学中的手艺性质也越来越不受重视了，运用文字毕竟是一种craft，而当中的craftsmanship是得来不易和值得尊敬的。现在人们渐趋轻浮，觉得写作太容易了，谁都觉得自己随便写点什么就成为作家了，不是这样的。手艺是长年累月锻炼的成果，我爸爸给我示范了好手艺的精神，我自己在这方面还是个学徒。当然反过来说，这门手艺也不是少数人的专利，我一直都想提倡人人都来写一写的观念，觉得写作可以令每一个人获益，为人创造更好的生活条件，不论是情感上的还是思想上的，这是写作教育上的理想。

你一直从作者的角度谈，那么读者又怎样？很多人都说你的作品难懂，甚至是无法读通的，可以谈谈照顾读者需要的问题吗？首先，所谓照顾读者，或者迁就读者，从来都是个错误的问题。因为根本就不存在这么的一个抽象的、标准化的普遍读者，每一个作品总不是为所有读者而写的，而是倾向为某一类读者而写的。在这特定的范围内，作品得到欣赏和认同，基本上就算是成功了，至于那些特定读者群以外的人因此而读不明白，或提不起兴趣，则不是需要费神的事了。我认为我写的东西，有不同的读者群和层次，没有所谓照顾不照顾的，另一方面，文学也不是随时放诸四海皆通皆懂的东西，面对每种不同取向的作品，总是需要一个学习和适应过程的，只要能进入一个作家、一类作品，或一部作品的语言和形式的逻辑习惯中，懂不懂的问题就迎刃而解。相反就是不懂了，这和才智高下无关，是一个思维和情感习惯的问题，真正的困难是，愿意付出精力去学懂阅读的读者越来越少了，这说明了文学教育的必要。不是为了教育学生去读某些人的作品，而是让学生锻炼出对文学语言的敏感和触觉，让他们可以自行学习和更新，处理任何前所未见的作品。

你说到对语言的敏感和触觉，这似乎是你特别关心的东西，这其实也是针对我们时代的问题吧。对，我的一个感觉是，我们的时代渐渐丧失了对文字和语言本身的材质的感觉和辨识能力了。我们谈的都只是普遍化概括化的东西，通俗的只懂得谈故事桥段和人物构思方面的噱头，高层次的就只懂谈论意识形态，硬套理论和术语，几乎没有人是真正在谈文学的。因为文学之本就是它的材质，即是它的文字、语言，当我们失去了辨别质感的能力，一句和另一句就没有分别，一篇和另一篇也差不多。所以我盼望可以重新注视文学的材质，它的文字质感，它的声音、运动和形态，因为文学的一切能量，一切情感和理性，都是由这些实质的元素所构成，是不能抽空存在、抽象谈论的。你是把文学作为一个具体的事物来对待了，但文字毕竟是纸页上或者是计算机屏幕上的符号啊，而且是一个代号系统，不是实质的声音或颜色。对，但当中还有很实在的东西的，我觉得是时候回到很个别化的实质经验上去，这些经验从来没有受到认真的对待。我们谈论作品的时候，总是谈论一种普遍的、代表性的读法，至于每个读者在阅读当下的具体经验，却是不受重视的。我绝无意思提出把读者经验系统化的一种理论，相反，我认为经验里面珍贵的东西就是它的非系统化，在于它的抗拒抽象，抗拒概括，这种实践是真实存在的。而且是每个人和每次不同的，写作也是一样，在经验的具体性这方面写作和阅读的分别不大，我想说的是，我们不妨重新去注视它，去注视经验本身，在这个个人的、私密的，也同时是无可替代、无可约化的经验当中，我们如果触摸到文学的材质，那里面就会为我们揭示至为真实的事物。可能是一种快乐，可能是一种启悟，可能是一种超越，也可能是一种能量，一种意志，一种热情。你已经用了文学的语言去说了，似乎也只能用文学的感性才能理解。但你理解吗？我理解。那就好了，我想说的就是那么多了。

那么我们是时候离开那想象的餐厅了吧。是时候回到家里了。是时候忘记文学了。我早就忘记了。在写的时候？也在读的时候。正如我们在生活中忘记生活。所以能一往无前。在爱情中忘记爱情。所以也不失去爱情。因为事实上就如同时刻念记。因为已经成为了本能。和直觉。无须思索。和反复疑虑。像我朗读一个句子，我的声音和句子融为一体，分不开文字，和我自己，和你。和你。和我。和我。

（原刊于《文学世纪》第六期，二〇〇〇年九月。）

新柜桶底主义—— 一本书的完成

"柜桶底文学"是一个相当寒酸的意象。我们常常会听见作家说：我还有两三篇作品收在柜桶底没有机会出版。又或者，我们会这样去形容作家未能实时发表的东西。出自作家的口中，这说法带有自伤自怜的味道；从读者的角度，这说法显示出同情和替其不值；在幸灾乐祸的旁观者眼里，这样的作家是活该的。

我很肯定，我从来没有用过"柜桶底"这个形象化的表白方式，虽然我的状况颇符合"柜桶底一族"的资格。几个月前江琼珠给我作了篇访问，谈到我还有两个长篇小说放在"柜桶底"的事情，江十分理解和同情地把这作为访问的重点写了出来。访问刊出之后，好些朋友给我传来电邮慰问，好像我身患绝症似的。他们都是好意，我十分感谢，但我感到有什么是越说越糊涂了。当然，也不排除有人读到访问会暗自窃笑，说你都有今日了。为了把"柜桶底文学"这可憎的事物彻底清除，我决定正面谈谈它。当中涉及的，其实就是一本书从写作到出版之间的历程。我首先必须强调，我并不代表普遍作者的立场，事实上也不存在这样的一个一致的立场。我只代表我自己说话。

我相信是由于我们这个时代信息流通的速度实在太快，大家对一个作家的创作和发表进度也就有了不合理的期望。就以长篇小说来说——虽然近几年香港的文学类长篇小说是近乎绝迹了——期待一个作者一年能写出一本是相当过分的要求。当然，创作的速度和作品的好坏没有正比例关系，该用多久写出多少字也没有客观标准，但以我个人的观察，成熟的作家平均需要两三年（甚至更长）的时间来完成一部长篇。而这两三年不单包含写作的时间，也可能包含初步完成后搁着慢慢修改的阶段。我也希望自己渐渐适应这种模式，开始脱离单靠拼劲的新人阶段，进入持久酝酿和琢磨的成熟期。这种谨慎的文学创作模式可能已经不合时宜，极有可能被我们缺乏耐性的时代所遗弃，但我自己既然选择了这样的方向，也不打算迎合时势而作出改变。我有一部在二〇〇一年内写成，然后在二〇〇二年慢慢修改，再于今年七月出版的长篇小说，书名叫做《体育时期》。另外一部长篇去年写成初稿，但一直觉得未尽完善，今年打算继续修改，并不急于成书出版。这就是我近年的创作模式。

在这颇为漫长的过程中，值得关注的可能有两个方面：一是作者的处境，二是作者对这处境的反应。前者涉及的是一时一地文学创作的客观条件，例如社会的阅读风气、出版界的取向和发表机制的运作状况等等；后者则是作者个人心理的问题。就文学而言，前者的状况十分恶劣，这是不用多说的了。至于作者的主观情感，则难以一概而论。像西西这样有强烈自我主张的作家，大抵能无视外部环境而自得其乐，练成百毒不侵的神功。至于道行比较浅薄的，则无时无刻不颠簸于自强和自伤的两个极端，有时候宣称对外界不屑一顾，有时候却又对环境局限耿耿于怀。可是，除了个人修为，文学观本身也是一个决定性因素。娱乐自己是一个相当强力的保护网，它可以令你免受任何逆境的伤害。可是，如果认为文学到最终还是必须有益于人，那就必须同时作出让自己受伤的准备。在期望和现实的落差中，没有人能无动于衷。不过，不少人把上面所说的内外因素混淆了。我们太容易情绪化地以为，环境条件和作家主观心情等同。所以既然环境欠佳，作家就必然十分"惨"，"很不开心"。事情不是这样简单的。也许，正因为常常被认为是"惨"，作家才对这强加的形象感到很惨吧。实情是，对外部因素有要求的作家，为着恶劣的文学环境而感到不满，甚至是愤怒，是很自然和合理的反应。可是既然身为这样的一个作家，也必须怀着自信和耐心继续写下去，以至于，作家生活中所关心的，不是自己惨不惨的问题。只要能看清楚自己的位置，作家就能够按自己的主张写下去，而不受情绪的阻碍，纵或有动摇和沮丧的时刻，也属于过程中正常而必要的一部分。

这就是我的看法。我虽然不敢说自己能时刻保持这种冷静，但总的来说这是得以把工作持续下去的基本态度。他人的经验发挥了很大的支持作用。我在访问里提及诗人黄灿然的一番话，我觉得很值得在这里再次引述。他说一个作家写好而未发表的作品就像是银行里的储蓄一样，总得有些放在那里留待随时取用才令人安心。作家感到自己还未曾耗尽资源，就可以在这基础上写下去。这是一种十分有效的心理保护机制。另外，我又常常铭记前苏联导演塔可夫斯基的话。他有一段由于政治原因而长期没法开戏的日子，但他却继续为那遥遥无期的电影做着准备。

他在日记上这样自勉说：一个因为没有出版机会而放弃写作的作家，根本就称不上是作家。导演也一样。我现在反过来，以他的例子为学习对象，说：作家也一样。你总得相信自己所做的事情的价值，和肯定于人有意义。

我原本希望通过更清楚的解释，一举捣毁"柜桶底文学"这个可怜酸苦的意象。我想呼吁所有记者、评论人和读者，以后都不要再用这个词语来指称任何作家。不过，在写这篇文章的过程中，我又得到了新的启示。既然创作必须经过这个"柜桶底"的程序，就像烹煮某些面食要过冷水，或者制作腌渍物要经年累月地陈封罐中，那何不反过来突出"柜桶底"的必要？我不是说要编写一个"柜桶底文学"的系谱，把古今中外曾经或长或短地经历"柜桶底时期"的作家集合成壮大的家族，并且撷取当中较为戏剧化的倒霉小故事，作为同病相怜、相濡以沫，或者聊以自慰的根据。我说的也不是一个可以让我们把厚重的文稿打进天牢似的实质的柜桶底。事实上我家就没有一个像样的柜桶可以发挥这样的功能。随着文字处理和信息储存科技的发展，相信已经越来越少作者存有大沓纸上的稿件，"柜桶底"一词也会因为脱离现实而慢慢过时和僵死。如果我们还要坚持文学创作中谨慎和耐心的传统素质，我们就不可以让"柜桶底"就此沦亡。

所以，我希望在这里提出一种可以称之为"新柜桶底主义"的主张。名为"新"，因为有别于旧的"柜桶底文学"给人的穷酸文人可怜巴巴的形象；名为"主义"，因为那不是被动地、不情愿地被外部环境加诸身上的局限或屈辱，而是有意识的、主动的角色打造。也许有人会认为，"柜桶底作家"从来都是自招的。这当中可能也有部分真相，那我们何不更坦诚地贯彻这种自我应验的实践，把"新柜桶底主义"推向更有创造性、更有意义的层次？各位作者，如果你家里没有合用的柜桶底的话，不妨把计算机里存放档案的"我的活页夹"（My Documents）改为"我的柜桶底"（My Drawer）。这个虚拟的"柜桶底"将会成为一个永恒的意象，盛载着一代人拒绝在浅薄的桌面上曝光的秘密。没错，柜桶底阴暗，局促，没有出路，它绝不是美丽新世界，也不是叮当和大雄的奇趣幻境。可是柜桶底是我们唯一保有自由的空间。而说不定，有一天当各位读者无意中打开你们的柜桶，你们会发现在柜桶底原来早就埋放着你喜爱的作者的书本，只是你从来没有察觉到。又或者，你本来并不喜爱，但却开始喜爱。这一刻，一本书终于得以完成。

最后，我恳请各位以后不要再说一个作家因为成为"新柜桶底主义者"而变得很"惨"，很"不开心"。没错，以我自己为例，我常常为不满、焦虑、疑惑和愤怒所苦，但我并不"惨"，也没有因此"不开心"。个人反应千差万别，但面对着共同的困境，真正的作家从来没有因此而停止发出自己不满的呼声。没有不满，就没有文学，这是本该如此的一回事。这种不满，如果只是个人怀才不遇的自伤自怜，结果必然导致性格扭曲或者中途放弃；可是，如果是出于义愤，出于对世界现况的不认同，不满就变成了继续反抗的力量。这也就是"新柜桶底主义者"公开的隐藏议程。

注："柜桶"是"抽屉"的广东话说法。

（原刊于《E+E》第七期，二○○三年八月。）

一本书的完成·一个人的完成

我今天要讲的题目是"一本书的完成．一个人的完成"。可想而知，内容将会分成两部分。前半部分讲的是写书，后半部分讲的是看书。关于写书，讲的是我近几年的经验；关于看书，我却想谈谈小时候的一些事情。至于关于"完成"两个字，用在写书上面，是可以讲得通的，但用在"人"上面，其实只是一种说法。这里的"人"指的是"人格"，也即是自我的心理构成、人生态度和对人对事的看法，也即是"自己究竟是个怎样的人"。事实上，这样意义底下的"人"是不可能有圆满完成的一天的。从蒙昧的儿童期开始，它一直在形成和改变中，可能变好，可能变坏，或者有好有坏，不好不坏，直至一个人不再存在于世上的一刻，也不能确保可以"完成"。所以，应该说是以一个人生目标来理解这里说的"一个人的完成"。

先讲写书。我虽然不是靠写作维生的，但我把生活的大部分时间和精力投入到写作里去，把写作视为自己的人生中最重要的事情之一，所以我会把自己视为一个作家。而更特定地，因为个人兴趣和性格构成，我是写小说的。我写小说的时间不长不短，到今天大概是十年多一点点。期间出过十几本书，当中大部分是小说。刚刚出版了一部长篇小说《体育时期》，是我在《双身》之后第二部长篇小说。适逢小说出版，所以我也想谈谈这部小说的写作过程，好让大家知道一下一个写书的模式，那即是一个香港作者，是在怎样的实际情况之下写出小说来的。当然这只是我个人的情况，一个个别例子，没有广泛代表性。

首先别说艺术上的考虑和难题，长篇小说牵涉的时间和精力是不简单的，尤其是在我们现在这种急促的生活模式当中。我的第一部长篇小说《双身》用了两年时间，大概是从一九九三年开始，到最终定稿是一九九五年。初稿用铅笔写在单行纸上，然后用原稿纸抄写。书长二十几万字，单是抄也抄了一个月。所以计算机的出现实在是个恩赐。《双身》这本书写了两次，第一次是三个部分"女身、童身、双身"分别成章的。这个版本参加了一九九四年的台湾《联合报》文学奖。同年我拿了《联合文学》的小说新人奖中篇首奖和短篇推荐奖，如果再拿下《联合报》文学奖，就是三喜临门了。当时的确很狂妄地这样幻想过。结果长篇小说入了决审最后四名，但没有得奖，那一届没有人得奖，奖项从缺，因为评判们认为所有决选作品都有缺点。这看来是颇严谨的做法。这样长和写得这样艰苦的小说，一下子给退回来，出版又没机会，丢掉又可惜，于是我决定把它重写。我参考了评判的意见，作了很大的改动，加添了新的人物和情节，甚至在某些章节上用了完全不同的文风，另外又把结构全盘重组，打散成短小的章节，交错排列。结果竟然出现了颇有新意的面貌。第二年我就用新的版本再次参加同一个文学奖。（当然也必须用另外一个多月的时间重抄一遍。）这次有些评判是连续第二年评审的，很清楚这部小说去年参加过，今年又死心不息再次参加。结果它又进入决审，在四个评判支持另外一篇的情况下，唯独其中一个坚持应该给这篇东西一个奖项。结果我拿了个特别奖，也即是安慰奖的意思吧，算是对这个死缠烂打的作者一点点鼓励。当然，那位评审是真心欣赏其中一些地方的，不过他也表示这部小说有很多地方未尽完善。在这本书有幸因为拿到特别奖而在台湾出版时，我在评审意见中读到这位前辈的看法。他说："不可否认，作者在个别的段落，表现了对于身体、官能、爱欲独特的敏感与表现力，虽艳而不淫，却也难掩颓废。性别倒错之世界，乍看是爱欲的焦虑与喘息，但也不乏触及灵魂深部的苦难和乔布式的被弃置者为救赎而挣扎的独白。只写前者不免猥小，能写后者，其成功者可以通大文学之心灵矣。"由于年少气盛，我当年并没有对这段说话深入思考，七八年后的今天，重读这段批评，我才领略到其实是一语中的。它总结了我这十年来写作实习的主要问题，而我醒觉到，自己必须认清方向，继续探究那文学当中最重要的东西究竟是什么。这位给予我支持和珍贵教诲的前辈，是陈映真先生。可惜我自当年以至今天，都没有亲自向他说一声感谢。

也许，感谢也不过是空话。更重要的是自己有没有领受教诲，和在写作中作出实质的改进。在《双身》之后，隔了五年，在二〇〇〇至二〇〇一年间的冬天，我开始创作第二个长篇。我不知道这部长篇能否对陈映真先生提出的问题作出响应。在这之前，我没有停止创作，但一直在写短篇、中篇，或者是以主题概念贯串起来的单元组合式小说，例如《V城繁胜录》和《The Catalog》。我曾经认为，单元组合式小说是小说在现今创作环境和阅读文化下的最佳形式。它相当灵活，但不单薄，容易阅读，又容易突出主题和概念的创新感。可是，我后来发现，有些东西还是只有长篇小说才能做到，特别是深度和广度方面，没有一定的篇幅是很难做到的。长篇的特色和价值，很简单，就是因为它长。这是很重要的。当然，我知道长篇小说（除了少数特例）是不再属于这个时代的东西。也许，有一天它是要被淘汰的，又或者其实它已经在被淘汰之中。但我还是有点执迷不悟地希望能坐上长篇小说的尾班车，在这种形式完全消亡之前，尝试在那仅余的空间里做出一点什么。（如果要谈到恢复长篇小说的地位，我相信是太狂妄的说法。我不认为自己或者任何人能够做到。）

在这样的情况下写出来的这本书，叫做《体育时期》，也即是刚刚出版的分成上下册的这本小说。故事说来很简单，那是关于两个二十来岁的女孩子，一个叫做贝贝，一个叫做不是苹果，她们的人生追求的故事。更简化地说，当中的主题是所谓的青春和梦想。可是，我知道这样的主题也很容易变得俗套。我写在书背上的封底语，大概可以总结我的想法：

"二〇〇〇年，我因为听了椎名林檎而产生了新的小说构思。以林檎为原型，我创造了不是苹果这个人物，加上另一个同样是二十来岁的女孩子贝贝，组成了小说《体育时期》的两个女主角。可以说，这部小说是以椎名的歌曲作为背景音乐写成的。《体育时期》是关于两个年轻女孩和人生局限搏击的故事，但我极力避免它落入理想的追寻和幻灭的俗套，或者变成对青春的滥情颂赞和怀缅。我想写的不是抽象的青春，而是陷于具体环境条件局限和个人心理缺憾的成长后期生存状态。那是在放弃个人坚持的社会化门坎上最后的停步省思。我也拒绝用友谊去形容两个女主角之间的关系，反而以更繁复的手法和反复的辩解，去说明一种可以跨越人际障碍的共同感。这种共同感甚至可能——或者必须——建基于耻辱的体验，也即是尊严受到生存状况剥夺的体验。唯有这样我们才能找到最坚实、最可信赖的共同立足点。"

关于主题，最好还是留待读者自己去发掘和领会。我想说一下写作的背景和过程。二〇〇〇年九月，我开始教写作班的工作。那是我为了谋生而做的一种工作。我设计了名为"果占包创意写作班"的课程，向中学推广，到中学开班教创作。这工作成果好坏参半，但因为觉得有意义，也能维持生活，所以一直至今还继续在做。刚开始教写作班的时期，感受比较强烈。遇到反应不佳、同学对写作提不起兴趣的情况，除了感到沮丧，也会迫使我重新思考自己究竟在做什么——究竟自己为什么要写作，又为什么要鼓励别人写作。相反，遇到令人鼓舞的情况，例如看见对写作充满热情又有水平的学生，就加倍相信写作的意义。在这些四处去教学的生涯里，我每天要从粉岭的家坐长途车到散布于港九新界不同地区的学校。特别是坐在长途巴士上，看着车窗外高速掠过的风景，污染的空气，破坏自然景观的工程，各种所谓标志着城市发展和繁荣的景象，就会联想到在这个城市里生存空间的狭小和局促，心里不期然涌现莫名的愤怒。没错，我是说愤怒。可以这样说，《体育时期》是一本在愤怒的情绪中写出来的小说。当然，这里的所谓愤怒，并不单单指一种不良的脾气。我希望可以把这本小说视为中文里"发愤"这个词的一个注脚。我们很容易把"发愤"错写成"勤奋"的"奋"吧。我自己以前也是这样写错的，因为总以为是奋力去做好一件事情的意思。但其实要做好一件事，首先就必须有"愤"这种力量。那也可以理解为对现况、对自己和他人的"不满"和"激动"，非要加以推翻、战胜和克服不可的一种情绪。

另一个"愤怒"的根源，是来自椎名林檎。我很少听流行曲，无论是本地的还是外国的。我已经记不起是在怎样的情况下第一次接触到椎名林檎的歌曲了。可能是无意间看到有线电视当时还存在的YMC台的MTV吧。总之，有一次在CD店看到椎名的大碟《无限偿还》，就买了来听听，初时还担心可能不会喜欢。结果呢？第一次听不甚了了，但再三地细听，再加上品味她的歌词，却开始喜欢了。不止是喜欢，甚至可以说是着迷吧。我后来买齐了椎名林檎的所有CD和DVD，基本上就是一个歌迷的行为。椎名林檎是个异数，二十出头的一个女孩，一手包办作曲填词和演出概念。我喜欢椎名的音乐，那里面有一个力度，但又比一般狂吼式的摇滚乐多一点细致和微妙。我喜欢椎名的声音，那是一种独一无二的、充满质感的呼喊。我喜欢椎名的表演，她的形象和演出概念是那么的完整而贯彻。我喜欢椎名的歌词，我认为那是这个时代的诗。我就是在那些时或兴奋时或苦闷的长途车上，一边听着耳机里的椎名，一边萌生了《体育时期》的人物和故事。老实说，小说中热爱摇滚乐的女孩不是苹果很大程度是衍生自椎名林檎的形象。但与音乐追求并行的，是另一个女主角贝贝的文学追求。两者是互相映照，甚至是互相结合的。所以，书中的许多我拟作的歌曲就是音乐和曲词（或者可以说是诗）的结合。那些所谓歌词，事实上是诗。但我把它视作歌词那样去写，而且，我必须通过人物的假托，才能写出来。我没有写过诗，写过的也写得很差。因为个性里面的障碍，我没法直接写出诗来。可是代入了人物的身份和角度，我突然克服了障碍，不太困难就写出了不是苹果和贝贝的歌词。就算独立来看这些未能算是好诗好词，但我相信，在人物和故事的脉络中，它们已经强力地表达了她们的感受和思想模式。

就是在这样的情况下，我开始写《体育时期》，并且把期间发生在社会和大学里的一些事情编写进去（例如大学校长干涉学术自由的事件），变成小说世界里的集体层面的代表性事件。我是希望把这十分个人化的成长故事，放在一个具体的时空中，凸显个人命运和集体环境之间的关系。所以我说，这不是一个抽象的缅怀青春的故事。如果我们要说它是关于青春的逝去，那必定是关于在我们目下这样的社会条件底下没有出路的青春。在二〇〇一年夏天，《体育时期》大体上是写好了，但好些地方还有待修改。关于我对小说完成以至出版这阶段的一些看法，我在今期《E+E》的牛棚书展特辑中有一篇叫做《新柜桶底主义》的文章，大家有兴趣可以看看。这个小说一直放到二〇〇三年初，期间经过了一些在调子和主题上颇为重要的调整，特别是关于耻辱感和共同感这两个问题，又遇到了合适的出版机会，就得以在这个时候面世。小说当然还有很多其他相关的体验，不过因为时间所限，不能在这里详细交代了。

说到一本书的完成，除了是作者终于有了定稿，视为创作过程的正式结束之外，当然还包含它得以出版，来到读者手中，让读者读过了，才能说是功德圆满。所以，一本书之得以完成，也有赖于读者的参与。于是从这里我们又回到了阅读的问题。不过，读者之所以要读一本书，主要原因当然不是为了让书和作者得以圆满。读者是为了自己的圆满，才去读书的。阅读不是慈善工作，不是对作者的帮忙或施予。如果觉得对自己无益，读者是大可不必读某些书的。为着自己而读书，可能有很多不同的目的。概括地说，可以分为实用的和没用的。实用的读书，我不必多说了。我们的社会现在鼓吹的主要是这方面的阅读。实用的观念建基于"书中自有黄金屋"的追求功名利禄的古老观念上。相反的一种读书目的，表面看来是"没用"的，不为什么的。至少，这种读书方式没有实时的、功利的效果。它首先带给人的是一种享受。不过，在享受之余，和享受之后，其实也可以说是有更为深层的"用处"。

所以，我认为"书中自有颜如玉"说得不错。我当然不是指，看书有助于结交美女或者找到靓老婆。大家千万不要怀有这种幻想。我也不是想把书比喻为美女，或者把读书比喻为调情之类。这种比喻相当肉麻。不过，我相信书可驻颜。但那是自己的颜，自己的面目。"三日不读书，言语无味，面目可憎"这句说话所指的一定不是表面的意思。我猜想那是指一种精神的面目，心理的形态。读书让我们的精神面目产生变化，那是十分明显的事情。读坏书，或者以坏方法坏心态读书，会让我们的精神面貌变坏。同理，书本以外的其他媒体也可以产生同样的或好或坏的效应。比如说电影和电视。在败坏的有效性方面，我认为影像媒体比书更有强力。但在败坏的深度和持久度方面，也许书本并不输蚀，甚至是更厉害。至于向好方面的影响，也有相似的情况。

我之所以会想到从读书到一个人的完成这主题，是因为早前的一个采访。那也是牛棚书展的一个环节。四个在理工念设计的年轻人，为这个书展拍摄一辑关于"名人"藏书和看书的短片，在书展中放映。我不是"名人"，也不是藏书家，但他们也来了找我。那天他们上来我家拍摄我的书架，又断断续续地问了许多关于书的问题，其中很多都很有意思。访问虽然作得很乱，不很专业，但我觉得比所谓专业的记者采访还有意思，因为他们不是为了交差，而是真的想了解一些问题。后来其中一位同学问我：你会怎样形容你自己和书的关系？或者：书对你来说是怎么一回事？我想了一想，就有点凭直觉地说：书就是我将要成为的自己吧。我后来回想，才察觉到这个回答是用了未来时态。我不是说：书是我现在的自己。也许，这未来时态当中包含了某种乐观的心态，也包含了我早前说的，"一个人的完成"永无终止的、不断演变下去的展望。当然也暗示了，我自己距离"完成"或者"修成正果"还很远。我开始尝试从这样的角度去回顾自己从小时候开始的阅读历程，追溯自己是通过怎样的书本建立自我。这过程不是一面倒的累积和建立，也包含了走歪路，走回头路，走掘头路，包含了修正和推翻。

　　这个过程相当漫长而复杂，我相信对每个喜欢看书的人而言都是如此，所以我在这里只想极度简化地挑选我认为影响最深远和印象最深刻的环节。我想说说影响早年的我最深刻的两本书。一本已经丢失，我试过去找也再找不到。另一本侥幸还在手边。这是我截至小学毕业之前的时期。这期间对我最重要的书肯定不是什么文学巨著。当然，我读过不少文学名著的简化版，当年有一种正方形的薄薄本子，有整个系列的世界名著，里面还一定有充满陌生感的古典西洋风的插画。那些插画和那些异国奇情故事构成了一个惑人的想象世界。不过，我想说的不是这些。我也曾经在五六年级的时候迷上过战争书。那也是一个系列的，主要是关于第一、二次世界大战的战争史实，什么巴黎沦陷、华沙抗暴、列宁格勒守卫战、邓叩克大撤退、诺曼底登陆战、沙漠之狐隆美尔、盖世太保、偷袭珍珠港、中途岛战役、关岛殊死战、日本太平洋舰队、神风特攻队之类的。那形成了我一个时期的暴力美学。也构成了小小年纪的我对暴力和战争的粗浅而扭曲的认识。不过，我想说的也不是这些。

　　我想说的第一本书，是一本图解词典。正确名字我已记不清楚，大概就是《图解英汉对照词典》。这本书已经绝版，我四处找过也找不到。如果有谁藏有这本书，或者知道哪里可以找到，请你告诉我。我可以高价向你买。这本词典有什么特色呢？它把词语根据不同的行业和场所分成不同的单元，例如商店就分为糖果店、帽子店、鞋店、服装店、宠物店、面包铺、鲜肉铺等等，家居则分为客厅、睡房、厕所、厨房、花园、车房等等，还有其他场所，例如足球场、棒球场、游泳池、田径场、室内运动场、马场、动物园、博物馆等等。总之，就是把一个城市的生活场所包罗万有地一一载录。每一个场景都会有图画配合，把在那个场景出现的事物用趣致的漫画绘画出来，在罗列其中有待学习的事物旁边标上号码，在对页上就按号码并列出中英文词语。更令人着迷的是，在卷首几页，有城市的全景式地图，把那些单元生活场景安置其中，所以，读者可以想象自己进入城市，走在那些街道上，碰到有关的地方，可以逐一进入参观。那是令人神往的一幅漫游图。而我不单在图画里漫游，也在字词间、在世界事物的类别间漫游。那样的世界是那么的丰富神奇，那些细致精妙的图画是那么的纷繁多姿，但一切又是那么的井井有条，那么的整齐有序，那么的一目了然。甚至连那些陌生事物的字词的串写和搭配，也是那么的迷人，那么的让人充满联想。我当时对这本书爱不释手，天天翻个不停。不过，也有一件令人费解的小事。书中有一个环节是关于医务所的，里面有一页人体全图，不知怎的画的是个女人的身体。当然画法其实十分健康，完全无不良的暗示，旨在教导各个身体部位的名称。那是我第一次清晰地知道女人的胸部英文叫做"breast"，而中文对译是"乳房"。我后来把这一页撕掉了。为什么呢？也许我觉得这一页儿童不宜，而我竟然乖乖地、洁癖地、自发性地把它撕掉。当然，这不是说明我小时候思想十分清纯。不，在还没有性教育的当年，在成长中的我满脑子畸形幻想。不过，我真的把那个有裸体女人的书页撕掉了。我不打算详细说明什么，我只是想说，这本书对我成长后的思想模式，甚至是我开始写小说后的创作形态，都有着根本性的影响。

另一本书还在我手头。这应该是我还拥有的最早的一本书。买它的时候大概是小学初期吧。这本书叫做《即学即玩的魔术》。单看题目就知道是一本想象力十分丰富的书。（如果题目是《简易魔术入门》就不值一看了！）这本书的内容我记得没那本图解词典那样深刻。我是不经意地在旧物中再重遇这本书，才再勾起关于它的回忆，和联想到更深远的东西。那是一本富有那个时代的特点的书，很明显是盗版，内容不知是从哪里抄过来的，还打正旗号说是谁译的，原作和出处却没有注明。里面的魔术也是很一般的东西，看来的确很容易做，但又容易得有点可笑。除非观众是笨蛋，否则书中的魔术多半不可能骗倒人。今天读来，那是一本笑话书。不过，我曾经是那么的为着书中的魔术而着迷，想象着自己如何按照那些方法变出奇妙的戏法。我还就其中一些容易实践的魔术着实做过一番试验。原来我是曾经相信魔术的，纵使那些魔术是那样的缺乏说服力。现在重看这本书，发现里面的一个要诀是——在观众中安排自己的助手，也即是所谓"做媒"。我又回想，它给年纪小小的我的一个主要震撼就是——魔术的精神完全在于怎样去骗人；或者是——让假的东西看来好像真的一样。你们听到这里，大概都会猜想到，我打算把这本书联系到自己之所以会写小说的心理基础。是的，这就是我想说的。你会说，这样太夸张了吧。这样戏剧化的联系，是你回头去虚构出来的吧。也许，是的，又或者不是。无论如何，大家就把它看作是一个戏剧化的说明吧。我想说明的是，一个人成为一个怎样的人，可以和他读过的书有密切关系。而对一个爱读书的人来说，这关系绝对是实质但复杂的。看了《即学即玩的魔术》当然不保证会成为小说家（或者成为魔术师）；也不保证会成为一个优秀的小说家（更肯定不会成为一个优秀魔术师）。要成为一个好小说家（或者在"一个人的完成"的过程中不断圆满自己），我需要的是更深层的东西——可能是陈映真所说的对人的苦难的认识和体会，或者是对现实世界更深刻的感受和更成熟的思考——才能把粗糙的戏法变成神奇的魔术，把形式和技法变成对真实生活产生意义的操作。后面所说的这种更深层的东西，我后来在文学里找到了。但这是我稍长一点之后的事情，是后话，我今天不在这里细说了。

最后，我想给大家介绍一个来自这本书中的魔术，它是这样玩的。

它的题目叫做《出没自在》。很有意思。

……

今天在场的听众，大概都不是我预先安排的助手，不是"做媒"的，所以希望你们能相信，我说的东西并不是如上述所讲的魔术一样，是一种虚假的障眼法。当然，如果你们当中有人在门口买了我的书，那就等于给我变走了你袋里的金钱。不过，我没有骗你们。

牛棚书展演讲讲稿

二〇〇三年八月一日

答 同 代 人

内向的扩散模式——个人的文学与世界的文学

刚刚看完大江健三郎《燃烧的绿树》的中译本。这是一本闻名已久而一直没有机会看到的书。去年已经读过大江的最新长篇《空翻》的中译。《燃烧的绿树》是《空翻》的前作，两者有一脉相承的关系——同样以四国森林这个"小宇宙"作为世界的象征模式，通过新兴教派创立过程中的内部和外部立场冲突，以及领导人的精神苦难，来探讨人类灵魂救赎的可能。

掩卷之后，我看看自己身处的这个所谓"大都会"，其实也不过是个"小宇宙"。我们最近关心的是内地放宽旅客以个人身份申请来港，为本地旅游业带来的商机。有关当局接续安排了世界知名的球队和运动员来港表演，晚上又在维多利亚港举行激光和烟花汇演，还制作了一颗可以投放映像的巨型海上明珠。据报道有旅客感动落泪，觉得看到了香港最美丽的面貌。我无意泼冷水，我们也绝无必要向亲爱的旅客和同胞们揭示自己不那么美丽的一面。可是，在这种追求实利和表面的升平气象的氛围之下，从事叫做"文学"的事情，除了扫兴之外，大概起不了别的作用。

我认为，文学的扫兴作用是相当重要的。我指的是当前处境底下所应有的文学。它不说好话，没有溢美之辞，不给予我们麻醉神经的虚假盼望。它教我们感到尴尬，心里不舒服，脸上没光彩，甚至惹起我们的反感。这也是它不受欢迎的原因。不过，也许我把文学的影响夸大了。事实上，"大都会"的居民普遍对文学不感兴趣，也毫不知觉到它的存在。当然，"大都会"还算是个十分开放的地方，文学不会受到禁制，任其自弹自唱，听其自生自灭。在这样自由自在的"小宇宙"里，从事文学写作有一种太空漂流的轻逸和虚空感。

我坐上文学这艘宇宙飞船，时间不长不短，约只是十来个年头。十年在宇宙时间里比一瞬还短，但已经足以远离地球，要回头也绝无可能了。爱因斯坦告诉我们，时间是相对的。宇宙体验可以像一行诗那么短，也可以像长篇小说那么滔滔不绝。我倾向于延长它，所以最近两三年都在写长篇小说。在今年年初，和一位本地报章文化版记者谈到手上有两个长篇小说还没有发表，她也以同情的角度如实报道出来。后来我写了一篇关于所谓"柜桶底文学"（即是抽屉底文学的意思）的文章，表示自己对积压作品没机会出版绝无所谓。为了夸大自己毫不在意，文章写得十分轻率，也没有顾及报道这件事的记者的感受。后来又觉十分懊悔，感到自己在这方面的想法其实摇摆不定，在自大与自伤两个极端之间徘徊。

这当中牵涉到的其实是老掉了牙的"为自己"还是"为他人"的问题。如果写作只是为了娱乐自己，满足自己，外部环境的局限就不足挂齿。这是写作个人化的一面。我最敬仰的本地作家之一西西，多次表明写作完全是"为自己"的立场，也因而能够心无罣碍地享受着写作的快乐。作为后辈，我的修为明显不足。我无法把写作的动机纯粹化为"快乐"的追求，但在外部条件有限的情况下，夸谈"为他人"又显得格外虚妄。结果"为什么而写"的问题就一直悬空。

不久前我的一个长篇小说《体育时期》终于有幸脱离抽屉底的黑暗世界，得见光明。我又同时完成了另一个长篇的最后章节，把它送进抽屉底取代空出来的位置，开始新一轮的漫长等待。《体育时期》出版不到一个月，我收到编辑的电话，说出版社要结束了。我并不感到惊讶，还对满怀抱歉之情的编辑小姐说了些安慰的话。她面临失业，境况比我

答同代人

更值得同情。这间出版社规模很小，而且一向也不是出版文学作品的，我知道编辑是经过一番努力争取，才能说服上头给我出这样的一本书。为这本书出过力的编辑、校对和美术人员也是有心的年轻人，结果她们都被炒了。我有一种是自己害了她们的错觉。不过，大家努力的成果，作为一本书实实在在地摆在眼前，我认为还是一件值得高兴的事。

回想在出书之初，适逢我在一个小规模的民办书展举行演讲，我就顺带谈到这本书的创作过程。那是在由前屠房改建而成的牛棚艺术村举行的书展，和同时期一年一度的大规模商业性香港书展打对台。因为牛棚艺术村的电力供应故障，我的演讲被迫要在户外进行。那是个七月下旬的晚上，三十来个读者和听众在牛棚书院门前的空地上，毫不介怀地忍受了一小时的炎热，参与了这个简单的分享。我十分怀念这样的情景，那种感觉肯定比在香港会议展览中心的空调大厅演讲美好。我当晚讲的题目本来是《一本书的完成》，也即是《体育时期》的写作经过。后来加上了第二部分《一个人的完成》。事缘之前牛棚书展的学生义工来我家采访，问到关于书对我的意义时，我随意说出了"书就是将要形成的自己"这样的答案。后来才发现，原来自己一直把读书和写书视为自我建立的重要过程，所以就趁机整理自己在这方面的想法。这样说就是肯定了写作（加上阅读）"为自己"的重大作用吧。

上面提到的牛棚书院是个民间学院，开办各种不容于正统教育机构的文化课程。院长梁文道既写文化评论，又在凤凰卫视主持清谈节目，是本地十分活跃的文化人。上星期我在一本通俗周刊上看到一篇关于梁文道的访问，才知道他当上了一家本地商营电台的台长。香港只有三家电台，而梁文道以新左派知识分子的姿态就任大众媒体的主管，在本地绝无仅有。在访问中他大谈自己的理想，又批评香港的媒体目光短浅，自我封闭，缺乏国际视野。那篇访问的题目是《士不可不弘毅》。有人可能会认为这个只有三十来岁的故作老成的小子在夸夸其谈，但我却觉得这显示出一种勇气。相对于这种直率的使命感，香港文学界显得过于谨小慎微，沉默内敛，也很少人会把这种"为他人"的精神作为自己创作的理想去加以追求和贯彻。如果有人要对此指责，我实在无言以对。

我的意思绝不是要回到所谓服务群众、以集体意识形态为主导、以狭隘党派政治思想为纲领的文学。集体主义对中国现代文学的残害，有目共睹。可是，个人自主的创造性，也即是"为自己"的文学，并不一定排除对群体的关怀，也即是"为他人"的文学。反之，"为他人"的追求也不一定妨害"为自己"的实践。刘再复论高行健，认为他从中国现代文学的集体主义困锁中脱出，从事绝对的个人化的灵魂叩问。可是，中国文学的问题并不是逃离集体主义继而投向个人主义就可以解决的，更彻底的做法是从根本上否定这两端的对立性。我想到我所喜爱的作家，大江健三郎、萨拉马戈、卡尔维诺、格拉斯等等，姑勿论其政治立场为何，以及能否获得普遍的认同，肯定的是他们的文学并不因为对集体的关注而损害到个人的创造性。

和行动派文化人相比，我是个十分内向的人。除了小型的会面，我无法适应公开活动，也不善于在任何组织里发挥作用。结果我的写作形态渐趋自闭。可是，我又不安于纯粹自我满足的写作心态。无论可预见的读者群是怎样的狭小，我在深居简出的写作生活中，在往自我探索的写作模式里，还是带着向外辐射开去的想象和盼望，就像太空里的一颗小小恒星，纵使光芒是那么的疲弱，它释放出来的光线还是会穿越距离以光年计的虚空宇宙，到达那可能十分渺茫的观察者的眼里。说到底，我身处的其实就是一个作为世界象征的"小宇宙"。世界性和地域性，国际视野和本土关怀，外向和内向，也不是非此即彼的两端。

在《燃烧的绿树》的结尾，领袖阿吉大哥把声势日渐壮大的教会解散，把信仰实践回复到小规模的自我"集中"的方式。这又令我想到《空翻》里的教会年轻继承者育雄的总结："所谓'教会'这个词语，按照我的定义，就是指构筑灵魂的场所罢了。"大江健三郎以"教会"概括集体的精神活动场所，这种教会的精神内容并不包含神，而是取法自文学。"燃烧的绿树"的象征就是来自爱尔兰诗人叶慈的诗作。也可以说，写作本身就是一种个人的精神修炼，而这种修炼在概称为"文学"的集体场所中得到实现。这场所维持在小规模的状态，以"小宇宙"的模式，向外面更广大更纷杂的集体发出呼声。向心的燃烧同时向外释出能量，并且持续不断地扩散。这是我对悬而未决的问题暂时得到的象征性答案，也是对表面上看来视野狭窄、格局微小、缺乏直率的使命感的香港文学，作出了比较宽松的理解。

（原刊于《印刻文学生活志》创刊号，二○○三年九月。）

在小说和音乐之间

回想起来，我听的音乐大都是和我的小说有关的。这当然不是说，我之所以听音乐完全是为了写小说的缘故，或者我把音乐视为写小说的其中一项"资源"，为了某些题材而去"搜集"有关的音乐"材料"。这样不单于写小说本身是个缺憾，于听音乐来说也只是一番虚情假意吧。不过，也难以否认，是在写小说的鼓动下，自己接触到的和喜欢上的音乐才有了那一点点的开拓和增加。当然，我的音乐兴趣既不深也不广。如果还有值得一说的地方，自必然是这些音乐跟自己的写作历程的种种关系。

我常常深切地感到，自己的最大遗憾是在年轻时没有好好去学音乐。小学时学了几个月钢琴，因为疏懒和态度不认真而失败了。纵使中学时代能弹拨几下民歌吉他，也只是勉勉强强。所以，我现在同时羡慕钢琴家和摇滚吉他手。可是，时间一去不返。到我真正找到对音乐的感受时，要学任何一种乐器都已经太迟了。

我相信自己是在开始写小说以后才"寻回"音乐的。但"回归"也不是实时发生。二十来岁最早写的那些小说，里面没有音乐。我不是指没有提到或用到音乐，而是在小说的"质"里面完全没有音乐的成分。这应该是这些小说的最大缺憾之一。我最早尝试把音乐纳入小说创作中去，应该是写《永盛街兴衰史》的时候。最初的动机可能是"工具性"的。为了写一个关于香港历史的故事，我在搜集材料的过程中，接触到广东地区的南音，特别是《客途秋恨》，觉得非常合用，就把整首曲词和三十年代粤曲歌坛的歌女故事编进小说去。不过，从"功利"的目的出发，在反复倾听白驹荣的经典录音中，却开始生出了真切的感受。逝去的时光仿佛在心里慢慢浮现，我感受到自己与过去的相连。再往后一点对某些粤剧的兴趣，例如在《那看海的日子》写到作为神功戏的《再世红梅记》演出，和《时间繁史》里谈到《紫钗记》，一方面是对地区民间戏曲和历史的兴趣的延续，再追溯上去，也不无受到也斯写于七十年代的《剪纸》的影响。

不过，我的音乐成长还是非常缓慢。《双身》、《地图集》、《V城繁胜录》、《The Catalog》等属于九十年代的小说当中，也没有音乐。也许，真正给予我音乐"启蒙"的，是巴赫和椎名林檎。此前我对于西方古典音乐一窍不通，也兴趣缺缺。我的"启蒙"大大受益于一位已经久未见面的朋友奥古。我婚后不久和太太同时萌起了学听一点西方古典音乐的念头，但又不得其门而入。那时候到沙田的HMV瞎逛，结识了在古典音乐部工作的奥古，在他专业的介绍下买了巴赫的《布兰登堡协奏曲》。又因为奥古自己是日本尺八的狂热分子，于是又买了尺八大师的CD，还得"忍受"奥古即席掏出尺八来演示一番的热情。后来我把奥古这位奇人写进了《体育时期》里。奥古又同时推介了Glenn Gould。顾尔德是三十岁就从表演事业退休，之后不断进行录音演奏的钢琴怪杰。他最著名的是对巴赫的诠释和演绎。我们从顾尔德入手听巴赫的键盘音乐，Goldberg Variations、《平均律钢琴曲集》、《赋格的艺术》和其他的组曲。我们还发狂地买了好几张顾尔德LD（是那些沙滩飞碟般巨型的镭射影碟）！这些在LD播放机消失之后已成"绝响"！因为一开始就听"偏锋"的顾尔德，先入为主，以致后来无法欣赏其他被认为是优秀的巴赫演奏者。人们都说顾尔德是冷静的、理性的、怪诞的，但当我看到顾尔德弹到巴赫还未完成的赋格的最后一个音符，我不能不感到，所有的理性和热情已经融为一体。可以说，我认识的巴赫键盘音乐，完全是顾尔德的巴赫。这也表示出我对音乐的不全面的"偏食"态度。Goldberg Variations的变奏曲的意念和感受，后来启发了《体育时期》的三十节变奏的结构。

在开始听巴赫的同时，我们也发现了椎名林檎。那时候椎名出道不久，还是个少女，但作风和唱腔已经惊世骇俗。首先听的是她的第一张大碟《无限偿还》，里面最吸引我的是《歌舞伎町女王》。然后是第二张大碟《胜诉Strip》，里面有非常震撼也非常动听的《石膏》、《暗夜的雨》、《罪与罚》、《本能》、《依存症》等。接续买了椎名的所有MV和此前的细碟，由第一张《幸福论》开始。椎名在MV演出里的形象，变化多端而且极具挑拨性。最令人难忘的，是在《石膏》里的一个迎头倒下的镜头，和在《依存症》里一边扮演日本传统歌姬，一边引爆背景里的一辆平治房车。椎名唱腔中的粗犷与细腻的交织，音乐风格里的摇滚与抒情的结合，曲词和意念里的通俗与深奥的并存，造成了非常迷人的效果。我从前一直对摇滚乐没有感受，觉得只是一味嘈吵，但因为听到了椎名，而深深感受到那种金属和电子的轰鸣，和愤怒的呼喊的力量。现在回想，也许这正是应和了当时因为写作和生存的困惑所导致的个人不安和对世界的愤懑，而受到打动，并且转化为小说。可以说，整部《体育时期》就是在椎名的启发下产生，以她的音乐为背景才得以完成的。以她为原型，我创作了不是苹果（"林檎"在日语中是"苹果"的意思）这个人物，又模仿椎名的风格作了三十一首曲词。在那种"摇滚音乐式"的情绪下，计算机键盘就像乐器，发狂敲打，试过日写万字。那应该是我第一次强烈地感受到音乐对写作的驱动力。往后椎名继续影响着我，不过不再那么显著。椎名结婚生子然后又离婚之后推出的《加以基·精液·栗之花》依然精彩。但近两年组成"东京事变"，在跟其他乐手的合作中，风格越加精致，却好像没有从前的那种尖锐和冲击力了。我不知道这判断是否合理。而受椎名影响而产生的那种"摇滚式"写作，虽然有它自身的情景意义，却是可一不可再了。

　　大概与此同时，在我的音乐成长中，其实也萌生着另一种性质的嫩芽。我不记得是一九九八还是一九九九年，香港艺术节上演了Robert Wilson的音乐剧《黑骑士》（The Black Rider）。那黑色的奇诡故事和意象令人挥之不去，但最震撼我的，是Tom Waits为剧场所作的音乐和演唱。很可惜的是，那次Tom Waits没有亲自随团演出，而我是在CD录音上体验到Tom Waits的《黑骑士》的。我之前对Tom Waits没有认识，这次一听即惊为天人。那粗野低沉的唱腔，夹带着残酷和柔情的曲词，既狂放又绝望，既沉溺又嘲讽，民谣风味和疯狂敲击共冶一炉。那样的故事氛围和腔调，深深地影响着我的想象方式。二〇〇〇年，我写了《贝贝的文字冒险》，里面就创造了黑骑士这个阴阳怪气的人物。后来写《体育时期》，就索性用黑骑士自喻，作为一个和自己近似的小说家的形象。这个形象在往后还会有接续发展。过了这几年，不时重听The Black Rider，感受不减。月前买了Tom Waits的新碟Orphans，里面有三张CD，分为三种类型的音乐，有狂野吼叫，有乡谣抒情，有说白和故事讲述，尽现Tom Waits音乐的精髓，是我最近最爱听的CD。

我在写《天工开物·栩栩如真》的期间，因为以自己的成长为素材，于是又回顾了流行曲对自己的影响。少年时代，对流行曲的嗜爱必不可少。我成长于七八十年代，最钟情的是林子祥的歌曲。特别是里面呈现的少年人的孤高，简直就是自己内心的写照。但究竟是流行曲说中了自己的心声，还是自己不自觉模仿流行曲里面的情感，也很难说清。从《我要走天涯》、《三人行》、《究竟天有几高》、《几段情歌》，到《谁能明白我》、《迈步向前》、《每一个晚上》，全都是一个少年所能自我沉溺和自我激励的要素。林子祥的歌曲对我的性格的塑造，在小说里谈得不少，但还有意犹未尽之感。我常常幻想着，有一天能把那些曲子对我的意义详尽地逐一解说。在《天工开物》中也因此联想到，所谓"滥情的美学"。和林子祥的流行曲相配应的是普契尼的《波希米亚人生》（La Bohème），是小说中叙述者少年时代的恋人如真最喜欢的歌剧。老实说，我觉得La Bohème在整体上并不好听，故事也过于煽情，和有点头脑简单。可是，对于梦想、诗和爱情，依然有一种原始的触动人的地方。同样地，Andrea Bocelli和Sarah Brightman合唱的Con Te Partirò（英文歌名叫做Time To Say Goodbye，但意大利原文意思却是"我与你同往"）本来是带点"古典风"和"歌剧腔"的流行曲，滥情之处自不必言，但却真的是非常动听。放在小说中作为栩栩和小冬、如真和少年叙事者的"主题曲"，一直令我热血沸腾。为了纵容自己在小说中引入这些流行曲，我就给自己发明了"滥情的美学"这个有点不明不白的幌子。

后来写"自然史"第二部曲《时间繁史·哑瓷之光》的时候，却经历了一次反弹。首先是因为当中的宗教主题的设想，而引述了关于巴赫《圣马太受难曲》的讨论。我首先接触《圣马太受难曲》，是看前苏联导演塔可夫斯基的电影《牺牲》，在开首和结尾都用了《圣马太》里面的一首非常动人的咏叹调。我后来试着找一些录音版本，发现了最好的巴赫圣乐诠释者John Eliot Gardiner指挥的演出。我一边反复细听这个全本的录音，一边进入想象的小说世界。又在写作的期间，偶然接触到施特劳斯（Richard Strauss）的交响诗《英雄的一生》，觉得跟小说里的人物有某种呼应，于是就听了施特劳斯的好些其他作品。由前期的充满乐观情绪和浪漫情怀的交响诗，到近乎无调的精神狂乱的歌剧Electra，再到优雅的华尔兹风味的喜剧《玫瑰骑士》，最后是二次大战后一片废墟风景的痛苦之作Metamorphosen，和生命沉淀的情歌Four Last Songs。顺着这发展的次序听一次，竟然暗暗应和了小说中的人物的生命回顾。

音乐对写作的启发，相信还会一直延展下去吧。除了主题上的关系，也尝试从音乐的形式去理解小说的结构，例如声部、复调、对位法、主题的重复和变奏等。这些思索，也受益于一些连系音乐和文学的论著，其中有萨义德的Musical Elaborations、On Late Style，以及他和著名钢琴家兼指挥Daniel Barenboim的对谈Parallels and Paradoxes。还有日本小说家大江健三郎和指挥家小泽征尔的《音乐与文学的对谈》。不过，音乐说到底也是一件直感的事。理念只是帮助疏理情感的方法吧。

有时我会一边听音乐一边写，有时不。大概是写到情绪高涨的时候，把音响开到极大，在音乐的鼓扬中写作，是相当激动的。写《体育时期》和《天工开物》的某些章节时，也有这种需要。当然，也常常需要非常沉静的时刻，完全没有半点声音的。而写这篇文章的时候，我在家里播放的、推动着我的思绪的是Offenbach的Les Contes d' Hoffmann。激昂又低回的，欢快而又阴暗的，浪漫又怪异的，世俗又孤高的，既流于滥情但又不失其美学的混合体。那其实是和The Black Rider一脉相承的想象世界。

（原刊于《字花》第六期，二〇〇七年二月。）

剧本的未完成性

我的本行是写小说，写起剧本来其实只是因缘际会，并未锐意为之。二〇〇五年演戏家族提出把我的小说《小冬校园》改编为舞台剧，因利成便，也邀请我亲自编剧。我抱着尝试和学习的心情，正式写了第一个剧本。二〇〇六年，前进进戏剧工作坊的"ID儿女"计划改编意大利小说家卡尔维诺的《宇宙连环图》，陈炳钊知道我是卡尔维诺的热情读者，也就请我为这个演出写剧本。另外，二〇〇七年的香港艺术节，陈炳钊打算把我的长篇小说《天工开物·栩栩如真》搬上舞台，他很自然也希望我可以参与其中。这一次由我们两人合编。

由此可见，我的编剧经验十分浅。纯由编剧的角度出发，我恐怕说不上有什么心得。如果是从一个小说家试写剧本的新体验来说，倒是颇有些观察可以拿出来分享。写小说和写剧本是两回事，这一点不用多说。不同之处，当然包括时空、人物、场景、对话等等方面的处理。也当然包括小说作为一种间接的字面媒体而剧场作为一种实时即地的实质体验的巨大差别。不过，我感受最深刻的，其实是两个形式的创作模式本身。小说完全是小说家自己一个人的事。虽然小说也是写出来给人读的，但某程度而言，一部小说写完了，就是完成了。剧本却不然。一部未曾演出的剧本，应该算不上是个完成的作品吧。一个剧本的最终实现和完成，是演出。而演出的创作者是导演。这出现一个有趣的现象，也就是究竟谁才是一个剧场演出的最终创作者？是导演还是编剧？

以我对剧场的粗浅认识，从前这个问题根本不成问题。大学时代在比较文学系修读过西方现代戏剧的课程，从易卜生、契诃夫、萧伯纳以降，直至贝克特、品特等等，这些著名的剧作家的剧本，都是可以当作文学作品来读的。这暗示着这些剧本本身有一种已完成性，而导演所做的，只是"演绎"的功夫而已。这有点像古典音乐的情况，现代的指挥家和演奏家，也只是去"演绎"过去的作曲家的曲谱而已。当中的"分工"是十分明确的。导演不会随便去删改剧作家的文本，正如指挥家不会改动作曲家的曲谱上的任何一个音符。

开始的时候，我是带着这种"传统"的观念去试写剧本的。《小冬校园和森林之梦》和《宇宙连环图》也因此可以说是非常"传统"的剧本，也即是说，都是剧情性的，讲求人物塑造，和注重对话运用的。这些也是剧场最接近小说的元素。刚巧这两个演出的导演，在理解导演和剧作家的角色方面，也是比较"传统"的。导演基本上是完全按照剧本去创作，也即是所谓"演绎"的工作。导演有意见也会先和编剧商量，由编剧亲自去改写。而这样的合作关系也因此是顺畅的。

在改编《天工开物》的过程中，我对编剧的工作又有了新的体会。陈炳钊并不是那种"传统"的导演。他的剧作大部分都是自编自导，所以对剧本创作本身也富有经验。我不妨把他称为"创作型"的导演，以和"演绎型"的导演区分开来。"创作型"的导演一般可以自给自足，不假外求，但有时也会邀请编剧合作。这时候编剧和导演的关系就变得复杂。由于导演本身的创作意欲和意念非常强，因此编剧写出来的剧本往往要经过多次修改，而最终也可能被导演改成完全不同的东西。有人会把这形容为"尊重剧本"和"尊重编剧"的问题。编剧们的这种抱怨时有所闻。其实称谓由从前的"剧作家"（playwright）变成了现在的"编剧"（scriptwriter），已经说明了角色的变质。这样的情况下，一个编剧似乎很难感受到自己作为一个"创作者"的愉悦和满足。

我知道"传统"和"非传统"（或"前卫"？）的区分是十分笼统和简化的。我对剧场的认识有限，未知应该如何指称不同性质和类型的剧作。只有一点是十分明显的："传统"剧场是重视剧本的，而"非传统"剧场则更重视除故事和语言之外的总体剧场元素的运用。编剧和导演的合作，很视乎两者对剧场的性质和类型有没有足够的共识和默契。一个很重视创作完整性的编剧，遇上"创作型"或"非传统"的导演将会是痛苦的。他会因为自己的创作心血被弄得支离破碎面目全非而受到深深的伤害。我涉足本地剧坛不深，未知在导演和编剧之间普遍存在多少共识和默契。

回到《天工开物》的创作过程上，我说过是困难的。一方面说，作为原著小说的作者，我就这个题材想说的其实已经说了，我反而是乐于看到陈炳钊有新的角度，新的处理。我一直抱持的心态是，这个演出是陈炳钊的创作。可是，因为我也担任了编剧的角色，过程中也必须着实下笔去写，而出来的东西又未必完全和导演的创作意念契合，大幅调整和删改也就是必然的结果。这与其说是创作的难度，不如说是角色和心态的调整。这对一个素来完全自主的小说作者来说，也是一件须要开放面对的事情。所以我们的合作方式，是先由我来写初稿，双方经过讨论，有时也会再写第二或第三稿，然后再由导演修改。导演的修改稿，编剧也可以提出异议，于是导演或编剧又回去再改。有些场次在来来回回之间改过四五次。这还未计算导演在排练过程中作的调整。可想而知，这当中并不存在一个编剧的原本意图。最终的成品是编剧和导演持续不断的商谈的结果。这样的方式是缓慢、困难、耗费精力和时间的。可是，这也是一个非常独特的创作过程，当中的互相启发和激荡令双方都有所获益。

问题到了最终可能并不是"尊重"或"不尊重"这么简单，而是我上面说到的共识和默契，或者是合作伙伴的搭配。在最理想的情况下，"创作型"的导演适宜和愿意在互动过程中大幅修改剧本的编剧合作。而坚持创作完整性的编剧，则适合"演绎型"的导演。也许我这样说依然是在简化问题。只是，从小说作者的角度，在我写剧本的浅短经验中，感受特别强烈的就是剧本的未完成性。而这未完成的部分，很多时候不是掌握在编剧手中的。因为同样是写作人，我感情上是认同编剧的处境的。可是，我也认为编剧存在和导演共同创作的可能和空间。当然，我上述所说的绝对不包含对任何一类型的剧场的优劣判断。

（原刊于《戏剧艺术》第二十期，二〇〇七年六月。）

文学副刊的天方夜谭

我想从文学的角度谈谈香港的报纸副刊。

今天，在香港，要一份报纸办一个每天全版的文学创作副刊，肯定是天方夜谭。别说是文学创作，就算是书评或文学评论也差不多完全绝迹了。没错，读书版还是有的，但倾向介绍书本而不是评论，而且当中文学占的比重很小。今天的报纸既不鼓励文学创作，也不鼓励阅读文学。偶一为之的文学创作或评论，不是没有，但发挥的作用极为有限。比较常见的文学副刊，通常为每周一次半版的形式，刊登量极小，投稿而刊出的机会极渺茫。至于香港仅有的三数本文学杂志，通常以双月刊的形式出版，刊登量也非常有限。可见如果要在香港发表文学作品，就算是有名的作家，空间还是非常不足，对没有名气的新人来说，就更加是望穿秋水的事情了。

要有力地推动文学写作和评论，非要一个能供作者大量发表的空间不可。这样的梦幻似的园地，在九十年代初期曾经出现过。那是一九九二年中。那时候我和几个香港大学比较文学系的研究院同学组织了写作讨论小组，大家提交小说，彼此切磋。当初也没有想到投稿。后来系里的教授梁秉钧先生（也斯）知道我们在写小说，便把我们的作品推介给刚刚开办的《星岛日报》"文艺气象"版。那是一个每天全版的文学创作副刊，编辑是关梦南先生。关先生非常鼓励年轻人创作，我们稚嫩的作品很快便刊登出来，让我们十分兴奋，于是就加强了写下去的动力。自此我差不多每个月交一篇一万多字的短篇小说，每次都是分三天连载，每天三千多字，稿费也有三千多元。这是个很不错的数字。试想想，一个无名新人可以长达三天连续霸占几乎全版副刊，这简直是不可思议！就是因为"文艺气象"的开放方针，和极大的刊载量，让我在创作的起步期得到很大的支持和鼓励。跟我同时期受惠于"文艺气象"的，还有同代人黄碧云、关丽珊、杜家祁、樊善标等，比我们年轻的韩丽珠当时还是中学生，但也已经在"文艺气象"上发表小说了。

不过，这样的理想天地只持续了一年。一九九三年中，"文艺气象"停刊。自此，真正具规模和影响力的文学副刊在香港报纸绝迹。

"文艺气象"停刊之后，关先生调任《星岛日报》"阳光校园"编辑。"阳光校园"是专供学校订阅的副刊，关先生继续邀约我们撰稿，创作形式不拘，唯主题须跟校园生活有关。这样子我又写了一些连载短篇，在题材的限制下，尽量创造新意，也继续磨炼写作技巧。这种插缝式的、游击战式的做法，历来都是香港文学的生存形态。有心的编辑们不停转移阵地，在各种各样的掩护物下引进他们赏识的作者。这是香港文学发表史的特殊形态，不过详情我还是留给有关的专门研究者。我只就我的个人经验发言。

有趣的是，虽然发表创作的空间大大缩减，评论的空间却一下子增加了。从一九九四至一九九五年，我转为在香港的报纸文化版上写书评。当时开设书评版的报纸副刊包括《经济日报》的"文化前线"、《星岛日报》的"书局街"和《信报》文化版。"文化前线"的主编是萧文慧，"书局街"主编是陈惠英，而《信报》文化版的主编先是潘丽琼，后是梁冠丽。三个版面处于非常积极的竞争关系。其中"文化前线"最为活泼生动，以每天半版的刊载量，轮流发表书评、艺评、剧评、影评和一般性文化评论。书评占的分量，大概是每周至少一天。编辑紧贴出版状况，组织作者们评论最新出版的中、港、台和外文重要文学作品。这都是货真价实的书评，而不是书介，除了可以写得较深入，也会出现严厉的批判。有时为了版面考虑，编辑会建议作者把一篇四千字的长文分成两篇，并排刊出，看来比较"易读"。那也是一种障眼法。另外两个书评版每周一次，取向也十分开放。三个版面的竞争让文化和艺术评论的气氛相当热烈，做成了良性的互动，但也不免引起颇为激烈的笔战。作为一个新进书评人，当时竟然非常抢手。三个版面的编辑会争相邀稿，所以每个月可以有四五篇文章在不同的版面上见报，稿费收入虽不算高，但足以养活一个刚离开大学的年轻人。能靠写书评

"维生"，这在今天又是另一则天方夜谭了。

我当时是以一个书评人的身份为读者所认识的，反而没有多少人知道我写小说。直至一九九四年十一月我拿到台湾《联合文学》的小说新人奖，在《信报》和《经济日报》文化版上接受了访问报道，人们才知道我的"本行"。在这两年间，评论空间蓬勃而创作空间缺乏，虽然是个奇怪的倾斜，但对阅读风气形成确实有正面作用。当时评介的作家除了大陆方面的莫言、余华和王安忆等，也有台湾的张大春、朱天文、苏伟贞、成英姝等。本地文学也得到重视，除了对个别出版物作出评论，也曾就香港小说选集编选取向和通俗文学的问题产生过论争。这是我所见过的、文学评论在报章副刊上的黄金时代。这样的时代，随着副刊改组和报章方针的改变，最终还是终结了。自此，香港报纸上不再存在书评版这回事。剩下来的只有大众化的、容易消化的"阅读版"。

也不得不提一个异数。从一九九六年到一九九八年，《新报》办了一份以年轻人为对象的副刊Magpaper，初时每天随报附送，后来改为独立发售的周刊。Magpaper的神奇之处在于，它处于一个完全自主的状态，完全不见报纸老板的压力，风格也跟《新报》的其他部分完全两样。那是一个由年轻编者办给年轻读者看的副刊。编辑们的活力、创意和眼光，是香港近二十年少见。表面上，Magpaper是一份年轻人潮流刊物。时装、音乐、电影等，都是非常入时的东西，但他们却有无尽的古怪念头，让流行文化除了消费之外也别具创意。它的时装版的摄影、装置和美术，每天都是不同的视觉艺术创作和游戏，非常可观。据我所见，Magpaper也是全港第一个打正旗号开办同志和另类性取向版面的主流报纸副刊，里面讨论的性议题毫无避忌，极为前进。同样重要的是它每天的文字版。虽然没有打正旗号称为"文学"，但Magpaper的文字版实在是年轻人从事文学创作的新天地。除了极为另类的小说，诗也是文字版的常客。在年轻人潮流副刊上面发表诗歌，这真是教人惊讶又感动的事情！当时文字版的编辑是智疯，他本身就是非常富有潜质和创意的年轻诗人。跟他同代而且持续在Magpaper上发表创作的，还有韩丽珠、刘芷韵、孤草、王贻兴等一代文学新人。除文学外又有新派的另类漫画，黎达达荣就是那时候开始"红"起来的。像我这类"前辈"，也在Magpaper上找到发表短小作品的空间。我的《地图集》的部分章节，便曾经在Magpaper上连载。Magpaper后来转型为独立发售的周刊，完全以市场原则运作，却因为资源和广告收益不足的问题被迫结束。

文学副刊的作用不能低估。"文艺气象"和Magpaper培养了两代香港文学的作者，当中不少人还在持续创作中。不过，这样的空间已经难以复见。可以说，一九九七年以后，文学从香港的报纸副刊上彻底消失了。这不是因为政治因素，而完全是由于商业考虑，和文化观念的转变。当然，我不排除期间有小规模的突破，例如《成报》曾经在叶辉的组织下，试图恢复一个真正具文学性的副刊，但很不幸，报纸的经营问题导致长期拖欠稿费，有心的作者也意兴阑珊。而且跟"文艺气象"和Magpaper相比，这次是既有的不同辈代写作人的大召集，却缺少了当年发掘和培养新人的作用了。

没错，我们现在有高质素的文学杂志《字花》，香港文学的前途还是蛮有希望的，但就报纸文学副刊这个形式而言，最好的时光已成过去。不过，今天文学不用再靠报纸副刊。也许，报纸这种媒体本身便已经在没落中。文学副刊的时代已经终结，我们也不必特别去怀缅它。与其寄望报纸老板的恩惠，不如自己把握发表权。我对文学写作在网络上开拓新的可能性，是抱着希望的。

（原刊于《Ming明日风尚》，二〇〇九年六月。）

答 同 代 人

文学不是一个人的事，文学是所有人的事

早前邓正健就文学杂志《字花》改版后的取向，撰文论述文学的公共性，批判"乡巴佬"意识（地域主义，狭隘眼光，自我沉溺），提出了"世界主义者"的观点。就本土情境而言，他认为"香港文学充满私密性"，而酷爱文学的年轻人，只是把文学视为"心灵的避难所"。文学于是变成了唯"我"独尊，在维护和滋养个性的同时，也自绝于公共世界。为此邓正健发出了"我只对世界负责"的呼声。这是富有勇气的宣示，显示了新一代文化人从根底里改变既有的文学观念的决心。

邓正健所关注的，无疑就是"文学是什么？"和"为什么我们需要文学？"这两个最根本的问题。我们很自然会说，而邓正健也清楚地意识到，这类问题是有无数可能的而且是互相冲突的答案的，也因此是没有答案的。我甚至认为，不应该有最终的答案。可是，这并不妨碍我们尝试去回答。甚至于，正正是因其如此，我们才必须不断尝试去回答，以谋求通过反复的思考和辩论，去接近那不可能的答案。基于这个原因，作为一个响应，也作为一个缔造文学公共性的举动，我把我的看法铺陈如下。

文学不是作者自己的事。这不止适用于那些介入社会型的作家。任何人只要涉入文学的领域，就必须意识到那不是自己一个人的游戏。这跟题材并无必然关系，当中并不是写自己和写社会的分别。作家可以很偏狭地写社会性题材，也可以很开阔地写个人的体验。卡夫卡可谓非常个人化的作家，跟批判社会的写实主义大相径庭，但没有人会说卡夫卡自我沉溺。卡夫卡的世界是所有人的世界。文学的自我中心起源于

十八九世纪的浪漫主义，那也是现代社会个人主义冒现的时代。文学变成了自我和社会划清界限的方式。在原初的情境下这可以视为对社会的反叛和对抗，但在我们的时代这种对抗已经失效。它的失效既源于社会环境的转变（文学能量的总体衰减，文学功能的日遭侵蚀），也源于浪漫主义向内退缩的先天缺失。

在今天，私人领域和公共领域的界限的模糊化，无助于恢复文学的公共性。写日记是一件私人的事，写blog却好像是一件公开的事。可是把私事写在人人可以自由浏览的blog里面，并不自动把写blog的行为变成公共行动。它只是一种"公开"的行为，但却没有"公共"的意义。所以，所谓界限的模糊可能其实只是公共领域的削弱，并且日渐被类近而本质上绝不相同的"公开"行为所取代。在媒体和信息科技高度发达的年代，在私隐的公开化的趋势下，我们面对着失落私人领域和公共领域的双重危机。让我今天来界定文学，我不会用个性化的表达和语言的艺术性为标准。在不放弃个性和艺术的前提下，我们要有跨越自我的准备。不论以任何形式和利用任何载体，当一个写作者意识到这一点，并且尝试去重建自己和世界的关系，他就真正进入了文学。

文学不是读者的事，也不是作者与读者之间的事。我们活在一个以消费行为取代一切行动的时代，也即是一个以市场价值为一切价值的时代。读者不再是活生生存在的独特的个体，而只是抽象化的一堆数字，一堆销售金额。我们常常听到"要照顾读者需要"的论调，要求作家因应市场调整写作方向。文学的没落于是被归因为追不上时代的步伐，为一批冥顽不灵的孤芳自赏的文人自招的结果。实情是，真正的读者已经消失，代之而起的消费者只懂购买而不懂阅读。于是有人又提出要先教育和培养读者，但要这样做我们必须先向读者提供一些既有吸引力又容易入门的东西。如是者我们又必须投其所好，回到市场的运作逻辑里去。这是完全没有意义的操作。也许，狭义的写作和阅读的确发生在作者和读者之间，但文学的意义却远超乎此。一个作者不能为读者而写，也不必向读者负责。如果作者心中时刻有那么的一个读者向他作出这个或那个的要求，而他又顺应那些要求去调整自己，他就会为自己设立许多不必也不应存在的关卡。我们当然也不应反过来陷入完全自我中心的迷障，以要求别人迁就自己的任性来写作。事实上，"照顾"和"迁就"这些用语，无论用在作者还是读者身上，都毫无意义，因为它们假设了一种日常生活的人际相处关系，而这种关系从来也不是作者和读者之间的真实关系。所以，作者在写作的时候不应以读者为对象。作者面对的是世界。他只向世界负责。只有面对世界的，才是文学。

文学是所有人的事。这里指的"所有人"，就真的是所有人，包括不读文学的人，和不读书的人。这个"所有人"不是指"市场"，也不是指消费和媒体社会中的"大众"。我也不是说所有人都要一起来写文学和读文学。这是没有可能也没有必要的事。（当然这跟希望更多人得益于文学的期望没有抵触。）"所有人"不必都来理会文学，文学却不能不理会"所有人"。这是一个眼光、面向和胸怀的问题。这种把自己置放于所有人的响应（response）之前的文学，就是一种负责任（responsible）的文学。这个"所有人"可以是陀思妥也夫斯基笔下的"所有人对所有人负责"（all is responsible for all）的宗教情怀，也可以是汉娜·阿伦特笔下的人类必然的众数（plurality）和共同（common）的生存状况。没有一个人是孤立存在的，但所有人也不是以一致的状态存在的。在彼此必然的差异中，人建立共同的生存空间，并且以互相交流和响应的方式共同生活其中。换言之，这是一个公共空间。真正的文学，既处在这个空间中，也参与建造和维系这个空间。通过公共空间，文学跟所有人连系在一起。

文学是世界的事。文学，作为一种人为的语言制造物，是人类建造世界的方法之一。可是，何谓"世界"？首先，世界不是地球上所有国家的总合。面向世界并不是国际化。人类世界虽然不能脱离地球这个栖居地去理解，但世界也不是一个地理观念。所以，所谓世界主义不单是相对于地域主义而言的、对不同地域文化的关注或兴趣，而必须是一种更开阔的视野和更具反省能力的思维。在这方面比巴尔扎克更早甚或是更深刻的，是提倡"世界文学"的歌德。世界不是市场，这一点十分明显，不必多讲。世界也不是世俗化（worldliness），也即是迎合通俗的口味和标准。世界也不是社会。社会只是人类以阶级、身份或群族呈现出来的一种世界的面向。对世界负责不是说作家要尽社会责任，或者试图按照心中的蓝图去改造社会。世界是由人的制作和行动建设起来的生存条件，在这之中文学扮演了其中一个角色。文学没有能力也不应试图去改造社会，所有以此为理想的文学最终都失去了文学的真义而沦为政治宣传或者道德教诲。但文学也不应因此而退缩到自我的心灵福地里去。文学作为制作，甚至是行动，能以独特的方式参与人类生存条件的建造。为世界的文学必然是公共性的，它必须面向众数的他人；但文学也不可能全然是公共性的，它也必然具备自身私密和个性化的部分。所以，文学到了最终就是人在公共和私人领域之间出入的桥梁或通道。这桥梁或通道不会消除两个领域之间应有的界线，但也不会把二者相互隔离。它让人在安全的保护下免于封闭，在开放的交流中免于失据。它既确立自我又承认他人。文学借此而成为了世界。

在这样的定义下，文学既是一个人的事，也是所有人的事。

（原刊于《字花》第十八期，二〇〇九年三月。）

文学是要"馆"的！——创设香港文学馆的想象

文学一向给人的感觉，是非常个人的事。作家躲在家里写，读者躲在家里看。就算作家在咖啡馆拿着墨水笔写稿，或者读者在火车上翻着小说，都是独处的场景。文学超越个人层面、把不同的独处者连系在一起的，就只靠印在纸上的文字。所以，文学似乎就只是发生在文字里的事情。而文字只是符号，是极度抽象的东西。文字没有空间和时间的实质，但也没有空间和时间的限制。文字包含一切，却又仿佛在一切之外。文字无所不在，又仿佛并不存在。以文字为材质的文学，可读性高而能见度低。

是以在旅行的时候逛外地的文学馆，感觉相当奇特。我们发现，抽象的文学被"物质化"了，私密的写作和阅读被"公共化"了。我们发现，文学是需要实质载体的：稿纸、墨水、钢笔、文具、桌子、印刷品、书本。我们发现，文学是在具体的空间里（书房、建筑物、街道、城市、乡村、山林）产生的。文学不但发生在作家的生活里，或者在读者的生活里，更加是在各个时代的所有人的共同生活里。在一所文学馆里，作家的个人存在，和时代的共同存在，同时以实质的方式保存下来，再现出来。

文学为什么要"馆"？文学要怎样的"馆"？

把文学以一个"馆"的实体呈现出来，有不同的层次和形式。最常见的是作家故居，或以作家为主题的文学馆，例如鲁迅文学馆、歌德故居。这类文学馆发挥着历史保存和作家纪念（崇拜？）的性质。较整体性的文学馆，除了资料整理和保存，更扮演着文化甚至是国族身份建构的角色，例如北京的中国现代文学馆、台南的台湾文学馆。文学馆绝不是时间的凝固，文物的防腐，更加不是对过去时代的怀旧。一所真正有意义的文学馆，是现在式的，甚至是未来式的。它通过文学，建构今天的意识，和明天的愿景。文学馆要实现的，就是把文学从抽象、个别、零散、静态和隐蔽的状态中提拔出来，还原、彰显和发扬它本身就具备的历史性和公共性。

文学作为艺术

文学是艺术。这样说好像多此一举，但我们竟然还要这样去说明！我们的社会不太记得（不会从不知道吧？）文学是艺术，是传统艺术形式中之一大范畴。西九文化艺术区谈了十年，几乎没有人想到，当中应该有文学的席位，甚至连文学人自己也没有意识到！过往的西九讨论，以至今天的西九计划中，文学的成分近乎零！把文学从艺术中排除，或至少是遗忘，是不可思议的。西九文化区是个综合文化艺术区，当中如果没有文学的角色，肯定是个巨大缺失，有损整个计划的完整性。文学参与西九的最适当方式，是香港文学馆的创设。这是我们重新全面认识艺术为何物的第一步。文学馆的设立既为文学，也同时是为了艺术的整体，为了对艺术形式之间的关系有更整全的理解。

文学作为视觉艺术

这当然可以指，文学馆的展览和陈设方式具有视觉艺术的观赏性。馆藏品展览和其他文学展示形式应该更具创意，在重视知识性和数据性的同时兼具视觉上的艺术性。文学的视觉艺术性，也见诸文学出版物的设计，以及文学与视觉艺术的跨媒体创作。近年本地漫画与文学的跨界创作便是上佳的例证。不过，文学作为视觉艺术更重要的意义是，文学馆此一形式赋予了文学更高的"可视性"或"能见度"（visibility），有助于建立文学的公共形象和公共性质。

文学作为表演艺术

跟表演艺术相比，文学创作的方式是静态的。不过，文学从来不止是纸张上的文字。写作本身就是行动。从写作到发表到出版到相关的活动，文学其实也是动态的，是介入公共世界的方式。文学活动中的诗朗诵具有表演艺术的性质，是实时和即场的发生。要作家即席表演写作可能有点夸张，但作家举行演讲却肯定是创作外延的演示。至于文学与表演艺术的跨界合作更加是源远流长，例如戏曲和话剧便是与文学互为表里。而如果把表演艺术理解为行动的形式，文学馆也就成为了文学行动的舞台。当作者、读者和各种形式的参与者会聚于一个舞台上，公开而活跃地进行创作、欣赏、分享、交流，便赋予了文学广义的表演性。

文学作为建筑

文学馆当然必须是一座建筑物。建筑物本身也可以是一件艺术作品。文学作为建筑的意思，有实质和象征两方面。实质方面，文学馆除了是一个进行文学活动的实际场地，它的相关功能也有助确立和开拓文学的生存和发展条件。从文学馆衍生出来的，是生产、出版、传播、教育、研究、翻译、保存等物质条件的巩固和改善。象征方面，文学馆可以成为一个精神地标，具指向性地建构本地的文化身份。建筑乃人类用以庇护、栖居和承传的人为创设物，文学作为建筑在文化层面上具有相同的意义。

文学作为历史

文学是广义的叙述。无论任何文学形式，总合在一起就成为了叙事。无论任何题材和取向，文学的整体必然是整体的故事。一个地方的文学，必然是一个地方的历史。香港文学是众多作者的个人史总合而成的共同史。香港文学馆，必然是另类香港历史博物馆。文学馆除了保留资料和文物，也发挥历史整理和反思的作用，建构当下的身份认同。文学馆除了作为故事的搜集者和整理者，也同时是故事的生产者。一所推动创作的文学馆，能鼓励民众参与编写个人和共同的生命故事，从民间的角度书写地区文化生活体验。

文学作为生活

说文学就是生活，最明白不过。香港文学展现的就是香港生活体验。无论是私人还是共同生活体验的书写，文学馆都可以产生凝聚、延展和深化的作用。文学馆可以让原本属于私人层面的生活体验公共化，意思即是让众多的个人观点互相联结，呈现出更为全面的图景。文学馆所建构的公共性不会扼杀私密性，也不会妨碍个人化。它让生活的层次更为鲜明，更为多样。它让个人生活得到更多的关注，也让公共生活得到更积极的参与。它为文学作为生活提供更广阔的视野和更多角度的参考。

文学作为文学

文学的包容度和渗透性极高，可以跟很多其他事情拉上关系，但文学之为文学，有文学自身不可约化的特质和价值。文学可以而且必须以各种形态呈现为一所文学馆，但文学馆的最终意义是去庇护、培养和推展文学。我用了很多其他东西去说文学，却没有说文学本身是什么。这个问题之所以还要问，是因为我们的社会对文学的认知极度不足。文学绝对不是小众的事情。我们每天都在接触文学，只是我们并没有察觉。对于一个有文学但人们却不知道有文学的地方，我们需要一座文学馆，让文学变得可见，让文学行动起来，让文学变成我们的居所，让文学说出我们的故事，让文学进入我们的生活，让文学成为所有人的文学。

（原刊于《明报》"世纪版"，二〇〇九年六月十八日。）

空中楼阁，在地文学——想象香港文学馆

文学作品就像建筑物。它的材料是文字，它所建造的是我们的情感和思想的栖居处，也是我们共同的精神生活场所。但这座建筑物偏偏是看不见、触不到的。它是想象的建筑，名副其实的空中楼阁。文学是想象世界的实验场，想象世界就是无限的可能世界，是完全开放的、包容的、没有约束的。文学的空中楼阁不像城中的万丈高楼。地产项目建基于虚浮的市场价格，文学作品却是植根于实质的在地生活。文学的想象世界并不脱离现实，而是源于现实、响应现实的。在地文学展示出现实的两个面向：空间的和时间的。在空间上，表现出文学的本土性；在时间上，表现出文学的历史性。香港文学，就是香港生活的再创造；香港文学，就是香港历史的再书写。而这时空的创造和书写，需要的除了是经验的累积和整理，更需要的是想象力。

文学的想象力，是一个地方的精神自由度的标尺。文学的空中楼阁，应该是包容无量可能的场所。当空中楼阁落实为一座地上的建筑，

成为容纳所有这些空中楼阁的一所共同的文学馆，它必须贯彻文学的核心精神，也即是以想象力为建设原则。我们想象中的文学馆，应该是一座富有想象力的文学馆。想象力并不排除实事实干，这一点自不待言。一所完善的文学馆，自然必须对当地文学历史进行研究和整理，对文学文物和资料进行收集、保存和展示，也对文学作品进行编辑、翻译和推广。不过，文学馆如何让大众去接触文学、进入文学、体验文学，进而参与和实践文学，那却非要富有创意的方法不可了。空中楼阁让人神往，文学馆没有理由死气沉沉。让我们天马行空一番，抛出一些文学馆实践的想象。

城市乡土 · 街道长河

踏入位于台南的台湾文学馆，会看到以"牛"和"铁道"为主题的台湾文学展示。两者分别代表台湾文学的乡土性和现代化主题。香港文学一直被视为城市文学，似乎跟乡土无关。可是，上至五十年代舒巷城的短篇《鲤鱼门的雾》，下至西西七八十年代的《我城》和肥"土镇系列"，本土作者都以香港这个城市为家园，表现出双重的"城市乡土"感性。而香港市区繁华热闹的街道，换一个角度看又何尝不是一条奔流不息的大河，涌动着生活和历史的浪潮？无数本地作品都着力于街道生活的描绘，表现个人在其中的归属和迷失。所以我很自然地想到，以类似《清明上河图》的长卷式视觉安排，把不同的香港小说、诗歌和散文的街道书写汇流成河，以全景而又散点的方式展现香港这个城市的独特时空和纷杂面貌。

地狱景观 · 冷酷异境

跟"城市乡土"的温馨情怀和"街道长河"的生机勃勃相反，前辈作家昆南的"地狱景观"和新一代作者韩丽珠笔下的"冷酷异境",也是文学对香港这个城市的创造性理解。在文学馆入口设置一个出自昆南小说的"地的门",肯定比主题公园的鬼屋有更深沉的意义,而利用各种视觉幻景布置一个韩丽珠式的"城市迷宫",刺激之余也肯定能让我们深刻反省城市空间的种种荒诞和扭曲。香港文学中的城市意象丰富多样,设想奇诡,充满着强烈的视觉性和隐喻性,非常适合作装置展示。

对倒城市浪游

刘以鬯的短篇小说《对倒》中的经典双线对照模式,具有无限的延伸性和再创作的可能。两个互不相识的主角在半天内于旺角漫无目的地游逛,固然是街道风貌和城市日常生活的写照,适用于"街道长河"的展示,人物的背景、身份、性格和际遇对比,也让人深入反思香港人的不同生存状态。文学馆可以举办《对倒》的再创作活动,例如对照人物设计和游走路线图,并且以视觉和实物的方式呈现,甚至走出文学馆,来一次真实的市区"对倒游"。又或者,设计一个男女主角的相遇和错失的类似棋子的游戏装置,进行故事改编和重组,学习小说叙事的原理。

西西童话世界

西西小说以童心见称,富有童话色彩,但不离现实反思。西西笔下的"浮城"、"肥土镇"、"飞毡"等空间意象,都可以化为有趣的童话世界布置,甚至是玩具和游乐设施,既可供小朋友在游戏中学习,也可以让大人从中窥见种种历史社会的隐喻。西西喜爱自制模型屋,对中外建筑风格亦甚有研究。文学馆可通过砌模型屋的活动,认识西西这方面的作品,并探讨文学与建筑的关系。又或者,借鉴西西对图画的兴趣，进行图文对照的创作活动，或者图文剪贴簿制作比赛，让文学和视觉艺术互相启发。

剪纸与拼贴游戏

也斯写于七十年代的小说《剪纸》巧妙地并置了几种"剪纸"的形式——中国传统剪纸艺术、杂志社的拼凑式制作方法、暗恋者以剪贴情诗所作的表白。文学馆既可开设剪纸艺术班，又可举办拼贴文字创作活动，或者邀请参观者共同制作巨型拼贴艺术展板。根据拼贴的原理，可以衍生出很多创意活动，也可以启发参观者从不同的角度理解现代城市生活的特质。

草地文学营　文学马拉松

如果在文学馆外面辟一块大草地，可以扎营露宿，那就可以举办名副其实的文学营。试想想，一家可住的文学馆，感觉是多么的亲民，多么的温馨！年轻文学爱好者在草地营幕里过夜，一早起来便进入文学馆参加写作活动或研讨，以文学馆为家，会是非常独特的体验。文学馆做的事情不但发生在场馆里面，更可以从场馆向外延伸。除了现有的香港文学景点散步，也可举办文学行脚或者文学马拉松，以长途步行的方式探访本地文学地标，并且把过程变成创作，或者作即兴街头表演或朗诵。从文学馆出发，以文学馆为终点，可以历时几天甚至一星期，实行挑战耐力的文学和意志之旅！

跨群族文学交流

假如将来文学馆外面的空地变成了菲律宾佣工的假日聚集地，不但不应把她们赶走，反而可以邀请她们加入，朗诵和分享菲律宾诗歌和小说，又或者组成写作班，创作本地外籍佣工文学。文学馆可把握任何机会，以特定的群族为目标举办活动，鼓励妇女文学、工人文学、戒毒青年文学、精神病康复文学等等，让文学成为社会上所有大小群族的表达和沟通方式。这才是一所真正"在地"的文学馆的本色。

顺手拈来，随意联想，旨在提出文学是如何同时是"空中"和"在地"的。文学是建筑，文学馆也是建筑。两种建筑虽然有虚实之别，但当中的精神应是一致。同时具有想象力和本土性的香港文学馆，不但是属于香港人的文学馆，也将会是世界上独一无二的文学馆。

（原刊于《明报》"世纪版"，二〇〇九年七月二十六日。）

理想的香港文学馆——香港人的故事馆

新果：

最近你在报纸上面看见爸爸的照片，知道爸爸正在和一些文学界的朋友倡议在西九文化区建设一座香港文学馆。你问我什么是文学馆，是不是好像科学馆、艺术馆或者历史博物馆，是那种进去看展览的地方？但文学馆展览什么呢？难道是展览书本吗？买书可以去书店，借书可以去图书馆，看书更加是什么地方都可以，而爸爸平日也是在家里写作的，究竟文学馆有什么用处呢？

为什么文学要有一个场馆呢？不但小朋友会这样问，连大人也会这样问。文学看来的确好像是一件个人的事。作家写书，读者看书，似乎不一定要发生在一个特定的场所。不过，如果我们说的是一个地方的文学，由这个地方的许多作家和作品所组成的文学，和这个地方经历了很多年发展的文学，这样的文学就不再是一件个人的事，而是这个地方所有人共同的事了。一个地方的文学，它的诗、小说、散文、戏剧和其他文字艺术形式，结合起来就是一个地方的故事。香港文学，就是香港故事。香港故事，是不同年代、不同阶层的所有香港人的故事。一个香港文学馆，可以通过本地文学作家和作品的介绍，让大家重温、反思和构想大家都有份参与的香港故事。

我们想象中的香港文学馆，其中一面的确会像其他博物馆一样，有馆藏展览，展示香港文学历年来的文物，例如手稿、旧书刊，或各种有纪念价值的物品。一个文学馆会把这些物品作有意义的安排，以形象化的方式讲述这个地方的文学故事。一个文学馆除了收集和整理资料，还会对本地文学进行研究、出版和翻译，以及举办文学讲座和活动，推动阅读和写作。它不但是一个博物馆，更加是一个活动中心。香港文学活动一直由不同的机构举办，虽然取得一定的成果，但如果由一个文学馆来集中推行，不但理念会更清晰，组织会更完善，香港文学在大众眼中也会更加鲜明可见。

你可能还未知道，香港有什么文学作家和作品。我可以简单地告诉你，香港文学与中国现代文学同步发展，至今已有九十年历史，累积了非常丰厚的成绩。不过，要让你们这一代认识香港文学，我们需要更完善的文学教育。如果我们有一间文学馆，它将会是你走进香港文学的一个门口。到时候我们就不用再问：香港有文学吗？答案可以在文学馆里面找到。再者，一个理想的香港文学馆，不但是为了过去的文学成绩而存在，也是为了今天和未来的文学发展而存在。而文学这回事，除了指某些作者在写诗、写小说、写散文，也关乎整个社会对语言和文字的运用，以及通过语言和文字来思考和感受的能力。香港文学馆带动的不但是本土文学的推广，也是整体的语文能力和人文素质的提升。一个有文学修养的城市，必定是一个精神素质优良的城市。

文学馆不只是为文学家而设的，它是为所有人而设的。它把文学带给所有人，让所有人从文学中得益。像你这样的一个六七岁的小孩，你会在文学馆里面接触到充满想象力的故事和诗歌。文学馆是一个游戏室，它会教你享受文字的乐趣。当你长成一个十几岁的年轻人，你会在文学馆举办的写作班里面，学习用文字寻找自我、思考生活、体验情感。文学馆是一个运动场，让你把青春的躁动化为创造力。到你完成学业，成为出来工作的成年人，你会在文学馆的讲座和研究里面，找到认识世界、反思社会的提示，并且从中探索自己在世界里的角色和责任。文学馆是一张地图，帮助你认清自己的位置和方向。几十年后，当你变成一位退休长者，你会在文学馆的展览里面寻回自己的过去，回顾自己和他人共同的历史。文学馆是一部时光机，让你重温消逝的日子，学懂珍惜过去的体验。到时你甚至可能会当上文学馆的义工，帮忙把这个地方的故事承传下去！

一间香港文学馆，既为了香港文学的推广，也为了在香港推广文学，好让更多人能够认识文学，参与文学。我期望在不久的将来，会出现一间陪伴你和所有香港人成长的香港文学馆。

你的爸爸

二〇〇九年八月一日

（原为香港电台节目"香港家书"录音的文字稿，

二〇〇九年八月一日播出。）

236

跟死神开玩笑的萨拉马戈—— 一个小说家的善终方式

上周六打开报纸，不经意地在国际版左下角的一则小报道里读到，葡萄牙小说家、一九九八年诺贝尔文学奖得主萨拉马戈于昨天（二〇一〇年六月十八日）病逝，享年八十八岁。八十七岁算是长寿，据说萨拉马戈临终时状态安详，还能跟家人静静道别，获诺奖以后十多年又写出了很多重要新作，真可谓死而无憾。

我们对葡萄牙的认识，可能止于葡挞和C.朗拿度。对于葡萄牙文学，甚至可能是闻所未闻。这个位处欧洲边缘的贫穷小国，经历过大航海时代的光辉，也继承了欧洲传统文化的精华（当然也积累了这个传统的恶习）。进入二十世纪之后，虽然未能成为文化大国，但却孕育出深具世界意义而且对世界影响深远的作家。近一百年来最伟大的葡萄牙文学家，先是诗人费尔南多·佩索阿（1888～1935），然后就是小说家若泽·萨拉马戈（1922～2010）。佩索阿接受优裕的英式教育，是个早熟文艺少年，成年后过着卡夫卡式的日间文职与公余写作的双重人生；萨拉马戈出身农村，做过技术工人，度过了接近二十年的记者生涯，然后才成为专业作家。佩索阿生前不为人知，死后数十年才声名大噪；萨拉马戈五十多岁才以小说知名于世，但其后声誉日隆，终至成为首位获得诺贝尔文学奖的葡语作家。佩索阿英年早逝；萨拉马戈寿比南山。佩索阿以七十二个笔名（虚构作者）独力创造葡萄牙现代文坛；萨拉马戈以二十多部寓言式小说建构现代世界。佩索阿孤绝内向，凭想象力创造真实；萨拉马戈面向现实，批判社会，反抗体制。从佩索阿到萨拉马戈，葡萄牙文学完成了从现代文学的精神内省到当代文学的社会介入的进程。

人们也许会把萨拉马戈和拉丁美洲的魔幻写实主义作家相提并论。萨拉马戈的奇诡想象和现实关注的确有强烈的魔幻写实主义色彩，但他其实更接近欧洲的寓言传统。自从拉美文学的代表人物马尔克斯开始，"魔法师"成为了小说家的最高称誉。也有人会把萨拉马戈形容为文字魔法师，但我觉得他更像一个文字工匠，以娴熟的手法打磨和装嵌组件，把小说建造成让想象力和思考飞翔的装置。（他的《修道院记事》就是一个关于发明飞行器的故事。）萨拉马戈的想象力虽然惊人，但他是个彻头彻尾的唯物主义者（他也是个共产党员）。他的无神论观点和对教会的批判，让他在信仰天主教的葡萄牙备受批评。他最具争议性的小说是The Gospel According to Jesus Christ，一部把耶稣视为被迫扮演救世主角色的普通人的小说。

萨拉马戈的神奇可分两方面讲：想象之奇与形式之奇。先说前者。萨拉马戈的奇想简直可以说是疯狂：在大诗人佩索阿死后一年，他笔下的其中一位"作者"却从旅居多年的巴西回到里斯本（The Year of the Death of Ricardo Reis）；西班牙和葡萄牙所在的艾比利恩半岛从欧洲大陆断裂，向大西洋漂浮出海（The Stone Raft）；一位校对员在一本历史著作的文稿上偷偷加上一个"不"字，把中世纪里斯本被北非摩尔人占领的历史改写（The History of the Siege of Lisbon，《里斯本围城史》）；一种白色的失明症在城市蔓延，直至整个社会陷入崩溃的边缘（Blindness，《盲目》）；一名生死注册处的职员，在如迷宫的档案记录中寻找一个陌生女子的身世（All the Names）；在称为"中心"的现代商住综合大楼的地底，挖掘出柏拉图的著名山洞比喻的实物（The Cave）；历史教师在出租电影录像带里，发现一位样子跟自己一模一样的次要演员，令他忍不住要去找出这个分身（The Double）；国家议会的大选日，首都居民不约而同全体投下白票，政府为惩罚人民的反叛行为，决定撤出首都，让城内陷入无政府状态（Seeing）。

　　显而易见的是，萨拉马戈的狂想其实是思想实验。他在每一部小说里，都为人类的存在处境设定一个难题：假如西班牙和葡萄牙脱离欧洲会怎样？假如一个历史决定被改写会怎样？假如全世界的人都盲掉会怎样？假如全民在选举中一致投白票会怎样？假如你发现一个跟自己一模一样的人会怎样？萨拉马戈的小说几乎都是由对话和独白构成（包括作者介入的独白），当中有强烈的议论色彩。《盲目》一书的原题，其实是《论盲》，而它的姊妹作Seeing，其实是《论看》。寓言性构思加上讲论体，看来好像非常抽象，但萨拉马戈却有本事把一切变得非常具体。这一方面出于超强的代入能力，另一方面也由于巨细无遗的构想力。他能够把个人和集体都突然失明的状态极具说服力地呈现出来，让人惊讶之余也无可抗拒地被牵入其中。读者在当中既经历了一场震撼性的体验，又同时进行了一场激烈的思考大战。萨拉马戈非常有力地说明了，议论与小说、思考与艺术，可以并行不悖，甚至应该融为一体。

　　萨拉马戈小说的另一个神奇的地方，就是他用了传统的形式，创出独特而前所未见的文体。许多觉得萨拉马戈“难懂”的读者——结构复杂的长句子、绵延不断的长段落、对话没有开关引号为标志，甚至连人物也没有名称——大概不会认为萨拉马戈有何传统之处。萨拉马戈之“传统”，在于他在叙述时间上用上了直线叙述的方式，而在叙述角度上用上了全知观点。跟现当代小说的各种炫目结构技法相比，萨拉马戈一直坚持用最笨拙的平铺直叙手法，完全没有倒叙、插叙或跳接等时间安排。然而他就是有能耐在最简单的叙述进程中，单纯靠句子和字词的节奏，以及观察与思想的深度，来牵引着读者的关注。全知观点造就了夹叙夹议的条件，但作者的介入并未抹杀人物的独立性。自由出入于不同人物的意识和思维状态，造成了多种观点的并存和对话。相对于现代主义作家擅于描写主观时间的破碎与游移，以及主观空间的内向和局限，萨拉马戈呈现出时间的一致性和空间的整全性。前者见诸一种持续的现在进行式的腔调，后者则见诸多方位以至于全方位的观察视觉。这些表面上来自传统的元素，结合在一起却成为了最反传统的东西。在法国新小说退潮、拉美魔幻写实主义成为家常便饭之后，萨拉马戈返璞归真，回到欧洲小说的源头，也即是民间口头评说和哲学对话录的双重传统。而这种传统的再现，不只是讲故事技法的炫耀，或者煽惑听众的魔术，而是通过叙述进行的思考，或者以思考推进的叙述。两者都促进了我们求知、求真的欲望。所以萨拉马戈不是魔法师，而是说书人和哲人的结合体。萨拉马戈无疑是欧洲传统的继承者。

然而萨拉马戈不只是一个传统继承者，他更是一个传统挑战者。跟说书人追求娱乐性和哲学家追求形而上的精神性相反，萨拉马戈把政治重新带进小说。当然，以小说处理政治并不是新鲜事物，我们甚至可以说现代小说（无论是写实主义、浪漫主义，还是现代主义小说）的兴起，本身就是个政治性事件。可是，萨拉马戈却为政治与小说缔造了新的关系。作为一个共产主义支持者，萨拉马戈虽然有鲜明的政治立场，但他绝对不会容许小说成为意识形态的宣传工具。他的贡献不在于写出像《一九八四》那样的狭义政治批判，而在于把政治还原到最根本的状态，也即是人与人之间的共生基础。政治不只涉及权力、体制和斗争，它是众多的个体在一个共同世界内互相连系的方式。萨拉马戈孜孜不倦地在叩问的，就是何谓"人"，何谓"人之为人"的根本，以及"人与人"如何共处，也即是人类文明社会的基础。那不是狭义的什么主义可以概括的事情。从这根本性的观点看，我们才能理解萨拉马戈的政治抗争性，也即是以艺术、以小说站在人的立场，反抗非人的体制。萨拉马戈找到了政治涉入文学，或文学涉入政治，而又不毁坏文学和政治的方式。这当中需要的是智慧，而不是魔法。

萨拉马戈在华语世界并未受到应得的重视，小说中译本甚为有限。我读到的就只是《修道院记事》、《盲目》和《里斯本围城史》三本。我认识萨拉马戈主要是通过英译本。得知萨拉马戈逝世，我回家从书架上把他二〇〇五年的近作Death at Intervals拿下来。（在这之后他还出了三本新作，以老迈之年来说，创造力非常惊人。）这是我买了而一直未看的书。顾名思义，这是关于死亡的小说。萨拉马戈跟死神开了个大玩笑：一个新年元旦日，死亡突然离世人而去，自此再没有死亡这回事，人人得到永生。可是，世界会因此而变得更美好吗？生命会因此而变得更丰盛吗？七个月后，死亡又再次降临人间。也许是死神跟世人开了个大玩笑。

我相信，老作家在临终一刻一定已经了然于胸，就算死后没有天堂或地狱，死亡依然是赋予人生存意义的泉源。没有死就没有生。他一定是嘴角弯着顽皮的笑迎向死神的。那是一个伟大作家的善终方式。

（原刊于《明报》"世纪版"，二〇一〇年六月二十四日。）

从天工到开物——一座城市的建成

从《清明上河图》到Google Map

宋代画家张择端的《清明上河图》现在变成了不断地被祭出来的国宝。上海世博中国馆的巨型动画版《清明上河图》据说栩栩如生，震撼人心。这个意念不但极具创意，更准确地抓住了作品的特质并加以发挥。长卷《清明上河图》本身就是一种原始的动画形式。观画者一边卷动画卷一边观看，是活动的而不是固定的观画经验。西西早就论及《清明上河图》这方面的艺术特色，而论者何福仁更曾借用《清明上河图》采用的散点透视法，来阐释西西的长篇小说《我城》的结构。（这些都是八十年代的事情，香港作家在这方面的"超前"洞察力，令人惊讶。）《清明上河图》的特质不单在于它预设了移动的视觉，而在于它甚至超越了单纯的视觉经验，而让观画者有置身其中的错觉。换句话说，它把整座汴梁城（开封）作为一个可进入、可穿梭和可停留的空间重新制造出来。画和观画者的距离缩短甚至消失，画成为了一个虚拟但又真实的世界。利用现代科技把《清明上河图》制成动画版或者是3D版，其实只不过是把原本就存在于画中的特质加以显现和放大，苛刻点说就是画蛇添足了。原本由画家和观画者通过想象力完成的共同空间的建造，现在由科技来协助甚至包办，剩下来给观众的就只有对"效果"的"反应"，也即是"叹为观止"这种无言状态了。止于观，限于叹，就很难说到参与，甚至是寄居或生活其中了。这说明了，《清明上河图》是艺术，而《清明上河图》动画版不是。后者充其量也只是奇观。这样说没有褒贬之意，因为两者处于完全不同的层面。

最近我家小孩常常躲在房间里，问他在做什么，他会说：去逛凯旋门。或者：在东京铁塔附近转了一圈。他在Google Map上已经环游世界很多遍。Google Map附设的"街景服务"（Google Street View）和3D地图的功能，把地图的概念以及人和地球的关系完全改变了。任何一个上网者都可以把整个地球玩弄于股掌之中，因为名副其实地只是几下简单的手部动作，他就可以把地球上任何一个角落召唤到眼前。（当然这只是一种错觉，严格来说上述功能所包含的范围暂时只限于北美、欧洲和亚太区的某些国家。）3D地图的全方位呈现技术虽然令人赞叹，但视觉效果明显虚拟，令人觉得像网络游戏而不是现实的再现。再者立体建筑物主要为名胜和地标，四周包围着一大片平坦而面目模糊的街区，让大城市看起来怪异的荒芜。相反"街景服务"却在寻常的画面中创造出奇特的现场感和真实性。由于由实地拍摄的照片构成，而这些照片又接合成水平三百六十度和垂直二百九十度连续不断的画面，让人有亲身于其中移动观看的错觉。"街景服务"最震撼人的不是当中的著名地标，而是大量最为寻常的、毫无标志性的细节——一个行人、一个门口、一条灯柱、一个垃圾筒、一辆弃置的单车……换句话说，当中有一种极度真实的生活感，即随机性和实时性，但我们又同时知道这种真实是通过技术拼凑出来的。当然，现场街景功能所牵涉的时空扭曲和重构不是我现在可以深入探讨的问题。我们暂时可以简单地说，Google Map除了提供地理信息，也改造了人的时空观念和触觉。它创造了一种实时和零距离的亲身体验的幻觉。

《清明上河图》是艺术而Google Map不是，好像是个不辩自明的事实。然而，两者真的是无可比拟的吗？我们可不可以说，就目的或功能而言，《清明上河图》发挥了宋朝的Google Map街景功能，而两者的差别只是技术水平的问题？水平三百六十度和垂直二百九十度全方位街景，不就等于最彻底的散点透视法吗？当然，我们不会接受这样的结论。虽然同样可以用"体验"或"参与"或"互动"来形容，我们依然坚信看Google Map和看《清明上河图》的意义截然不同。这不单因为前者由科技制成并且随时可以大量复制，而后者由艺术家创作并且具有艺术品的独特性。这还因为，前者追求接近真实和复制真实已经到一个程度，真实以一种赤裸的、本然的、随机的，也因而是无意义的状态重现。相反，《清明上河图》所绘画的汴梁是否真实虽然不是没有重要性，但却不是它的意义之源。它的意义之源，是画家张择端如此这般地观看、想象和建构了汴梁。全方位Google Map是没有观点的。无限的观点导致观点的消失。《清明上河图》的散点透视法本身却是一个观点，一个艺术抉择；画家的一笔一画都是根据这观点和艺术抉择所作的行动。观点是意义之源。有观点才有意义，才足以建构世界。Google Map呈现的是地球，但并不是世界。在Google Map里面没有世界，浏览（或进入）Google Map这个行为也没有任何世界性，因为它只是一个隔绝的个人行为。相反，《清明上河图》虽然是一人独力的创作，但它却为不同时空的观画者建构了一个共同的意义空间，也即是一个共同世界。在这样的一个共同世界的基础上，才谈得上体验、参与和互动。

饥饿、断食与艺术

《断食少女K》剧本的意念来自卡夫卡的短篇小说《饥饿艺术家》。前进进戏剧工作坊建议把"饥饿"改为"断食"，考虑的是后者较贴近时事话题，观众较容易理解。事实上，"饥饿"和"断食"，意义并不完全相同。可以说，"断食"是前因，"饥饿"是后果。不过，更准确地说，"饥饿"指的是身体的状态，以及在这种状态下的反应和感受；"断食"则描述一种外在的行为。"断食"是表象，"饥饿"是本质。饥饿是什么的本质？根据卡夫卡的小说，饥饿是艺术的本质。没有饥饿，就没有艺术。

所谓饥饿艺术，不单指艺术家以断食为表演形式，而是指艺术家通过饥饿这一状态去挑战肉体和意志的极限这一内涵。当中并不一定包含肉体之苦，因为对饥饿艺术家来说，挨饿一点难度也没有，甚至是他与生俱来的本能。他所经受的痛苦和磨难，在于不被世人尊重和理解，而又同时在于自我怀疑和否定，所以是属于精神层面的。但是肉体层面和精神层面是互为表里的。肉体的饥饿和精神的贫乏，是艺术的先决条件。所以艺术家一不能有钱，二不能自我感觉良好。断食及由此而来的饥饿，严格来说是慢性自杀。而饥饿艺术的精髓在于不断把那饿而不死的边界往不可能的方向推移。也可以说，饥饿艺术是往死亡的方向寻找生存的最低限度的极端作为。艺术，是生死存亡的事情。只有抱有这样的信念的人，才能称为艺术家。矛盾的是，拒绝进食本身，就是拒绝生命、拒绝世界的姿态。所以饥饿艺术家不被世界尊重和理解只是一种自我应验。

我在上面说的是卡夫卡式的艺术家。对于这样的艺术家，我们能理解、能认同多少？我在剧本里写的少女K，已经远离饥饿艺术表演的全盛时期。在K处身的这个时代，也即是我们的时代，饥饿艺术家（也即是艺术家本身）成为了更难理解和认同的人物。在环境条件完全不对的情况下，K决定要成为一个饥饿艺术家，似乎是一件注定无法成功的事情。K的行动被扭曲成各种各样的东西，就只是没可能作为一种艺术存在，因为在我们的时代，"艺术"是一个被掏空内涵，被偷换意义，以至完全无法被正确理解的词语。我们知道什么是饥馑筹款、节食瘦身、厌食症、绝食抗争，或者断食修行，但我们不知道什么是饥饿艺术，不知道饥饿和艺术的关系，也因此不知道什么是艺术。就算我知道什么是艺术，我也没法告诉你，正如我没法告诉你什么是饥饿。像饥饿一样，那是绝对内在的感受，是无法和别人分享的，只能亲自体验的。卡夫卡的饥饿艺术家注定陷入孤绝，注定被世界离弃，因为他首先主动离弃了世界。饥饿就是无世界的状态。饥饿表演注定是没有观众的表演。

女主角K经历了饥饿艺术的种种挣扎，最后回到世界。也许她始终没法说出什么是艺术，但至少她尝试去说，尝试去跟他人重新建立关系。通过面向观众，她尝试让艺术成为一个世界性事件。卡夫卡的证言是没法推翻的，但当今艺术家的责任，并不在于为卡夫卡作证，而在于把那极端的内在的状态，展示于世人的眼前，让所有说不出的经验，都找到共同的舞台，成为可以彼此共享的事物。

（原刊于《断食少女K》舞台剧场刊，二〇一〇年七月。）

最后之后的新饥饿艺术家

如果我们把卡夫卡的饥饿艺术家视为艺术家本身的意象，所谓"最后的饥饿艺术家"，其实也就是"最后的艺术家"的意思，而"饥饿艺术"也是"艺术"的同义词。像K这样的年轻女性艺术家，代表的究竟是艺术的复兴，还是艺术最后的垂死一搏？也许这其实是个关于未来的故事，因为在K的时代，饥饿艺术已经"失传"，是属于她父亲那一代的事情。在某种意义下，K其实是在"最后之后"出现的艺术家了。

艺术消亡的课题，并不是新鲜事物，反而因为谈论太久而让人有点麻木了。有人可能认为艺术早就消亡，也有人可能并不知道艺术正在（或已经？）消亡，因此还活在艺术蓬勃发展的幻觉里。媒体和消费社会合力制造和维系这种幻觉，不断向大众提供疑似艺术的替代品，甚至把（曾经是）真正的艺术品变成容易消费和享用（然后用完即弃）的再造物。无论是文学还是剧场都面对着这样的命运。在一百年前，卡夫卡的《饥饿艺术家》已经预视了艺术的终结方式——在潮流风尚的转变和商业利益的操作下被误解、漠视，以至遗忘。

在今天还通过文学和剧场创作来思考这个课题，无疑就是在"最后之后"进行一项近乎不可能的任务——在无艺术和反艺术的世界里谈论艺术，或者是在无饥饿或充斥着假饥饿的世界里坚持饥饿艺术。"坚持艺术"已经变成了一个无效的悲情姿态，得到的只是一点点惊讶、同情，或者是嘲笑。而最让艺术家感到沮丧和愤怒的，是被当作自己不是的东西，就算是因此而受到赞美和吹捧。当然，在人人都对跨界别和混杂性津津乐道的今天，这样的一种纯艺术观好像已经是前现代的心态了。

今天所有的疑似艺术都以不避通俗和商业而自豪，卡夫卡的饥饿艺术家早已成为绝响。然而卡夫卡对于所谓的纯艺术这样的东西的不可能存在，早就有了先见之明。在"坚持艺术"的同时，艺术家不能逃脱的命运是自我怀疑。于是艺术之"纯"就有了推陈出新的可能性，而不会成为顽固的保守主义和自我防卫。这就是饥饿艺术的创造性所在。它是绝不妥协但又并不固步自封的。而在充斥着对艺术的扭曲、利用、冷漠或敌视的世界里，艺术迫不得已地站在拒绝和反抗的位置。

卡夫卡的饥饿艺术家行使了对世界的拒绝，但他并没有反抗。我们当然不能因此而怪责他或者作者，但在一百年后的今天，当艺术在世界中的状况被卡夫卡不幸言中，除了继续拒绝，我们愿不愿意相信还存在反抗的可能性？把在"最后之后"出现的饥饿艺术家K设想为年轻人和女性，也许暗示着这样的新的可能性。如此这般的新艺术家虽然位处世界的边缘，但他们并不是死守最后的堡垒的残兵，而是坚决而充满能量的反击者。他们并没有因为拒绝世界而跟世界脱离，相反，他们努力创建新的世界模式。这就是我对"最后之后的新饥饿艺术家"抱有的期望。

（原刊于《断食少女K》舞台剧场刊，二〇一〇年七月。）

答同代人

五、自序

模拟自己

通常一个结集总得靠一些自序或后记之类，去合理化集中篇章的选取。不过，这亦不失为一个让作者重新思考和审视自己作品的机会，就像在这本书中的三个中短篇，当我现在站在一个诠释者的角度，我才发现一些我在写这些小说的时候所没有知觉到的东西。于是，在现在的我和当时的我之间产生了距离，任何一个我和"我的"作品之间也产生了距离。我又明白到，我现在的"发现"，严格来说也不过是当下的我所作出的诠释，是我作为"自己的"读者的结果，当中并没有必然性和绝对性，是众多可能的诠释中的一个罢了。

我发现，自己一直在模拟。从一个比较显而易见的层面说，我偏爱第一人称的叙述者，而这必然牵涉到对某特定性别、身份、性情的叙述者/角色的声音的模拟。《安卓珍尼》中的女叙述者和学术片段的作者，《少年神农》中的神农和女孩蕾，《聪明世界》中的复聪女孩和复明男子，也是仿真的对象。（这里的我亦不妨被视为另一个叙述者，另一个角色，而这篇文字则为另一篇小说。）这原本没有什么值得稀奇，小说一向以来就少不了或多或少的模拟成分。但我想，这种模拟除了是追求写得"像"，"骗"得了读者，让读者相信真的是那个人物在说话之外，它对我应该有超越写实主义的意义。

模拟跟写实的确没有必然关系。当我在模拟少年神农，我究竟在模仿谁？我发现我并没有具体的仿真对象，我仿真的只是在文本的范畴内才存在、才得以成立的声音，而这声音是我虚构出来的。这就正如，"安卓珍尼"这种生物、这种存在，是我/叙述者虚构出来的。我正在作一种没有原本的模拟，而这种模拟因此亦必然是虚构。

换一个角度看，模拟就是距离的建立吧。当我在模拟一个虚构的角色，我的基本立场便是我绝对不等同那个角色，我和角色之间自然产生了距离，但我并非跟角色全无关系。一切意义的追逐和寻索，就产生于那段距离之中。这不单是一件技术上的事情。我用文字虚构她/他，但她/他却不完全受制于我；她/他不断地逃离我，喋喋不休地吐出她/他自己的絮语。后来，我就变成了读者，尝试理解她/他们；我变成了恋人，以充满焦灼、妄想、怀疑、渴望的心情解读和误读对方发出的信息。

然后我发现，与其说我是在写小说，或者是创作小说，不如说我是在模拟小说。小说发展到现今这样的地步，其基本形态差不多已经完全确立，其可能性好像已经消耗殆尽，连什么离经叛道的反小说实验也已经山穷水尽了。在小说形式方面，几乎不再可能出现真正的前卫。于是，当我执笔想写任何一篇小说的时候，某个特定的类型或某些特定的典范便会自然而然地投映在我的稿纸上。我唯一的选择，就是去模拟小说这种东西，掌握它既有的规条和反规条，把自己的小说写得像一篇小说，或者把自己不像小说的小说写得像一篇不像小说的小说。但这并不一定是一件坏事，因为模拟并不一定是被动和服从，而是一个制造新的距离、新的空间的方法。对我来说，模拟令我跟小说这种东西保持一种若即若离、既近又远的关系。我不知道这关系将会把我带到什么地方去，但我好像隐约看到了其他的可能性。

也许这是一种个人体验多于理论实践。谈到模拟，总容易令人想起某些比服饰更讲究时尚的理论思潮，但我却更愿意认为，虚拟情感的对象，是我个人成长经验中的重要构成。甚至当我间或奢侈地进行现代人常常无暇顾及的自省的时候，我会发现"自己"永远都在逃遁中；我只能不断地模拟自己。在这方面，我相信跟我最亲近的是我至爱的普鲁斯特。

没有原本的模拟必然是一个矛盾的说法，但写作本身不就是一个不断以子之矛攻子之盾的过程吗？我希望我的小说中会同时存在那无坚不摧的矛和无懈可击的盾，时常发出铿锵的撞击；而我，将不过是典故中那个卖矛和盾的贩子，在作出种种夸谈之后被诘问得哑口无言。

是为一个序言的模拟。

（《安卓珍尼：一个不存在的物种的进化史》原版序，

台北：联合文学，一九九六年二月。）

作家的起步点

《安卓珍尼》于一九九六年与《少年神农》和《聪明世界》合订成单行本，由联合文学出版。《安卓珍尼》不是我出版的第一本书，此前我在香港已经出过一本小小的校园小说，但它肯定是我成为一个真正作家的地步点。

一九九四年，我以中篇小说《安卓珍尼》和短篇小说《少年神农》参加"联合文学小说新人奖"，前者得到首奖而后者得到推荐奖。同年我以长篇小说《双身》参加"联合报文学奖长篇小说奖"，进入决审但没有得奖。次年我把《双身》大幅修改再次参加，获得"特别奖"。

在这之前两年，也即是一九九二年，我开始试写短篇小说，在香港《星岛日报》文学副刊"文艺气象"发表。"文艺气象"是香港近期文学发展中的一个重要园地，是当年以至现在也绝无仅有的一个每天全版文学创作版面。像当时我这样的一个全无经验的新人，能占据报章副刊的大半篇幅，连续三天连载一篇一万字的小说，而且差不多每月一篇，在今天看来简直是天方夜谭。我和一些同代作者就是这样开始我们的写作练习。可以想象，这样的副刊寿命不长。一年后"文艺气象"结束，是早已料到的事情。主编关梦南先生调职校园版，我唯有因应条件转变写了好些轻盈的校园小说，但心目中的文学创作，却因为发表空间的消失而遭到窒碍。在这样的情景下，参加比赛似乎是继续写作的唯一出路。

一九九四年初，我刚完成硕士论文，对前景还没有定案。我正在考虑是否继续念博士，将来从事学术研究。当时也试过找工作，但却没有被取录。"当作家"从来也不是一个可行的选项，但在前途未明的悬空状态下，却正好埋头把几个写作计划完成。我就是在这样的情况下，写了《安卓珍尼》和《少年神农》，又把之前已经写了草稿的《双身》修改和誊写一遍。是的，当年还是用手写的。单是抄都抄了一个多月。因为《安卓珍尼》和《少年神农》投到同一个文学比赛去，为免让评审知道是同一人所作，我特地请朋友给我抄写其中一篇。于是就出现评审过程中的种种有趣现象，以及揭晓时的惊讶效果。

同时参加联合报系的短、中、长篇比赛，不得不承认当时是有点野心或妄想的。最终妄想局部实现，但已经是个非常美满的结果了。这个结果很大程度把当时还犹豫不决的我，推上了作家的道路。我指的当然不是能以写作赚取生活的所谓专业作家，也不是在工作营生的百忙中抽空一写的业余作者。我的意思是把全部时间和生命投放于写作的作家。直至今天，我依然为实践这样的理想而努力。

二〇一〇年二月

（《安卓珍尼：一个不存在的物种的进化史》再版序，

台北：联合文学，二〇一〇年四月。）

答同代人

类之想象

那一天读袁珂的《山海经校译》，在《南山经》中有这样的一条："又东四百里，曰亶爰之山，多水，无草木，不可以上。有兽焉，其状如狸而有髦，其名曰类，自为牝牡，食者不妒。"后一句袁珂的翻译是这样的："有一种兽，形状像野猫，长有头发，它的名字叫类，身上具有雌雄两种性器官，可以自行交配，吃了它能够使人不妒嫉。"

"自为牝牡"，也可理解为一种雌雄同体的状况吧；而更耐人寻味的，是"食者不妒"。为什么"自为牝牡"便能够使"食者不妒"？当中的转折究竟有何暗示？这里面是不是意味着"妒"的来源正是雌雄异体、互相分隔的生物存在形态？

"类"这个名字也是十分有意思的。《周易·系辞上》有说："方以类聚，物以群分。"这里说的是事物的类别。《说文解字》对"类"字的解释是："种类，相似，唯犬为甚，从犬，頪声。"用一种现代的读法，"类"字同时包含了一组相反的涵义：一方面是"类似"之中的相像、近似、同属的意思，另一方面则是"类别"之中的分别、差距、区隔的意思。因为有"相类"则必有"分类"，有聚合则必有排斥，有向内的同一则必有向外的歧异。"分类"这个词本身就可以作为一个矛盾语理解，既"分"又"类"，"差异"与"同一"彼此互为表里，互相推移牵扯。

"类"的一体两面大概就是"妒"的发源。"同"形成了自我意志的强化，"异"却教此意志产生无可弥补的失落。因为"异"者永远在"同"的外面，时而迎头痛击，时而遁逸无踪。自我意志的自足永远是一个梦幻，其能量只能从崩决的裂缝向外迸射，朝那同体而异质的他者作出永恒的追逐。"妒"的严格意义，可能就是"分"和"类"永不止息的交互动作中的渴求和失落，而在这动作中，意志化身为欲望。这不单发生于"雌"和"雄"的类分之间，也发生于任何个体的自我和非我之间，而自我和非我间的一种物质界限，是身体。

"自为牝牡"、"食者不妒"的"类"自然只属"人类"的文化想象，但这种想象却向我道出了一个真相，这就是：妒的本质并不关乎所谓"第三者"的介入，而在于"自为"、"自足"的不可得，以至于对非我的不能自拔和永无餍足的欲求。

这使我无法不想起普鲁斯特的典范片段——妈妈的吻："我上楼去睡，唯一的安慰是等我上床之后妈妈会来吻我。可是她来说晚安的时间过于短促，很快就反身走了，所以当我听到她上楼来的脚步声，当我听到她的那身挂着几条草编装饰带的蓝色细麻布的裙子窸窸窣窣走过有两道门的走廊，朝我的房间走来的时候，我只感到阵阵的痛苦。这一刻预告着下一个时刻妈妈就会离开我，反身下楼；其结果弄得我竟然盼望我满心喜欢的那声晚安来得越晚越好，但愿妈妈即将上来而还没有上来的那段暂缓的时间越长越好。"（《追忆似水年华》第一卷，李恒基译，译林出版社，页一三至一四；联经版，页一四，此处略作改动。）

吻，身体与身体的实在而短促如梦幻的同一，却同时象征了"妒"的结构。"妒"就是"自己所爱的人在自己不在场或不能去的地方消受快乐"，或是自己怀疑如此。而对普鲁斯特来说，这种他我情绪纠结的别称，是爱情。

我不能不承认，说到底，爱情无可避免地是一件身体的事情，是不能"自为牝牡"的"妒"的转称。

是以我不能不渴望类和抗拒类，与我所梦的人，寻找那可望而不可即、可想而不可达的暨爱之山，并且永远延长中间的那段暂缓的时间，因为那里有爱情的动作，那里有妒。

《得奖感言》甲虫与女人

在卡夫卡《变形记》的开首，一个人在早上醒来，发现自己变作一只甲虫。怪异，但又是那么合情合理。我忽然想到，如果，一个男人有一天早上醒来，发现自己变作一个女人，那将会发生怎样的事情？这听来是那么不可思议，但在某种意义上来说，却不是没有这个可能性的。

这个可能性，至少可以发生在小说里面。对于小说中男女双身的主角，对于无可否认地作为男性作者的我，对于所有安于或不安于作为男性或女性的读者，小说无疑是一个自我开发和测试的过程。至于小说能对现实产生什么作用，却是一个一直令我感到困扰的问题。

也许小说本身就是一个问句，换另一个方式说，它作出的提问是这样的：男人，如果你明天早上注定要变成另一个身体，而你只有两个选择，你会情愿变作女人还是一只甲虫？

这是一个超现实的问题，也是一个最为现实的问题。

（《双身》原版序，台北：联经出版，一九九七年一月。）

幸灾乐祸——《双身》的性别变向

重读《双身》，感觉竟然像小说中的主角林山原，对自己的过去感到既陌生又熟悉。这不但是一个寻回记忆的过程，更加是一个重新认识自己的过程。有些地方让我感到难以置信，甚至是困窘，心想：自己居然曾经这样写！有些地方却又在意料之中，心想：对了，我就是这样写的了。但后者又随即让我感到惊讶，因为有些东西原来早就在那里，而且在以后的小说中反复重现。这样说来，《双身》于我便是历久常新的了。

《双身》的写作时间应该是在一九九三至九四年之间，最初的篇名叫做《女身》，跟川端康成的一部小说同名（这部小说也有译为《生为女人》），不过主题和手法其实颇为不同。一九九四年，我以《女身》参加联合报长篇小说奖，进入决审最后四名，但最后奖项从缺。同年我以《安卓珍尼》和《少年神农》获得联合文学小说新人奖中篇首奖和短篇推荐奖。《女身》落选后，作为长篇小说没有发表机会，心感可惜，于是参考了评审委员的意见，大幅重写，把结构打散重组，加入了新的人物、情节和叙述层次，变成了一个更复杂的多声部小说。又因为受了当年时报百万小说奖得主朱天文的《荒人手记》的影响，而在某些部分采用了绚丽委靡的文风，以为这样会更接近一种女性化的语调。次年也即是一九九五年，我把小说改名为《双身》再次参加联合报长篇小说奖，虽然再次进入决审，但似乎依然未能得到大部分评审委员的认可。当中连续两届当评审委员的陈映真先生，认出此篇作品乃再次参赛，而且也努力作了些改进，便提议颁给这位作者一个特别奖。我至今依然非常感激陈映真先生，对一个他未必完全认同的新人作出了慷慨的鼓励，给予了发人深省的评语。就这样，《双身》于一九九七年由联经出版了。

今天重读自己的第一个长篇小说试写，肯定看出当中的许多瑕疵，但也未曾对当中的诸种努力加以否定，甚至得出不少有趣的发现。教我感到惊讶的，是当中大量的身体特写，占去了不成比例的大幅画面，几乎到了露体狂的程度。用摄影的术语说，这不但是一种镜头上的close-up，更加是一种曝光上的blow-up了。但对于"身体"这个题材，当时实在有非如此不可的感觉。那事实上是一场文字与身体的战斗，也同时是写作的一个本质的难题——我们如何利用文字这种抽象符号，去刻画我们的意识所企图认知的物质世界？而当外部世界的物质性，就是我们自己的身体，也即是由我们赖以认知事物的感官所构成，文字和身体因此便必须而且能够合而为一，构成一体两面的关系吗？也即是说：感官能写吗？被写出来的感官还是感官吗？形诸文字的感官跟纯粹的感官有什么分别？有什么关系？艺术再现的物质性，是人类的写实意图的根本问题。当你立意去写一部关于身体的小说，你就必须跟这个问题搏斗。所以，不但就内容来说，就算是在文字的层面，也见出一场名副其实的"肉搏战"。所以，我得承认，看到结尾，是有点力倦筋疲的感觉的。结果变成了一场漫长的"消耗战"，似乎就谈不上什么快感了。

另一个相关的有趣发现，就是纵使身体感官几乎在每一页都扑面而来，当中却几乎没有性。我所指的是最狭义的性，男女性交的性。整部小说唯一的狭义的性，发生在开场之前，也即是还是男性的林山原和在飞机上偶遇的池源真知子的一夜情。这次看似寻常甚至庸俗的性，可以说是往后的一切"不幸"遭遇的"祸根"。第二天早上林山原变成女人，而在这之后她也没能以女性之身去进行先前那种狭义的性。往后许多场面都朝向这种性交的可能性，甚至整个情节发展的动力，其实也是建基于这样的一个期待/欲望——成为女人的林山原什么时候才"失守"？这里面似乎是把跟男人性交视为林山原（自愿或被迫）接受自己变成女人的事实的最后防线。我不知道这样的"物质"上的条件是否必要和具意义。林山原到了小说结束的时候还没有跟阿彻进行这狭义的性，但她却在情感上接受了爱上一个男人的事实。所以，拒绝以生物学上的男女性交的方式来做爱，与其说是因为林山原始终未能接受女性的身份，不如说是她不愿意接受一种狭义地、物质地界定性别关系的方式。到了最终就不再存在"失守"与否的问题。写作《双身》的最大困难是，小说一方面建基于这个"男变女"的推进动力，另一方面却必须不断障碍它、延缓它到达"完成"的一刻，甚至到了最后拒绝接受"完成"的可能。完全服从于这动力，小说就会变成一个彻底的通俗剧，但过于约束它的推进，小说又会因此失去能量。我不知道现在两者是不是处于最适当的平衡。

《双身》是一个充满异质的小说。隔了一段时间重读，参差的感觉更突出。当中有保持距离的嘲讽，但也有沉溺伤感的抒情；有通俗剧的情节，滑稽的场面，但也有批判性的立场，沉痛的反省；有感性的、文艺的腔调，但也有理性的、思辨性的语言。这些异质性一方面是多次改写重整的结果，也包含还未能完全驾御题材的成分，但看来也不无多声对话的意义。跟观点相对地比较单一的《安卓珍尼》或《少年神农》相比，《双身》让我首次发现了多声结构的好处。它当中有一种互相补偿和互相制衡的机制。任何一个单元中的过度或不足，都可以在另一个单元中得到响应和调整。这样的机制在长篇小说的规模中得到最为淋漓尽致的发挥。多声结构的运用在《双身》中也许还有许多未尽完善之处，但它却奠定了我以后写长篇小说的方式，也同时是我观照世界、建构世界的模式。

《双身》很容易被拿来跟吴尔芙的《奥兰多》比较。当年就有评审委员认为珠玉在前，此作未能超越。我当然同意《双身》没法跟《奥兰多》比，但这并不代表拙作没有推陈出新的尝试。我是写完《双身》之后才去读《奥兰多》的（后来也看了电影版），所以前者没有受到后者的影响，而我也可以较为独立地看到二者的分别。吴尔芙的奥兰多神奇无比，生命跨越数个世纪，中间突然由男变女，感觉却是十分的欢快和正面。虽然不可思议，但却顺理成章，甚至早有预期，毫无过渡的困难。《双身》中的变身却是震惊的、惶惑的、伤害性的、负面的。它以一场灾祸的姿态降临，把主角林山原的人生彻底砸碎。而为了以新身重建自己的人生，林山原经历无数的考验，受到无尽的折磨。而这场灾祸的根源，其实不是先前说的与真知子的一夜情，而是深扎于自己的成长经历里，甚至是在整个人类社会的既定条件中。当然，到了最后，林山原其实是"因祸得福"。变身让她/他得到非如此不能达到的自我认识和解放。不过，把身为女人的经历写成一场灾难、噩梦或惩罚，怎样说也有其偏颇之处，其视点归根究底也是从男性出发，近似于一篇男性的忏悔书。这就是《双身》跟《奥兰多》的根本性差异。

也许，《双身》更近似卡夫卡的《变形记》。那同样是一个噩梦的实现，和想象力的实验。对我来说，《变形记》是一切文学的基型——在想象中变成另外的东西，并尝试说服别人真有其事。文学创作就是把设想变成实践、把"如果"变成"事实"的一种行为。可是，跟卡夫卡不同的是，变成巨虫的格雷哥尔·萨姆莎悲哀地、无助地死去，变成女人的林山原却经历了一次重生。所以无论林山原是如何地祸不单行，她最后还是因祸得福，又或者，那所谓祸本身其实就是福。我不知道，读者会认为我是在丑化还是美化女性，但就林山原的经验来说，身为男性肯定是个灾难。灾难在于，男性同时是施害者和受害者，而又对二者完全没有自觉意识。这很可能会引起某些男性读者的不满。有人曾经质疑我为什么没有好好写男性，和男性间的情谊。也即是说，我的小说缺乏阳性特质。我倒认为我的小说，就某方面来说，已经过于男性化。你也可以说，我笔下的女性都是男性化的女性——她们总是在思考和战斗。我不认为我自身的男性因素没有发挥作用。分别只是，我身为男性的灾难意识特别强烈，而能够把自身从灾难中拯救出来的，大概只有想象的性别跨越一途。

面对《双身》这样的一本写于十五六年前的旧作，也同时是自己很不成熟的少作，感觉是复杂的。我到今天还能欣赏当中一些果敢、坦诚、细致的地方，但也对当中的鲁莽、外露和琐碎感到不满。不过，只要把它的不完美，视作一次思想的准备，一场想象力的演练，一个不断延续和演变的写作人生的起点，我认为，这样的一本小说，还是可以一读的。

二〇一〇年三月十八日

（《双身》再版序，台北：联经出版，二〇一〇年六月。）

作为小说家，我……

我厌恶自我中心，但我不得不从这个"我"说起。我知道有人会对这样不停地"我"、"我"、"我"加以指责，说这是肚脐眼文学，连我也会这样指责自己。事实上，我早已这样做了。不过，问题不在有没有把这个"我"说出来。一个"我"也不说的，不见得就等于放眼世界。况且肚脐是生命纽带的交接点，标志着我们曾经跟母体相连，和我们必须离开母体独立生存的一刻的创伤。凝视和思考肚脐，有助追本溯源，认清自我为何物。认清自我，是我们跟世界建立关系的根基。肚脐其实是个世界意象，是跟神话一样久远的事情。

说到"小说家"，我却一直有一种陌生感。虽然写了十几年小说，我至今还常常怀疑，自己是不是一个小说家。我不是问，自己是不是个好小说家，或者是不是个合格的小说家。关于这两个问题，我肯定有人要提出负面的答案，比如说：他根本不懂说故事，或者，他写的根本不是中文（或汉语）。我不打算为此反驳和辩护，我甚至觉得他们可能是对的，但这些对我来说一点重要性也没有。我想说的是，我一直在跟"小说家"这个身份搏斗，有时想去适应它，有时想去逃离它，有时想去顺从它，有时想去拒绝它。我至今未能安然跟这个身份共处。自我身份的剥离并不是一个信心问题。它显现的是当今作为一个小说家的时代处境。不过，也许别的同代小说家对此没有同感。这于是又回到我个人的问题。

基于上述的问题，我把"我是一个小说家"的说法搁置，代之以"作为小说家，我……"这样的表述形式。前者是个等同说法，把"我"和"小说家"以"是"来画上等号，表示二者的融合无间。后者是个区别说法，含义表面看来差不多，但其实把"小说家"的身份前置，而跟"我"保持既相连但又分开的关系。而这个"作为"，等于英语里的"as"，根据字典的解释是"处于某种状态、性质、情况、工作之中"，我将之引申为"趋近"或"扮演"或"充当"的意思。这跟"是"或"be"的完全同一有更微妙的暗示。当然，这样的用法又肯定会惹来"写的不是中文"之责了。

我摘取这个选集的篇章的原则，就是环绕着"作为小说家，我……"这个提示方式，去陈述下列的这些主题：作为小说家，我怎样看笔下的人物？作为小说家，我怎样看作者的角色？作为小说家，我怎样看作者和人物的关系？作为小说家，我怎样看真实和虚构的关系？作为小说家，我怎样想象？作为小说家，我又怎样生存？最终归结为，在"小说家"和"我"之间，究竟在发生什么事？而这样的事，跟小说本身，跟文学本身，跟这个世界，又有什么关系？这些也是我最近几年在持续思考的问题，所以顺理成章成为这个选集的主轴。当然，我关心的其他许多事情就没法同时在这里展示出来了。

选集内容分三个部分："栩栩如真"、"独裁者访谈"、"致同代人"。

第一部"栩栩如真"是从长篇小说《天工开物·栩栩如真》里节录出来的，原属书中"人物世界"的章节。《天工开物·栩栩如真》是我的"自然史三部曲"中的第一部，由两个层面构成，我称之为"二声部小说"。第一声部是环绕着十三个对象的十二个章节，通过对象的更替变迁来勾画一段虚构的家族历史和个人成长史，也借此映照出V城的近代社会史。这些对象包括：收音机、电报、电话、车床、衣车、电视机、汽车、游戏机、表、打字机、相机、卡式录音机和书。第二声部写的是一个称为"人物世界"的想象世界的故事。在这里"人物"既指小说里的人物，也指这些人物由"人体和对象组合而成"的特殊形态。"人物世界"有它特殊的法则，当中每一个"人物"都被自身的对象的特征所界定和束缚。栩栩是"人物世界"的女主角，故事环绕着她如何发现自己身上的"对象性"展开。后来她又通过另一个人物小冬，走上寻找自己的作者或创造者的旅程。这严格来说不是一个科幻故事，而是关于人物和作者相遇、虚构与真实交织的故事。

第二部分"独裁者访谈"节录自另一部长篇小说《时间繁史·哑瓷之光》，是"自然史三部曲"中的第二部。《时间繁史·哑瓷之光》分为三个"声部"，分别是"哑瓷之光"、"恩恩与婴儿宇宙"和"维真尼亚的心跳"。"独裁者访谈"是"哑瓷之光"的嵌入部分，现在分拆出来，勉强可以独立成篇。访谈主角是笔名为"独裁者"的退隐小说家，负责采访和整理的是叫做维真尼亚的年轻混血女孩，后来又加入另一位叫做正的大学女研究生。在访谈中独裁者追述了自己在V城的文学生涯，以及他跟妻子哑瓷的相识、恋爱和婚姻。以独裁者为"病例"，访谈探讨了V城的文学状况，和一个小说家的存在困境。至于原本的声部"哑瓷之光"则通过哑瓷的眼光，叙述了访谈进行期间几个月的事情，包括独裁者的身体和心理状况的变化，大学青年重组"文学小宇宙"以及借此介入旧区重建抗争运动的失败，还有哑瓷对自己的人生和婚姻的回顾和重整。"哑瓷之光"的章节借用了现代理论物理学的诸种学说为题，把科学概念化为人际情事的隐喻。

第三部分"致同代人"是同名的专栏文章的结集。前面的十三篇以"独裁者"的名义向同辈作家"同代人"作出批评和质问，后面的篇章则改由"同代人"的角度出发，向其他同代和后代作者作出对话的呼唤。这是以书信体和对话的形式写出的一系列探讨作者角色和文学状况的短文。我尝试以说话身份和说话对象的转换，来对当中的核心主题作出立体和多面的刻画。这样的写法难免于自我分裂和自相矛盾，但这却正是我想呈现的状态。究竟当中有多少和哪些是属于"我自己"的，我也很难说清楚了。不过，这正好见证着"作为小说家，我……"的这种若即若离状态吧。而这些文章中，出现"作为"句式的次数，几乎到了令人难堪的程度。

谈论在当代香港从事文学写作的困境，总是会引起种种误解。善心的读者可能会发出"在香港搞文学真惨啊！"的叹喟，更善心的还会来一套"凡事只要自己开心就可以啦！"的心灵鸡汤式开解。当然也肯定有人会感到"又来了！又来了！又来发牢骚了！"的不耐烦，或者直接发出"自寻烦恼"、"自作自受"之讥。在装作什么都很好的安然静默，和明知什么都不对的怨气冲天之间，有没有对状况更真确和平实的认识的可能？我自己其实也是在两种态度之间摇摆不定吧。

如此这般，我跟"独裁者"一样也是一个"病例"。而如果这个"病例"能显映出一点关于时代的什么深层和普遍问题，那至少也不至于白病一场了。在这样的意义下，所有作家都是疑病症患者，而写作，既是病发也是唯一的治疗方案。这就是想象力的一体两面。

　　（《致同代人》序，香港：明报月刊出版，二〇〇九年六月。）

（代后记）我们能不能为未来忏悔？

关于第三卷的可能与未知

骀荡志：目前会在写第三卷吗，依旧推掉了所有的事务和应酬？第三卷按照前两部的发展模式，应该是四声部的交叉叙述吧？而从体量上看，猜想会是前两卷之和？

董启章：其实第三卷并未开始，还在酝酿中。也因为最近工作较忙，在不同的院校教书，不在写作状态。明年初将会停止工作，希望能开始写。但构思很繁复，还有好些准备功夫要做，恐怕也不能急。也很难预计要写多久才能完成。少则两三年，长则不知。有时会觉得，这书是永远写不完的，因为每有新的意念，就想加进去，似乎是想把往后想写的一切，都包含在同一本书里面。而这本书，又同时把我从前写的一切，也包含在里面。结果，也意味着自己其实由始至终都是在写一部书，同一部书。而这样的等同于生命的书，是没有写完的可能的。我对一本书的完成，开始有不同的看法。完成是作品，未完成的是生命。希望作品等同生命，融入生命，甚至大于生命，是不是意味着作品也必须具备生命的未完成的开放性？我想到的是普鲁斯特、卡夫卡、班雅明、Fernando Pessoa。第三卷是不是四声部？长度是不是前两卷之和？这些也很难说。总之肯定是有过之而无不及。也许我慢慢会想到其他分拆和组合的形式。

骀荡志：从《安卓珍尼》开始，你似乎就十分注重写作中的"出离

266

性"站位,这种出离的位置十分优越地配合了你"思辨加感性"的书写风貌,张娟芬说的"认真",大概就是这个吧。在新的第三卷里,你还会这样周旋在多样的叙述迷宫中?你第三卷想告诉读者的是什么?(尽管读者真正获得的与书写者想传达的,往往背道而驰。)

董启章:我不太了解"出离性"的意思。如果说是"思辨加感性",这个可以理解。这大概是艾略特形容十七世纪英国诗人约翰·邓恩(John Donne)所说的激情思辨(passionate thinking),一种智性和感性的融合。最近读到海德格关于诗意地思考的说法,说到诗其实就是最高层次的思考。这很值得探究。至于叙述的多样性,是必然的了。除了声音的复性,也希望纳入多种文体。不过说到"迷宫",我倒并不想刻意去制造迷乱的效果。也许这只是我们在日常生活中选择不去注视或察觉的生存的复杂性。至于(真正?)想告诉读者的是什么!我没有什么想告诉读者。我只是想创造一个世界。读者可以选择往里面漫游,冒险,甚至居住其中。也许读者会让这个世界闯进自己的世界,撞击自己的世界,占领自己的世界,改变自己的世界……端看他自己的取向,或者无意识的阅读习惯。我所做的只是制造了一个/一些可能性。

骆以军:"创造一个世界"的冲动(野心?),永远是一个作家最大的能动性体现!但是这个创作过程十分艰辛漫长,好比给诺亚方舟衔来橄榄枝的白鸽,或《乔布记》里"最后逃命出来报信的人",它(或他)必然肩负另一个世界的消息和责任。套用米兰·昆德拉形容卡夫卡的话,拆生命的房子,建小说的屋子。你毋宁说是"拆这个世界的屋子,造新世界的房子"。现在回头去看《天工开物·栩栩如真》所勾画的世界,正直人扭曲人相互搀扶走过V城的电机时代,文字工场里没

答 同 代 人

有过去未来、无幼稚不年老的世界，三代人倒影于器物的折光中，缓慢成长衰老，确实够优美也够新趣地达成了"创造一个世界"的任务，我很好奇这个拆装、搬运的过程，你如何来调度安排？而这个"新的世界"，与你书写前预想的是否存在差距？

董启章：在《天工开物·栩栩如真》里面，小说世界主要是环绕着对象开展的。叙述的事件按对象出现的先后排列，比如说电报和收音机跟阿爷董富的人生最为密切，所以先行，车床主要是爸爸董铣的世界的事物，所以次之，然后电视等等则和"我"成长相连。但所谓出现的先后，其实并非依从对象在历史中的发明和使用的次序，而是取决于家族故事和自我成长故事中的关键性时刻。所以以不同对象为核心的不同时间性是重叠的，或者是来回移动的。总之，每一个章节都是从一个对象辐射出来的图景。本来是人制造对象，先人后物，现在仿佛是从对象中产生人，衍生它的使用者，或者还原为它的制造者。对象在当中不单是objects，或者things，而且是works，是有人的印迹的，是存在于时间中的，是有一个"生命"进程的，有创造性的。与自然界相反，人为世界就是这样通过物打造出来的，现在我用文字把这再造一次。而文字，书写，也就是一种work。从一种work到另一种work，中间的连系是这样的。再者就是所谓声部的结构。在上面说的历史性叙事线外，再配对一条想象性叙事线，构成类似双螺旋的模式。这第二个声部，是用一个"二度虚拟"（原本的对象－家族故事其实已经是小说，是虚拟）的对应链，把人与物的关系用另一种更具想象色彩的方式呈现。又因为后者（称为"想象世界"）是前者（称为"真实世界"）内部衍生出来的，当中的"人物"栩栩是"真实世界"中的"作者－我"创造出来的，所以两个声部又构成了由一生二、由一套二的关系。我的想象模式，基本上是以"对位"和"互生"的方式表现出来的。由于真实世界是由人类的works构成的，人类不单使用这些works，也寄居于这些works之中，所以所谓"拆装"和"搬运"，就是尝试把真实世界的works分拆成在文字工场里可用的零件，再在虚构世界里组装成可以打造意义的imaginary-works或者imaginary-tools。而真实生活体验的碎片，也就成为了这些"想象工具"编织、组合和琢磨的材料。又或者，其实"材料"之说并不妥当，就如"搬运"，仿佛是有某些实在的物质可以原封不动地由真实世界移到想象世界里。事实是，人的生活已经深深地嵌进他的works里去，而通过思考和情感转换为imaginary-works之时，那原本深嵌的生活就会以特定的想象形态溢出和浮现，就算出来的也只是断片。生活的整体已经不再复见，不能重现，但imaginary-works却能以其内部逻辑，把断片联系起来，造成一个想象的整体。所以生活的"房子"/整体，和小说的"房子"/整体之间，看起来好像一个直接的"搬运"的过程，实际上却是一场曲折的"偷渡"。也许我其实并没有打算去拆世界的房子，而是建设许多跟这个世界并行存在的想象房子。想象房子和真实房子有时互相重叠，有时甚至碰撞，就难免出现部分的崩裂或倒塌。结果也许也有"拆"的效果，又或者是一种"互拆"。至于哪一个世界更坚固，我真的不知道。至于跟预想有没有差距，这个我想不起来了，已经忘记了当初想象的模样。因为预想慢慢演变，融进渐渐成形的work里，已经分不出哪里产生了变化，哪里和原初一样。至少，我没有感觉到这差距，或者不觉得差距是个问题。

关于小说家的孤独与忏悔

骆荡志：在我看来《天工开物·栩栩如真》是一本有关过去种种的忏悼书，因为不管是具有怎样天赋秉性的"人"，还是这个指头是唇膏那个是方向盘的"人物",其实他们都很寂寞,寂寞感觉回头去读《体育时期》才发觉,这股细流并没有断,只是因它挣脱了上下学期的规定性,以更悠长的眼光来观察,所以原本突出的那些孤独感,被掩覆在细节的拼图中。是这样吗?

董启章:孤独感这一点,我很少想到。你提到我才意识到它。想来当然是强烈的。从阿爷董富,到爸爸董铣,到"我",都传承着一个"独我"的性格。一个人以物为伴,或者自己创造一个人物出来作伴,都是孤独感的显像。但"独我"时刻渴求着真实的关系,连董富也有他内敛的热情。在《体育时期》呈现的、渴望突破个体囚禁的跟他人的共同感,小说中的两个女孩至少在片刻中获得了。这种他我共感到了《天工开物·栩栩如真》反而看不见,现在回想,可能是一个大规模的向内退缩。连栩栩和"我"之间,也没有找到这种共同感。一个是作者,一个是人物,他们本质上没法站在同一块地上。就算说作者按照自己内心的某些东西来创造人物,这也不是共同感,更何况一路发展下去,栩栩有独立于作者的"自主性",又或者其实是由于他们之间的"异质性",到结尾他们必须分别,各走各路,那种悲哀是很特殊的,不是属于普通的离别的。作者希求人物来陪伴自己,是至为虚妄的,却又是不能自已的。

骆以军:很吊诡地,《天工开物·栩栩如真》是侧重处理回忆的过去史,而《时间繁史·哑瓷之光》,依循独裁者的看法,是一部未来史。这里似乎涉及了关于历史的一个根本命题概念,到底历史的范畴是什么?历史是由"过去"直接接驳到"未来"吗?还是历史永远处理的是"过去","现在"(其实每一个当下都是眨眼间事,就如同博格森所说我们真正能抓住的是已经走过去一点点的东西)是一场虚妄,"未来"呢?它没有像"过去"那样始终有一个"现在"蹲在那里等它来对接，也不会像"现在"那样窄迫不留豁余，"未来"是好大的一块待垦地，这是你书写《时间繁史・哑瓷之光》的一个考虑因素吗？

董启章：首先回到先前说的"忏悔"的问题，其实《时间繁史・哑瓷之光》是更强烈的一本"忏悔之书"。它回望过去的成分并不比展视将来的少。而且，从"未来史"的角度来说，一切其实已经成为过去。我们能不能为未来忏悔呢？这是个有趣的问题。本来，忏悔是针对过去的，而预言才是面向未来的；前者属于罪人，后者属于先知。在"未来史"这个概念里，忏悔和预言、罪人和先知得以结合。问题是这概念能否成立。历史本来必然是处理"过去"的。"未来"永远逃遁于历史的光照或阴影之外。可是，我一直被"光年"的现象迷惑。晚上我们仰望星空，看到一颗遥远的恒星的一点光。这点光经历了千万光年来到我们的眼中。我们所看到的，其实是千万光年前的时间，是过去。但从那颗星的角度，这点光来到我们眼中的这一刻，是属于未来的。在够远的距离下，两点之间同步的"现在"不再存在。"现在"永远只能同时以"过去"和"未来"呈现。所以，"未来"既是一片无边之地，但也是"过去"的光点的投映。"未来史"于是可能是把预言当作已犯的罪孽来忏悔的一种模式，又或者是把忏悔当作未实现的预言来宣告的一种设计。在《时间繁史・哑瓷之光》里面，"过去"和"未来"并不是以一个（纵使是变动不居的）"现在"分隔开来的，两者是互为表里的。只有这样，"未来史"一词才说得过去。

关于小说家的罪与罚

骀荡志：这大概也就如《时间繁史・哑瓷之光》中写的那样："过去与未来，甚至现在与未来之间都有一种共时性。"所以书写成为可能，所以忏悔成为可能。而你订正了我关于《天工开物·栩栩如真》乃忏悼书的看法，或者是反过来让我确定了《时》是《天》的"加强版"，而这中间，或者是更早的那些作品也拢过来并排看，有一对概念不能不提出来——罪与罚，它会经常跳出来支配你吗，它是你梳理情感纠葛、人物关系的重要线索吗？

董启章：回想起来，罪与罚的概念是后来才出现的。大概是二〇〇一年左右，在写《体育时期》的时候。在之前的小说里，无论是短篇如《永盛街兴衰史》，中篇《安卓珍尼》，或者是长篇《双身》，写的都是自我的寻索和欲望的投映。至于比较概念式的《V城繁胜录》和《地图集》等就更没有罪与罚的意识。后来却的确是有的，而且相当强烈。这跟陀思妥也夫斯基的罪与罚不同。陀氏的人物是通过犯罪行为去测试人堕落的极限，从而反向寻求人接近神圣的可能。他的犯罪者往往是思考型的，是道德和规条的挑战者，犯罪是一场跟神斗智的过程。这种斗智几近精神病态，把人推到精神崩溃的边缘，但也标志着一种崇高。至于卡夫卡的罪与罚，则像原罪和永罚，是与生俱来的，无可逃遁的。面对着罪与罚，卡夫卡没有反抗或者斗争，反而把两者内化成罪疚感。卡夫卡的人物的罪与罚并不是由外部的行为判决的。他们几乎什么也没有做，而反抗也是徒劳的。他是因为自己内在的罪疚感而被判有罪，也因此而自愿受罚。可以说，罪疚感跟罪与罚是倒果为因的，是注定的，自我应验的。我多少受了两者的影响。《卡拉马佐夫兄弟》里"所有人都要对所有人负责"、"没有事情是跟其他事情无关的"这些概念无比深刻。而我从小就有非常强烈的罪疚感，常常觉得自己犯了错，觉得自己做得不够好。是罪疚感，而非自信心不足。我算是个相当自信的人。罪疚感也跟自卑感完全两回事。这也许跟我的宗教背景有关。我小时候就领洗，在天主教学校接受教育，曾经是个非常虔诚的教徒。有一个时期，大概是中二、三吧，我几乎每天去教堂告解，因为我充满罪疚感，但我其实并没有犯过什么大错。事实上我是个模范乖男孩。我也不像卡夫卡那样跟父亲关系紧张。《天工开物·栩栩如真》中描绘的家庭生活大概出自真实，当中并无压力和冲突。我想，我的罪疚感最初是源于孤独，和难以处理自己和世界的关系。所以，到了《体育时期》，因为要写人的关系，写那克服个体囚禁和达至共同感的可能，就出现了罪与罚的主题。小说中的两个女孩是在共同分担了罪疚感的时候，才能感到无障碍的亲密。分享荣耀是容易的，分享罪疚却需要勇气。罪疚是连自己也不容易承认的，是最好隐藏在内心深处的黑暗东西，是让人与人割裂开来的东西。当大家都有罪，大家就有那一层不能说的秘密。问题并不是向一个更高的权威认罪和求取赦免，而是向互相犯罪的彼此披露和求取谅解。这就是在"耻辱"中达到"隐晦的共同感"的意思。然后，在《天工开物·栩栩如真》以后开始思考到自我与他人的关系。罪疚感于是就是那种先天的对他人的亏欠，是一笔有待偿还的债。这变成了一种没有犯罪的因也不会有受罚的果的罪疚感。这跟卡夫卡是逆向的吧。但作为一种纯粹的、本体存在的罪疚感，这似乎又跟卡夫卡有共通之处，也连上了陀思妥也夫斯基的"所有人都要对所有人负责"的观念。在《天工开物·栩栩如真》里面，这也许还未十分明显，似乎还是在自我的孤独感中浮沉，而以自我的缺失作为时代衰落的标记。那是一种繁荣的衰落，一种膨胀的崩坏，一种丰足的贫乏。那就是自己成长的年代的香港的一体两面。当中是有某种罪疚结构的，只是大家都不承认，甚至不知觉到。一个知觉者的自嘲也因此可能变得疲弱和难解。这也许就是《天工开物·栩栩如真》孤独气味之浓的缘故。这个自我与他人的关系无处着落，竟到了一个需要在自己的想象中创造出一个他人（人物栩栅）来陪伴自己的程度。到了《时间繁史·哑瓷之光》，罪疚感的主题就非常明显了。在独裁者身上，这显映为一个作者的原罪。写作已经不能成为一种对自己的救赎，甚至也不能成为对他人的帮助。自我的想象享受建基于他人的现实操劳，自我意义的经营建基于他人无意义的营役。写作的自我无用于世道，却超额支取着自我实现的资源，并且把维系世界运行的俗务留给他人。自我的真以他人的假为代价。作者在物质上也许有所匮乏，但他在精神上的优越却让他自以为是。这一点的觉醒，就是罪疚感的源头。作者于是意识到，写作同时是对世界的亏欠和偿还。如果你喜欢的话，可以说罪就是亏欠，而罚就是偿还。《时间繁史·哑瓷之光》之中的人物，也都是在这亏欠和偿还，也即是罪与罚的循环中挣扎，去定义自我和他人的关系。

骀荡志：罪与罚的循环挣扎，让我也深深体会到加拿大作家梅维丝·迦兰（Mavis Gallant）在Selected Stories序言里的那分慨叹："我仍然不知道，究竟是什么力量驱使一个心智健全的人放着安稳的日子不过，非要穷尽一生描述不存在的人物。"谢谢你，让我多少开始真正理解这个力量背后的驱动源头在哪里，同时也很无奈甚至很伤痛地听到你说出这样的话："写作已经不能成为一种对自己的救赎，甚至也不能成为对他人的帮助……写作的自我无用于世道。"我曾尝试将你各篇中互通的人物（甚或是场景），列出一张窗体来，发现很可怕也很着迷，因为这些人物是如此频繁交替浮出文字浅表，也同样如此深刻地拓印着书写者的经验痕迹。这些人物，如独裁者、黑骑士、小冬……可以直接投射主人的情感；如不是苹果、贝贝，虽是他/她，却依然是明月照我心；甚至如栩栩、恩恩、如真、维真尼亚的种种，都无一不是你经验的置换体，这些人物背后到底支取着你多少的资源代价，三部曲宏伟天平的另一端，难道就是初安民所说的一幅"极孱弱的老男孩的梦境"?

董启章：你不必过于沮丧，那无奈而伤痛之言说的是小说中的独裁者。不能说独裁者就等于我，纵使我和他之间有千丝万缕的关系。又或者可以说，他是众多的我的其中一个，而其他的无数个我也在构筑着互通而又相冲的世界观。对于独裁者这个人物，我是刻意特别严苛的，把他推到不能回头的绝境。我试图把作家自我这个问题一次性处理掉。所以到了最后他难逃一死。这可以理解为使用替身的自我了断。这之后，我感到了某种释放。当然不是说所有困惑都完全清除，但心情已经落入更安稳的状态。至于创作这整个世界的资源代价，当然就是自己的整个人生。这于任何一个真正的作家应该都是一样的吧。就如粒子的裂变和碰撞的连锁效应会令能量膨胀暴增，一个人短短的有限的生命，也可以产生巨大纷繁的可能性。资源能否取之不尽，用之不竭，要看一个作家的精神能量的强弱。初安民先生是来自那对文学拥有单纯的自信的年代的前辈，所以他大概对独裁者极端的自我怀疑和鞭挞深为反感，视之为孱弱的表现。对我们这一代而言，或者只是就我自己来说，自信依然是有的，要不早就放弃了，但却必须是一种经验深度的自我怀疑的自信。在我们这个时代，文学已经不再是那样理所当然的东西。世界的价值一直猛烈冲击文学的价值。在商品化、媒体化和全球化的当今，文学陷入了前所未见的危机。从前能自信为之的事情，现在必须先警觉到破败的可能。从前轻易就自觉到的强大和完整，今天却必须通过破碎与崩裂去寻求。也许，更大的勇气，不是宣称世人皆醉我独醒，不是以灵魂救赎者之姿从天而降，拯救世界于灭亡的边缘，也不是以绝不投降者的激昂，高唱文学不死的悲歌。更大的勇气是，把时代的病纳入自己的体验，把自身作为病发的实验场，在自己的意识里让各种力量交战。独裁者的"废人"形象极不讨好。他绝不是救世主。相反,他有点像《新约圣经》里那附魔的猪群,载负着身上的魔鬼投进海里,与魔鬼同归于尽。前代人大概会觉得这很难接受。补充一点关于罪与罚的问题。之前说过早期创作里没有罪与罚的意识,想来也未必然。《双身》大概就是一个罪与罚的故事。也许还可以追溯到更早的短篇。很可能是种子早就埋藏在那里。

关于小说家的时间危机

骀荡志:二○○三年五月底你与爱人去了趟日本,写下旅途纪事《东京·丰饶之海·奥多摩》。当时儿子十分幼小以至"还没有意识到父母的存在",你决心要写一部"关于孩子有记忆之前的人生书",让我想到栩栩出生已经是断掉了(本该拥有)十六年记忆的十七岁。在记忆与时间面前,你仿佛是个纳博科夫式的时间恐惧症患者(Chronphobiac),在书写的哑默中赤手空拳,是什么成为在支援你的力?大江健三郎的作品为何能频繁唤起你的共鸣?

董启章:也许我患的是时间敏感症,像普鲁斯特,而还未至于是恐惧症。纳博科夫说的是意识到自己出生之前不存在于世上的恐怖,不亚于意识到自己将会死去的恐怖。在生之涯的两端以外,时间并未消失,自己却不存在。那记忆呢?在出生之后到记忆能溯及的最早之间,那一段意识模糊或者不复记起的阶段,存在又是什么回事?那是我当时想到的。不过,我已经放弃了写这个状态的念头,因为它是在语言之外的。我们用语言去摹仿它,最终也只是想象。你也可以说它注定是一个哑默的状态,没法说出来的状态。严格来说,栩栩是没有经历过这个状态的。她那本该有的十六年记忆或意识不曾存在。至于大江健三郎,他就

276

是我心目中的理想作家。我有很多崇拜的作家，像普鲁斯特、卡夫卡、佩索阿（Pessoa），但我不会希望自己在现实生活里变成跟他们一样。我却希望可以像大江健三郎一样地当一个作家。我不单是指像他那样地写，而是像他那样地活作家的人生。如果只是说思考型的作家，卡尔维诺和博尔赫斯也许比大江健三郎更机灵，也更有趣。大江吸引我的是，他是一个以自己的人生为创作前线的作家。他以个人生活体验的看似个别微小处，投映到社会和时代，在作品当中便看到了一个作家自身如何存活的问题，这是相当触动我的。而在作品中的这个作家自我，他的批判和怀疑是同时指向时代也指向自己的。他把个人体验的种种脆弱和不堪都展露出来，而且融合到时代的困局和危机里去，而不是超然地加以判断和指责。这跟我上面提到的附魔和驱魔相似。他追求知识的热情，和把知识融入小说的独特创作方式，是当代文学家绝无仅有的了。而他对人类命运的关注和承担，也是经已逝去的风范。我想不到有其他人能像他一样守护文学的价值，固执地以一种绝不讨好的方式写作。也许他是继承俄罗斯精神的唯一当代作家，陀思妥也夫斯基、巴赫金的俄罗斯。他绝不取巧，也不媚俗，坚毅地，甚至有点笨拙地，写出一本又一本小说。我认为，这也应该是我要走的路。大江是个危机作家，个人危机、文学危机、人类危机，这种种都互为表里，而面对重重危机，他异常沉着、坚韧。

骆荡志：沉着坚韧确实是小说家十分宝贵的素质，如同聂鲁达（Pablo Neruda）在自传里优美记述自己收集的海螺（他自承是一位狂热的海螺收集者），壳面哑洁细瓷的纹路，坚韧的，歌特的，古典的，有遥远生命的回声，这些特质的获得都必须在盐风棱砂中搅埋数年。而种种危机感与个人体验的反复剥离曝晒，让人想起大江先生在《柏林讲演》中引述的"用粪弄脏自己巢的鸟"。这种危机你已经表现得很强烈了，关键是如何来"处决"它，处理不好是否会转为内伤。比如卡夫卡冷酷的寓言体，你仿佛是可以看到他那张小公务员黑色的办公桌；海明威，强悍的书写者，太强悍的危机意识，也因为"冰山体"的沉埋个性，使得大部分的出击被回弹给了自己，一个文学老兵的真实写照。而回过头来看大江先生的"绝不讨好的笨拙的"书写（纾解？），是否也是处理危机比较妥当的一种方式呢？你又是如何来处理的呢？

董启章：很难说什么方式比较妥当。当然沉着的话就能耐久一点，不那么容易给拖垮。大江说写长篇像长跑，是要保持均速的，不能心急疾冲，也是避免"外伤"和"内伤"的方法。中国人可能会说到练内功或太极之类吧，说来很玄。这是个境界。但完全消解危机的境界是不是最好呢？我很怀疑。我觉得多少还是要受点伤的。写作不是为了消解危机，让一切回复平静。相反，它是要制造危机，或者把既存的危机以自身充满危机的文学载体显现出来。这当中就必然动摇自己的根基。自己是要卷进漩涡里去的，不能站在外面旁观。当然，自我保护的机制也是必须的。其中一种方法就是多重距离的设置。这样自己就可以既牵涉又抽离，出入其间，不至于完全没顶。另外就是对位法。巴赫式的音乐结构，赋予作品均衡和稳定，但当中却可以容纳激情、狂喜和至悲。接近分量的对位声音，甚至是自我内部的正反对立，这些都是防止沉于一端或者全盘崩溃的做法。所以，两线以至多线的结构，于我已经变成了不能违反的定律。这样一方面可以在无限的张力中放大危机感，但另一方面也同时可以维系一切于临界点之前。用《时间繁史》的说法，可以理解为宇宙物理学的问题，即能量燃烧所造成的膨胀和质量引力所造成的收缩之间的平衡。

关于小说家的同路人

骀荡志：依循Visible Cities的记述，《V城繁胜录》的诞生其实已经与剧场有着直接的关系，最后可能小说家还是有小说家不能割去的东西，也有小说家摆脱不尽的缠绕。说到剧场，《对角艺术》的出现可能也很特别，不管是内容还是形式，作为文艺评论，是十分新奇好看的。除开很少有人会用这种方式来写艺评，更重要的是它本身的沟通性，就是评论原本需要排斥与禁默的部分，你反而把它交代出来，且是很任性地拨出来给大家看。这种问答自纾的方式也以启山林地直通往你后来的小说中间。《对角艺术》其自身已经不是剧场的产物（附属品），而是剧场本身成了它的细胞。读书剧场《沉默·暗哑·微小》，黄碧云以"最前线"方式表达了沟通的渴望。而你则提出了这样一个问题："向不需要自己的他人和世界发出呼唤，到最终会不会只是一种自我的姿态？"你甚至将巴赫金的"艺术与责任论"提出来，赠给隐形战友们。这里我借着你的赠予，想听一听你对黄碧云还有同时代其他香港作家的看法，因为你不仅写了一本《同代人》，采访了香港的青年作家（《讲话文章》两册），还写了一个系列的《致同代人》，这种《体育时期》中反复吟咏的"共同感"，在你这代作家们身上到底是怎样的，你们私下会交流吗？

董启章：这要分几个层次去看。首先，我们没有正式的作家组织或团体，又或者我们大都不参加这类东西。而非正式的文坛社交活动，也是非常少的。有时碰巧在什么演讲或文学活动的场合，也会和其他作家碰面和谈几句，但未至于深交。当然，再私下一点的交情是有的。这是个别的。我和黄碧云不算熟，见面不多，尤其是近年她多半待在西班牙。但有一种共同感是不用直接交往的，是会暗地里明白其他人的作品

和处境，而产生站在同一块地上的感觉的。另一个很少见面但有这种感
觉的，是台湾的骆以军。而所谓交流，我多半还是通过阅读其他作家的
作品。如果说到私下的交谊，我可能跟年轻一点的作家较多接触，除王
贻兴外，还有黄敏华、韩丽珠、邓小桦、谢晓虹，大概就是环绕着文学
杂志《字花》的一些年轻作者。当然也不算频密，但总算是会见面或通
信谈谈近况。这个月最令人兴奋的消息，是韩丽珠和黄敏华都在筹备出
新书。我给她们的书写序，是我最近做的最有意义的事。她们都是非常
好的年轻作家。也许，"后代人"已经变得比"同代人"重要。他们将
会更有作为。当然，广义地说，大家其实都是同代人了。

骀荡志：骆以军似乎也是，在几次访谈中都爱拿心中优秀的"后
代人"（其实可能并非是年龄只是文学书写起步的早晚）作推荐让大家
去阅读关注。这一点在你们从事创作越久可能感觉会越强烈吧！可以简
单说说韩丽珠、黄敏华筹备的新书会带给我们什么样的惊喜吗？这些年
轻些的作家们，环绕《字花》的年轻书写者，与其说是热情不如说是勇
敢，香港的文学创作未来，可能未必难堪，你怎么看？

董启章：人们常常有文学没落、后无来者的感叹。当然，在写作
和出版方面，的确是有许多往坏处发展的迹象，但这并不代表承传断
绝。又或者，就算无所谓承传，也不表示没有新人出来更新局面。韩丽
珠是年轻一代中最有成绩的。虽然只是出过两本书，《输水管森林》和
《宁静的兽》，但在香港小说中已经独具一格。她准备在台湾出版的新
小说结集，比前作更成熟，风格更坚固，思想也更深入。她继续发展她
特有的对城市生存状态的寓言式写法，以敏锐的观察、克制的语言和强
大的想象力，呈现出对空间、对身体、对对象和对人际关系的思考。我

说的"思考",并没有学究的意味,而是尝试为种种存在形态下定义。黄敏华的新作,源于移民加拿大几年生活和工作上的困顿,期间当过通俗杂志的记者,作了一些人物采访。她利用小说把这些采访重写,但更重要的是反思所谓"采访"这回事,由此延伸至人与人之间的沟通和理解的问题,和自身对写作感到的种种困惑。这不是一部从记者角度写的小说,而是一部关于一个年轻作家如何在充满自我怀疑的记者工作中寻找自己创作的意义的小说。其实她们都是三十岁上下的作家了,各自也经历了生存的挣扎,但写作始终是她们生命里不可缺少的部分,甚至是存在意义的根本。这说明了,下一代并不是人人都被媒体、商业化和潮流风尚所摆布。香港文学有一个奇怪的"优势",那就是,我们没有像台湾作家一样经历过文学由盛转衰的"没落",我们从上一代开始就适应了文学作为一种边缘活动的定位,而且一直在坚守这个位置。另一方面,我们也没有像大陆作家一样经历过文学的"暴发",也因此没有价值的崩坏和被金钱收买的诱惑。我相信,这样的"优势"是会在下一代作家中延续下去的。活在一个一直被主流声音导向的社会里,我们特别珍惜和坚持边缘的价值。英文中discontent这个词,可以用来形容香港文学的精神。这不单指狭义的不满,或者社会政治的反抗,也指广义的,对一切被认为"理所当然"、"该当如此"的东西的怀疑。也许香港文学表面上没有激烈的抗争意味,但内里其实是充满着这种discontent的精神,那就是:为什么我要像别人一样地生存?为什么我要像别人一样地思想?

关于小说家的剧场与音乐

驼荡志:第一次听闻《天工开物·栩栩如真》要被搬上舞台,很惊讶!因为不管从时间向度还是空间维度上看,一个舞台是无能支撑的。

答 同 代 人

小说有小说的宇宙与内在逻辑，舞台剧有舞台剧的气场和内律。台湾小说家朱天文曾坦言，从事编剧越久就越感觉到电影与小说是完全不同的东西。你可以谈谈从事编剧的一些感受吗？另外，我们也不能确定，你哪些作品已经或即将要被搬上舞台演出？

董启章：从事编剧是很偶然的事。第一次是二○○五年，当时"演戏家族"剧团想改编我的校园小说《小冬校园》，顺便问我有没有兴趣亲自编剧。我觉得不妨一试，结果却不是改编原来的故事，而是把故事作了延伸创作。剧名叫做《小冬校园与森林之梦》，说的是小冬长大成为作家之后的人生和写作困惑。这很明显有自况意味。二○○六年，"前进进戏剧工作坊"请我给他们的青年剧场计划改编卡尔维诺的《宇宙连环图》，于是我又写了个关于两个分别喜欢写作和画画的女孩的剧本。二○○七年，同样是跟前进进合作，这次是和导演陈炳钊联合改编了《天工开物》，在香港艺术节上演。我把自己的角色定位为辅助者，主要跟随导演的创作意念，写他需要的东西，自己的主观并不强烈，因为一方面信任导演的判断，另一方面也希望看到新的东西，而不是重复自己已经说过的。当然过程中作出了极大幅度的剪裁。关于董富和龙金玉的部分保留最完整，父亲董铣的部分也颇充分，反而是自我的成长经历经割切后变得零碎。栩栩的想象世界部分完全放弃了。同年九月，另一个青年剧团"7A班戏剧组"把我的《体育时期》改编成音乐剧。这次我没有直接参与，但也一直看着事情的发展，对演出也很有感受。在没有预先计划下，两年间竟然跟剧场发生了密切的关系，想来也十分奇妙。我把编剧视为学习，对剧场无论是经验还是知识都很有限。这些经历带给我很大的启发，往后有机会的话也希望能继续实习，而在未来的小说构思中，也打算把剧场作为意象和题材。这将会是个十分重要的元素。

骀荡志：《体育时期》是一部十分好看的青春小说，是我近年来读到书写"青春无用"最棒的作品。中间你所写歌词，有些颇值玩味。后来是否有人找你填词？

董启章：没有啊！你说的是流行曲吗？那样的词没有多少人有兴趣，人们会说听不懂。它们只不过是伪歌词，是没有以曲为本的、徒具歌词的外形的东西。其实是扮作歌词的诗。因为扮作歌词，所以不会被人以坏诗来加以指责。而在歌词的伪装下，当中的诗意可以清除流俗的可能。以上这些，其实都是后见之明，胡乱发挥。

骀荡志：从古典巴赫、另类流行的椎名、流行粤语歌、电影原声，到纯朴的大江光的音乐作品，一直细细流进作品中去，甚至收音机的厮磨之鸣也成为一种十分优美的装饰音（董富给妻子戴上耳机如定情的一枚戒指，写得温暖感人）。音乐之于作品，之于你的写作生活，一定占据着无可替代的位置，可以说说吗？

董启章：我并无对某一类型的音乐有专门的认识，但某些音乐的确对我的写作造成了很大的影响。在写好些作品的时候，也会有音乐作为情感和思考的模式，在意识里不断回响，或者实实在在于写作的期间不断播放。最近在听Tom Waits，从最早期的他一直听到最近的，简直是着迷了。反复地听着听着，新的想象世界就呼之欲出。

关于小说家的网络与烟斗

骀荡志：你每天会固定时间安排自己上一下网吗？网络对你生活写

作有影响吗？

董启章：我每天或隔天会上网，主要是查看电子邮件，很少随意浏览，通常都是预先有搜寻目的。写blog之类的，完全不适合我，我也少看。基本上就是最低限度用量，对写作也没有什么影响。我总觉得上网太费时，我情愿把时间花在看书上。

骆荡志：黑骑士爱烟斗，是你自况吗？王贻兴也说到"师傅"关于烟斗有不少学问可以讲授，可以随便谈谈吗，你什么时候开始喜欢上的？

董启章：大约是十年前，刚结婚后不久，有一段时间因为好奇而抽过烟斗，但谈不上有心得。后来因为身体问题停止了。既没有真正地成为一个抽烟斗者，也就谈不上戒除。只是随兴而来，兴散而去。把黑骑士写成爱抽烟斗，本是随意为之。后来写黑骑士的"双生儿"独裁者，也就沿用了这习惯。又因为马格列特的"这不是一个烟斗"，呼应不是苹果的"这不是一个苹果"，觉得也不错。当然，这也是马后炮。

（访问于二〇〇七年底至二〇〇八年初进行，二〇〇八年七月修订。
原刊于二〇〇九年五月《阅读骆荡志》第九号。）

图书在版编目（CIP）数据

答同代人/董启章著. －北京：作家出版社，2012.1
ISBN 978－7－5063－5861－3

Ⅰ.①答… Ⅱ.①董… Ⅲ.①随笔－作品集－中国－当代
Ⅳ.①I267.1

中国版本图书馆 CIP 数据核字（2011）第 073233 号

答同代人

作　　者：【香港】董启章
责任编辑：李宏伟
装帧设计：任凌云
出版发行：作家出版社
社址：北京农展馆南里 10 号　　　　邮编：100125
电话传真：86－10－65930756（出版发行部）
　　　　　86－10－65004079（总编室）
　　　　　86－10－65015116（邮购部）
E－mail：zuojia@zuojia.net.cn
http://www.haozuojia.com（作家在线）
印刷：北京京北印刷有限公司
成品尺寸：145×210
字数：220 千
印张：9.5
版次：2012 年 1 月第 1 版
印次：2012 年 1 月第 1 次印刷
ISBN　978－7－5063－5861－3
定价：29.00 元